CB047979

OS ANÉIS DE SATURNO

W. G. SEBALD

Os anéis de Saturno

Uma peregrinação inglesa

Tradução
José Marcos Macedo

1^a *reimpressão*

COMPANHIA DAS LETRAS

Copyright © 1995 by Eichborn AG, Frankfurt am Main

Grafia atualizada segundo o Acordo Ortográfico da Língua Portuguesa de 1990, que entrou em vigor no Brasil em 2009.

Publicado anteriormente no Brasil pela editora Record, em 2002

*A foto do Templo de Herodes reproduzida nas pp. 244-5 é de © Alec Garrard

Título original
Die Ringe des Saturn — Eine englische Wallfahrt

Capa
Kiko Farkas/ Máquina Estúdio
Elisa Cardoso/ Máquina Estúdio

Preparação
Julia Bussius

Revisão
Angela das Neves
Huendel Viana

Dados Internacionais de Catalogação na Publicação (CIP)
(Câmara Brasileira do Livro, SP, Brasil)

Sebald, W. G., 1944-2001.
    Os anéis de Saturno : uma peregrinação inglesa / W. G. Sebald ; tradução José Marcos Macedo. — 1ª ed. — São Paulo : Companhia das Letras, 2010.

    Título original: Die Ringe des Saturn — Eine englische Wallfahrt.
    ISBN 978-85-359-1723-9

    1. Ficção alemã. I. Título.

10-07717   CDD-833

Índice para catálogo sistemático:
1. Ficção : Literatura alemã   833

[2022]
Todos os direitos desta edição reservados à
EDITORA SCHWARCZ LTDA.
Rua Bandeira Paulista, 702, cj. 32
04532-002 — São Paulo — SP
Telefone (11) 3707-3500
www.companhiadasletras.com.br
www.blogdacompanhia.com.br
facebook.com/companhiadasletras
instagram.com/companhiadasletras
twitter.com/cialetras

Good and evil we know in the field of this world grow up together almost inseparably.

John Milton, *Paradise lost*

Il faut surtout pardonner à ces âmes malheureuses qui ont élu de faire le pèlerinage à pied, qui côtoient le rivage et regardent sans comprendre l'horreur de la lutte et le profond désespoir des vaincus.

Joseph Conrad a Marguerite Poradowska

Os anéis de Saturno consistem em cristais de gelo e talvez partículas de meteorito que descrevem órbitas circulares ao redor do equador do planeta. Provavelmente, trata-se de fragmentos de uma antiga lua que, muito próxima ao planeta, foi destruída pelo seu efeito de maré (→ limite de Roche).

Enciclopédia Brockhaus

Sumário

I

Em agosto de 1992, quando os dias de canícula chegavam ao fim, pus-me a caminhar pelo condado de Suffolk, no leste da Inglaterra, na esperança de escapar ao vazio que se alastra em mim sempre que termino um longo trabalho. E de fato essa esperança cumpriu-se até certo grau, pois poucas vezes me senti tão desobrigado como na época, vagando horas e dias a fio pela faixa de território em parte só parcamente povoada que se estende pelo interior a partir da costa. De outro lado, porém, parece-me agora que a velha superstição, segundo a qual certas doenças da alma e do corpo se infundem em nós de preferência sob o signo da Canícula, tem provavelmente sua justificativa. Seja como for, na época que se seguiu me ocupei tanto com a lembrança do agradável senso de liberdade quanto com o horror paralisante que me acometia em diversos momentos, em face dos traços de destruição que, mesmo nessa região longínqua, remontavam até o passado distante. Talvez tenha sido por causa disso que, exatamente um ano após o dia em que dei início à minha viagem, fui levado num estado de quase total imobilidade ao hospital de Norwich, a capital da província, onde então, ao menos em pensamento, comecei a redigir estas páginas. Ainda me lembro precisamente como, logo após dar entrada em meu quarto situado no oitavo andar do hospital, fui esmagado pela ideia de que as amplidões percorridas no verão anterior em Suffolk haviam agora encolhido definitivamente a um único ponto cego e surdo. Da minha cama, de fato, não se podia ver mais nada do mundo a não ser uma nesga pálida do céu, emoldurada pela janela.

O desejo que eu sentia várias vezes ao longo do dia de me certificar da realidade, que eu temia ter desaparecido para sempre, olhando por essa janela de hospital, estranhamente protegida com uma rede preta, ficava tão forte quando vinha o crepúsculo que, após conseguir de algum modo escorregar pela borda da cama até o chão, meio de barriga, meio de lado, e alcançar de quatro a parede, eu me erguia, apesar das dores, içando-me a custo até o parapeito da janela. Na postura contorcida de uma criatura que se alçou ereta pela primeira vez, eu ficava encostado contra o vidro e pensava involuntariamente na cena em que o pobre Gregor Samsa, as perninhas trêmulas, escala a poltrona e olha para fora do quarto, com uma lembrança indistinta, assim ele diz, da sensação de liberdade que antes lhe propiciava olhar pela janela. E tal como Gregor, com os olhos turvos, não reconhecia mais a Charlottenstrasse, a rua calma onde ele morava fazia anos com a família, tomando-a por um deserto cinza, assim também me parecia totalmente alheia a cidade a mim familiar, que se estendia dos pátios do hospital até os longes do horizonte. Eu não conseguia imaginar que no labirinto de edifícios lá embaixo ainda houvesse alguma coisa viva; antes, era como se olhasse de cima de um penhasco para um mar de pedra ou um campo de entulhos, do qual as massas tenebrosas dos prédios de estacionamento se erguiam como gigantescos blocos erráticos. Nessa hora de lusco-fusco, não se via nenhum passante na vizinhança imediata, exceto uma enfermeira cruzando os tristes jardins da entrada, a caminho do turno da noite. Uma ambulância com luz azul avançava do centro da cidade para o pronto-socorro, dobrando lentamente várias esquinas. O som da sirene não chegava até mim. Na altura em que me encontrava, estava envolto num silêncio quase completo, por assim dizer, artificial. Só se ouviam as rajadas de vento que varriam o país lá fora, fustigando a janela, e às vezes, quando cessava tal ruído, o zunido incessante em meus próprios ouvidos.

Agora que começo a passar a limpo minhas notas, mais de um ano após receber alta do hospital, é inevitável me ocorrer o pensamento de que, na época, enquanto observava do oitavo andar a cidade que afundava no crepúsculo lá embaixo, Michael Parkinson ainda estava vivo em sua casinha na Portersfield Road, talvez ocupado, como de hábito, na preparação de um seminário ou em seu estudo sobre Ramuz, que já lhe consumira vários anos. Michael beirava os cinquenta, era solteirão e, imagino, uma das pessoas mais inocentes que já encontrei. Nada lhe era tão alheio quanto o egoísmo, nada o preocupava mais que o cumprimento de seus deveres, sob condições que eram, já fazia algum tempo, cada vez mais adversas. Mais do que tudo, porém, distinguia-se pela modéstia de suas necessidades, que muitos afirmavam beirar a excentricidade. Numa época em que a maioria das pessoas precisam comprar continuamente para se sustentar, Michael praticamente jamais saía para fazer compras. Ano após ano, desde que o conheci, ele usava ora um paletó azul-escuro, ora um paletó cor de ferrugem, e quando os punhos puíam ou os cotovelos desfiavam, pegava ele próprio linha e agulha e costurava um reforço de couro. Dizem até que virava do avesso os colarinhos de suas camisas. Nas férias de verão, Michael costumava fazer longas viagens a pé pelo Valais e pelo Vaud, ligadas a seus estudos sobre Ramuz, e às vezes também pelo Jura ou pelas Cevenas. Em geral, quando ele voltava de uma dessas viagens ou quando eu admirava a seriedade com que sempre executava seu trabalho, me parecia que a seu modo ele encontrara a felicidade, numa forma de modéstia que mal se concebe hoje em dia. Mas então chegou de repente a notícia em maio passado de que Michael, a quem ninguém via fazia alguns dias, fora encontrado morto na cama, deitado de lado e já bem rígido, o rosto curiosamente salpicado de manchas vermelhas. O inquérito judicial concluiu *that he had died of unknown causes*, um veredicto ao qual acrescentei para mim mesmo: *in the dark and deep part of the night*. O choque que tivemos com o falecimento inesperado para todos de Michael Parkinson afetou sobretudo Janine Rosalind Dakyns, que, tal como Michael, era professora de romanística e também solteira, ou talvez até se possa dizer que ela foi tão incapaz de suportar o luto pela morte de Michael, com quem mantinha uma espécie de amizade infantil, que algumas semanas depois de sua morte ela própria sucumbiu a uma doença que em breve lhe consumiu o corpo. Janine Dakyns, que morava numa ruela perto do hospital, estudara, como Michael, em Oxford e ao longo dos anos desenvolvera uma ciência de certo modo particular sobre o romance francês do século XIX, livre de toda vaidade intelectual e sempre guiada pelo detalhe obscuro, nunca pelo que era evidente, sobretudo no tocante a Gustave Flaubert, estimado por ela muito acima de todos, de cuja correspondência de milhares de páginas ela citava longas passagens nas mais diversas ocasiões, o que sempre me deixava admirado. Aliás, ela, que ao expor suas ideias costumava ficar em tal estado de excitação que chegava a preocupar, tomou grande interesse pessoal em investigar os escrúpulos que marcavam a escrita de Flaubert, aquele medo do falso que, como ela dizia, às vezes o confinava ao sofá por semanas e meses a fio, com o receio de que nunca mais seria capaz de pôr no papel nem sequer uma frase sem se comprometer da maneira mais embaraçosa. Nessas ocasiões, dizia Janine, não só lhe parecia que estava absolutamente fora de cogitação continuar a escrever, mas ele estava convencido, além disso, de que tudo aquilo que havia escrito até então não passava de uma sucessão dos mais imperdoáveis erros e mentiras, cujas consequências eram incalculáveis. Janine sustentava que os escrúpulos de Flaubert remontavam ao avanço inelutável da estupidez que observava em toda parte e que, como ele imaginava, já havia se propagado em sua cabeça. Era como, assim dizem que ele falou certa vez, se a pessoa afundasse na areia. Talvez por esse motivo, afirmava Janine, a areia tinha tanta importância em toda sua obra. A areia conquistava tudo. Nos sonhos que Flaubert tinha dormindo e acordado, dizia Janine, enormes nuvens de pó sopravam sem parar, erguidas em redemoinho sobre as planícies áridas do continente africano e avançando sobre o Mediterrâneo e a Península Ibérica, para depois baixarem como cinzas sobre o Jardim das Tulherias, sobre um subúrbio de Rouen ou uma cidadezinha do interior na Normandia, penetrando as fendas mais minúsculas. Num grão de areia da bainha do vestido de inverno de Emma Bovary, dizia Janine, Flaubert enxergava todo o Saara, e cada partícula de pó pesava para ele tanto quanto a cordilheira do Atlas. Muitas vezes, ao final do dia, conversei com Janine sobre a visão de mundo de Flaubert no escritório dela, onde havia tamanha quantidade de notas de aula, cartas e escritos de todo tipo jogados pelos cantos, que se tinha a impressão de estar no meio de um dilúvio de papel. Na escrivaninha, origem e ponto focal dessa fantástica profusão de papéis, surgira no correr do tempo uma autêntica paisagem de papel com montanhas e vales, que agora se partia nas bordas como quando uma geleira atinge o mar, e formava novos depósitos no chão à volta, que por sua vez avançavam imperceptivelmente para o meio do recinto. Anos antes, Janine já fora obrigada pela massa de papel que não parava de crescer a esquivar-se para outras mesas. Essas mesas, nas quais em seguida se deram processos de acumulação semelhantes, representavam por assim dizer eras posteriores na evolução do universo de papel de Janine. O tapete também sumira havia muito sob diversas camadas de papel, ou antes, o papel começara a se erguer do chão no qual se precipitara continuamente de meia altura, e agora as paredes estavam cobertas até a padieira da porta com folhas e mais folhas de documentos, parte deles em calhamaços grossos empilhados uns sobre os outros, presos sempre com um clipe num único canto. Onde fosse possível, havia pilhas de papel também sobre os livros nas prateleiras, e todo esse papel, pensei comigo certa vez, reunia em si nas horas de crepúsculo o reflexo da luz minguante, tal como antes a neve nos campos sob o retinto céu noturno. O último local de trabalho de Janine foi uma poltrona empurrada mais ou menos para o centro do escritório, e quem passasse pela porta sempre aberta a via debruçada, rabiscando num bloco apoiado nos joelhos ou reclinada e perdida em pensamentos. Quando lhe disse certa vez que, sentada entre seus papéis, ela parecia o anjo da *Melancolia* de Dürer, imóvel em meio às ferramentas da destruição, sua resposta foi que a aparente desordem de suas coisas representava na verdade algo como uma ordem perfeita ou que aspirava à perfeição. E, de fato, ela sabia encontrar na hora o que quer que procurasse em seus papéis, em seus livros ou em sua cabeça. Foi Janine também quem me indicou o cirurgião Anthony Batty Shaw, que ela conhecia da Oxford Society, quando logo após receber alta do hospital comecei minhas pesquisas sobre Thomas Browne, que atuara como médico em Norwich no século XVII e deixara uma série de escritos que mal permitem qualquer comparação. Na época, eu topara com um verbete na *Encyclopaedia Britannica* no qual se lia que o crânio de Browne era mantido no museu do Norfolk & Norwich Hospital. Por mais inequívoca que me parecesse essa afirmação, minhas tentativas de localizar o crânio onde eu próprio ficara internado recentemente tiveram pouco sucesso, pois entre as senhoras e os senhores da atual administração do hospital, nenhum tinha conhecimento da existência de tal museu. Não só me fitavam com total incompreensão quando eu expunha meu pedido, como cheguei mesmo a ter a impressão de que alguns daqueles a quem fazia minha pergunta me tomavam por um excêntrico importuno. Mas é sabido que, na época em que os chamados hospitais públicos estavam sendo fundados como parte do projeto geral de saneamento, muitas dessas instituições mantinham um museu ou, melhor dizendo, uma câmara de horrores, onde fetos prematuros, defeituosos ou hidrocefálicos, órgãos hipertrofiados e coisas do tipo eram preservados em vidros de formol para fins de demonstração científica e ocasionalmente para exibição ao público. A questão era saber onde tinham ido parar essas coisas. A seção de história local da biblioteca central, destruída nesse meio tempo por um incêndio, tampouco pôde me dar informações sobre o hospital de Norwich e o paradeiro do crânio de Browne. Somente o contato com Anthony Batty Shaw, através de Janine, forneceu-me o esclarecimento desejado. Thomas Browne, escreveu Batty Shaw num artigo que acabara de publicar no *Journal of Medical Biography*, morreu em 1682, no seu aniversário de setenta e sete anos, e foi sepultado na igreja paroquial de St. Peter Mancroft em Norwich, onde seus restos mortais descansaram até 1840, quando o caixão foi danificado durante os preparativos para um enterro quase no mesmo local do coro, e seu conteúdo parcialmente exposto. Por causa desse incidente, o crânio de Browne e uma mecha de seu cabelo passaram para a propriedade do médico e deão Lubbock, que por sua vez legou as relíquias ao museu do hospital, onde foram postas em exibição em meio a todo tipo de curiosidades anatômicas até 1921, sob uma redoma de vidro feita expressamente para tanto. Foi só então que os reiterados pedidos da paróquia de St. Peter Mancroft para a devolução do crânio de Browne foram aceitos e, quase um quarto de milênio depois do primeiro enterro, um segundo funeral foi realizado com toda a pompa. O próprio Browne, em seu famoso tratado (meio arqueológico, meio metafísico) sobre a prática da cremação e das urnas funerárias, oferece o melhor comentário a respeito da posterior odisseia de seu próprio crânio, quando escreve que ser raspado para fora do túmulo era uma tragédia abominável. Mas quem conhece, ele acrescenta, o destino de sua ossada e sabe quantas vezes será enterrado?

Thomas Browne veio ao mundo em 19 de outubro de 1605 em Londres, filho de um mercador de seda. Pouco se sabe sobre sua infância, e nos relatos de sua vida mal se tem notícia sobre o tipo de formação médica que teve após concluir o mestrado em

Oxford. O certo é apenas que, dos vinte e cinco aos vinte e oito anos, frequentou as academias de Montpellier, Pádua e Viena, que então se destacavam nas ciências hipocráticas, e que por último, pouco antes de regressar à Inglaterra, obteve em Leiden o grau de doutor em medicina. Em janeiro de 1632, durante a temporada na Holanda, e portanto numa época em que Browne se aprofundava nos mistérios do corpo humano mais do que nunca, até então, foi realizada no Waaggebouw de Amsterdam uma dissecação pública do corpo de Adriaan Adriaanszoon, vulgo Aris Kindt, um gatuno da cidade enforcado por roubo poucas horas antes. Embora não haja comprovação inequívoca, é mais do que provável que não tenha escapado a Browne o anúncio dessa dissecação e que ele tenha presenciado o acontecimento espetacular, registrado por Rembrandt em seu retrato da guilda dos cirurgiões, pois as aulas de anatomia ministradas todo ano durante o inverno profundo pelo dr. Nicolaas Tulp não eram apenas de grande interesse a um estudante de medicina, mas constituíam

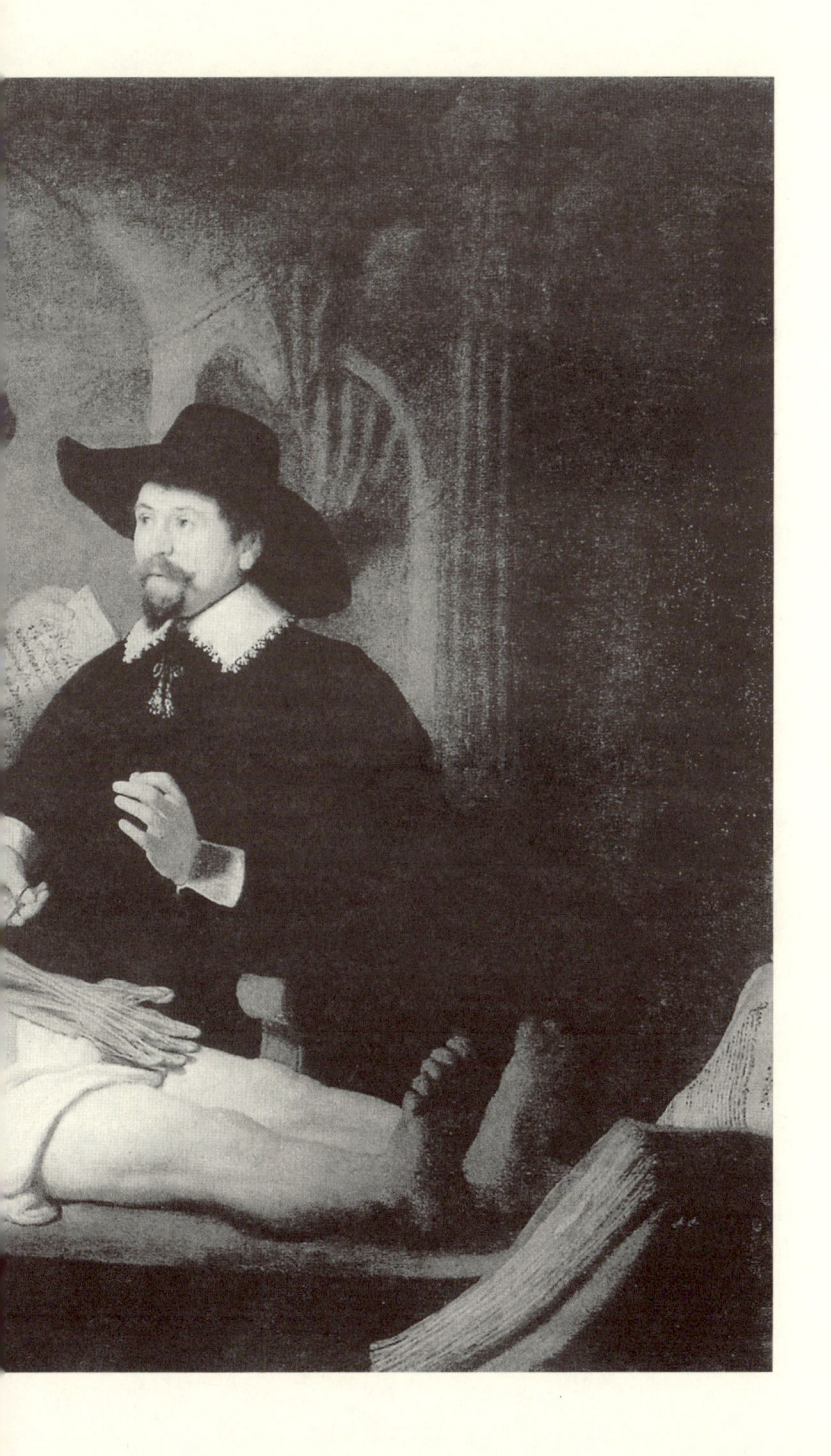

além disso uma data importante no calendário da sociedade da época, que se imaginava emergindo das trevas para a luz. O espetáculo, apresentado a um público pagante das classes altas, era sem dúvida uma demonstração do destemido zelo investigativo da nova ciência, mas se tratava por outro lado, embora isso teria sido com certeza repudiado, do ritual arcaico do desmembramento de uma pessoa, do suplício da carne do delinquente mesmo após a morte, um procedimento que ainda era parte, como antes, da punição infligida. Que na aula de anatomia de Amsterdam estava em jogo mais do que o conhecimento profundo dos órgãos internos do ser humano, é sugerido pelo caráter cerimonial da retalhação do morto que se lê no quadro de Rembrandt — os cirurgiões vestem gala, e dr. Tulp está até mesmo de chapéu na cabeça —, como também pelo fato de que, após a conclusão do procedimento, foi oferecido um banquete formal, em certo sentido simbólico. Caso nos posicionemos hoje na Mauritshuis diante da tela A lição de anatomia de Rembrandt, que mede uns bons dois metros por um e meio, estaremos na posição daqueles que seguiram na época o andamento da dissecação no Waaggebouw, e imaginamos ver o que eles viram: estendido em primeiro plano, o corpo esverdeado de Aris Kindt com o pescoço quebrado e o peito terrivelmente arqueado no rigor mortis. E no entanto é discutível se alguém na verdade viu esse corpo, pois a arte da anatomia, na época em sua infância, servia em boa parte para tornar invisível o corpo do condenado. De modo característico, os olhares dos colegas do doutor Tulp não estão dirigidos a esse corpo como tal, mas o tangenciam para focalizar o atlas anatômico aberto no qual os fatos corpóreos aterradores são reduzidos a um diagrama, a um esquema do ser humano, tal como imaginado pelo apaixonado anatomista amador René Descartes, que também estava presente, dizem, naquela manhã de janeiro no Waaggebouw. Num dos principais capítulos da história da sujeição, Descartes ensinou, como se sabe, que se deve abstrair da carne, inconcebível que é, e atentar na máquina dentro de nós, naquilo que já se pode compreender perfeitamente, ser posto plenamente a serviço do trabalho e, no caso de alguma falha, ser reparado ou descartado. A estranha exclusão do corpo, embora ele seja posto à mostra, tem seu paralelo no fato de que a famigerada verossimilhança do quadro de Rembrandt se revela apenas aparente quando observada mais de perto. É que, ao contrário de toda praxe, a dissecação representada aqui não começa com a abertura do abdome e remoção dos intestinos, mais sujeitos à putrefação, mas com a retalhação (e isso também talvez indique uma dimensão punitiva do ato) da mão criminosa.

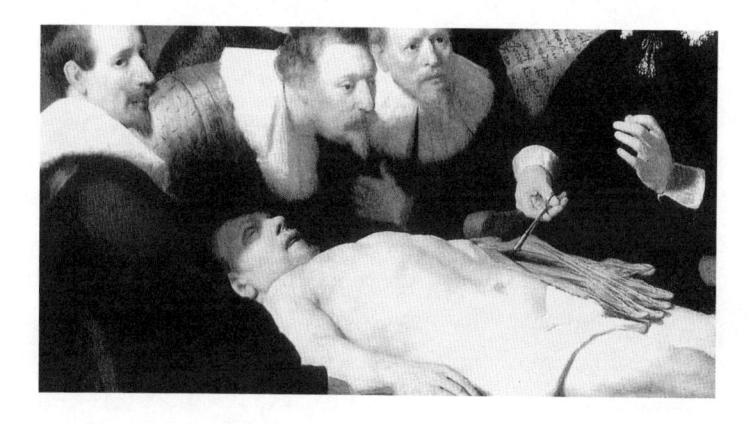

E essa mão é um caso particular. Não só está em grotesca desproporção quando comparada com a mão mais próxima do observador, está ainda totalmente deformada em termos anatômicos. Os tendões expostos, que, segundo a posição do polegar, deviam ser os da palma da mão esquerda, são os do dorso da direita. Trata-se, portanto, de uma pura reprodução escolar, retirada obviamente sem muita reflexão do atlas anatômico, o que transforma essa pintura, de resto fiel à realidade, se assim podemos dizer, na mais crassa deturpação exatamente no centro de seu significado, lá onde as incisões já foram feitas. É muito pouco provável que Rembrandt tenha aqui se equivocado por uma razão ou outra. Antes, parece-me deliberada a falha na composição. A mão disforme é o sinal da violência cometida contra Aris Kindt. É com ele, a vítima, e não com a guilda que lhe comissionou a obra, que o pintor se identifica. Somente ele não tem o rígido olhar cartesiano, somente ele o percebe, o corpo extinto e esverdeado, somente ele enxerga a sombra na boca semiaberta e sobre o olho do morto.

Não há indícios para dizer de qual ângulo Thomas Browne acompanhou o andar da dissecação, se é que de fato, como acredito, achava-se entre os espectadores no teatro de anatomia de Amsterdam, nem aquilo que ele viu. Talvez tenha sido o vapor branco, do qual Browne afirma (numa nota posterior sobre a bruma que cobriu extensas áreas da Inglaterra e da Holanda em 27 de novembro de 1674) que sobe da cavidade de um corpo recém-aberto e que durante nossa vida, ainda segundo ele, enevoa nosso cérebro quando dormimos e sonhamos. Lembro-me com clareza como minha própria consciência foi toldada por tais véus de vapor quando me encontrava deitado no quarto do oitavo andar do hospital, após voltar da operação a que fui submetido tarde da noite. Sob a maravilhosa influência dos analgésicos que circulavam em mim, eu me sentia, em minha cama de armação de ferro, como um balonista que flutua sem peso pelas montanhas de nuvens que se elevam ao seu redor. Às vezes os panos ondulantes se fendiam, e eu via a vastidão cor de índigo e as profundezas lá embaixo, onde eu supunha ser a terra, preta e labiríntica. Mas lá no alto, na abóbada celeste, estavam as estrelas, minúsculos pontos dourados polvilhando o deserto. Através do vazio retumbante, chegavam a meu ouvido as vozes de ambas enfermeiras que tomavam meu pulso e de vez em quando umedeciam meus lábios com uma pequena esponja rosa presa a uma vareta, que me lembrou os pirulitos de nugá em forma de dado que se podia comprar antigamente nas feiras. Katy e Lizzie eram os nomes das criaturas que adejavam à minha volta, e creio que poucas vezes me senti tão feliz como naquela noite sob os cuidados delas. Dos fatos corriqueiros sobre os quais conversavam, eu não entendia uma palavra. Ouvia apenas as vozes que se erguiam e baixavam, sons naturais, tal como produzidos pela garganta dos pássaros, um timbre perfeito e aflautado, meio música angélica, meio canto das sereias. Apenas um fragmento extremamente esquisito me ficou na memória de tudo aquilo que Katy disse para Lizzie e Lizzie para Katy. Tratava-se, imagino, do relato de umas férias na ilha de Malta, e Katy ou Lizzie dizia que os malteses, com um incompreensível desdém pela morte, não dirigiam do lado esquerdo nem do direito, mas sempre do lado sombreado da estrada. Foi somente ao amanhecer, quando as enfermeiras da noite foram substituídas, que me dei conta de onde estava. Comecei a sentir meu corpo, o pé dormente, a região dolorida em minhas costas, distingui o tilintar dos talheres com que, lá fora no corredor, iniciava a rotina diária do hospital, e, quando a primeira luz da aurora clareou as alturas, vi uma risca de vapor deslizar aparentemente por força própria pelo pedaço de céu emoldurado pela minha janela. Na época, tomei esse traço branco por um bom sinal, mas agora, em retrospecto, receio que ele tenha marcado o início de uma fissura que desde então corta minha vida. O avião na ponta da trilha de fumaça era tão invisível quanto os passageiros em seu interior. A invisibilidade e intangibilidade daquilo que nos move, isso permaneceu um mistério insondável também para Thomas Browne, que via nosso mundo somente como a sombra de um outro mundo. Por isso, ao pensar e escrever, ele tentava sempre considerar a existência terrena, as coisas que lhe eram mais próximas como também as esferas do universo, da perspectiva de um forasteiro, ou poderíamos dizer, com o olho do criador. E para alcançar o grau de excelência necessário para tanto, o único meio que lhe restava era uma linguagem perigosamente elevada. Tal como outros escritores do século XVII inglês, Browne ostenta sempre toda sua erudição, um imenso tesouro de citações e os nomes de todas as autoridades que o precederam, trabalhando com metáforas e analogias de vasto alcance e construindo frases labirínticas, que às vezes se estendem por uma ou duas páginas, semelhantes a procissões ou cortejos fúnebres em sua pura prodigalidade. É claro que nem sempre consegue alçar-se do chão, entre outras coisas por causa desse peso enorme que carrega, mas quando sobe cada vez mais alto, com carga e tudo, nos círculos de sua prosa, sustentado como um planador nas correntes de ar quente, então mesmo o leitor de hoje é tomado por uma sensação de estar levitando. Quanto maior a distância, mais clara a vista. Observam-se os mínimos detalhes com máxima nitidez. É como se a pessoa olhasse ao mesmo tempo por um binóculo do lado contrário e por um microscópio. E no entanto, disse Browne, todo conhecimento é cercado por uma escuridão impenetrável. O que percebemos são apenas luzes isoladas no abismo da ignorância, no edifício do mundo imerso em sombras profundas. Estudamos a ordem das coisas, mas o que está por trás dela, diz Browne, nos escapa. Por isso, cabe escrever nossa filosofia em letras minúsculas, usando as abreviaturas e os estenogramas da natureza transitória, nos quais incide exclusivamente o reflexo da eternidade. Fiel ao próprio preceito, Browne registra os padrões sempre recorrentes na diversidade aparentemente infinita das formas, como por exemplo em seu ensaio sobre o *Jardim de Ciro*, aquele do chamado quincunce, que é formado pelas arestas de um quadrilátero regular e

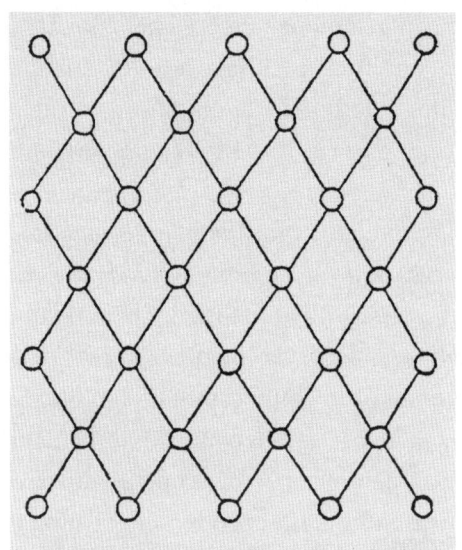

*Quid Quincunce speciosius, qui, in
quam cunq3 partem spectaueris,
rectus est. Quintilian:*

o ponto em que suas diagonais se cruzam. Browne descobre essa estrutura em toda parte, na matéria viva e na morta, em certas formas de cristal, em estrelas-do-mar e ouriços-do-mar, nas vértebras dos mamíferos, na espinha dorsal de aves e peixes, na pele de diversas espécies de cobras, nas pegadas de quadrúpedes que se movem em zigue-zague, nas configurações dos corpos de lagartas, borboletas, bichos-da-seda e mariposas, na raiz da samambaia aquática, na casca das sementes de girassol e pinheiro manso, no interior de brotos jovens dos carvalhos ou no caule da cavalinha e nas obras de arte do homem, nas pirâmides do Egito e no mausoléu de Augusto, bem como no jardim do rei Salomão, plantado em traçado matemático com romãzeiras e lírios brancos. Exemplos podiam aqui ser multiplicados à exaustão, disse Browne, e à exaustão se podia demonstrar com que mão elegante a natureza dá forma geométrica às coisas, mas — assim ele conclui seu tratado com um belo floreio de estilo — a constelação das Híades, o quincunce do céu, já mergulha no horizonte, *and so it is time to close the five ports of knowledge. We are unwilling to spin out our waking thoughts into the phantasmes of sleep, making cables of cobwebs and wildernesses of handsome groves.* Isso sem contar o fato, acrescenta ainda meditativo, de que Hipócrates fala tão pouco do milagre das plantas em suas notas sobre a insônia que mal nos atrevemos a sonhar com o paraíso, sobretudo porque, na prática, estamos ocupados principalmente com as anomalias que a natureza não cansa de produzir, seja na forma de excrescências mórbidas, seja por meio de uma inventividade não menos mórbida com que preenche cada lacuna em seu atlas com todo tipo de coisa grotesca. E, de fato, também o estudo atual da natureza pretende descrever, por um lado, um sistema que segue normas à risca, mas, por outro, nosso olhar se dirige com prazer a criaturas que se distinguem acima de tudo pela sua forma abstrusa ou pelo seu comportamento aberrante. Assim é que, já na *Thierleben* de Brehm, é conferido destaque ao crocodilo e ao canguru, ao tamanduá, ao tatu, ao cavalo-marinho e ao pelicano, e hoje em dia a televisão mostra, por exemplo, uma colônia de pinguins que permanece imóvel nas tempestades de gelo da Antártida durante toda a escuridão de inverno, com o ovo posto na estação mais quente sobre os pés. Em programas como esse, chamados *Nature Watch* ou *Survival* e considerados particularmente instrutivos, prefere-se muito mais, sem dúvida, ver algum monstro em acasalamento no fundo do lago Baikal do que um prosaico melro. Thomas Browne também se via distraído a cada passo da pesquisa sobre a linha isomorfa do quincunce pelos fenômenos singulares que lhe atiçavam a curiosidade e pelo trabalho de uma patologia abrangente. Entre outras coisas, dizem que manteve por bom tempo em seu escritório um abetouro, porque queria saber como esse pássaro, cuja simples aparência já era bastante estranha, produzia um canto único em toda natureza, semelhante aos timbres mais graves de um fagote, e em seu compêndio *Pseudodoxia Epidemica*, no qual dissipa preconceitos e lendas amplamente difundidos, trata de todo tipo de seres, tanto reais quanto imaginários, como o camaleão, a salamandra, o avestruz, o grifo e a fênix, o basilisco, o unicórnio e a anfisbena, a serpente de duas cabeças. Na maioria dos casos, Browne refuta a existência dos seres de fábula, mas os monstros espantosos que sabemos existir na realidade nos fazem de algum modo supor que os bichos inventados por nós não são mero fruto da imaginação. Seja como for, conclui-se das descrições de Browne que a ideia das infinitas mutações da natureza, que ultrapassam todo limite da razão, ou as quimeras nascidas em nosso pensamento eram tão fascinantes a ele quanto, trezentos anos mais tarde, a Jorge Luis Borges, editor do *Libro de los seres imaginarios*, publicado pela primeira vez em sua versão completa em Buenos Aires, 1967. Entre os seres imaginários reunidos nessa obra em ordem alfabética, inclui-se também, como só fui reparar recentemente, o chamado Baldanders, que Simplicius Simplicissimus encontra no sexto livro de sua biografia. Baldanders surge como uma estátua de pedra no meio da floresta, tem a aparência de um herói alemão e veste uma roupa de soldado romano com um peitilho suábio. Ele, Baldanders, alega ser originário do paraíso, ter estado sempre na companhia de Simplicius, sem que este soubesse, e só ser capaz de deixá-lo quando Simplicius revertesse àquilo do qual era feito. Então, diante dos olhos de Simplicius, Baldanders transforma-se, nesta ordem, num escritor que escreve as seguintes linhas

Ich bin der Anfang und das End und gelte an allen Ortyen.

Manoha·gilos, timad, ifafer, fale, Iacob, falet, enni nacob idil dadele neuaco ide eges Eli neme meodi eledid emonatan deſi negogag editor goga naneg eriden, hohe ritatan auilac, hohe ilamen eriden diledi ſiſac uſur ſodaled auar, amu ſaliſononor macheli retoran; Vlidon dad amu oſſoſſon, Gedal amu bede neuavv, alijs, dilede ronodavv agnoh regnoh eni tatæ hyn ¹amini celotah, iſis toloſtabas oronatah aſſis tobulu, V Viera ſaladid e grivi nanon ægar rimini ſiſac, helioſole Ramelu ononor vvindelishi timinitur, bagoge gagoe hannor elimitat.

num carvalho, numa porca, numa salsicha, num excremento, num campo de trevos, numa flor branca, numa amoreira e num tapete de seda. De forma análoga a esse contínuo processo de consumir e ser consumido, na visão de Thomas Browne também nada subsiste. Em cada nova forma já reside a sombra da destruição. É que a história de cada indivíduo, de cada sociedade e do mundo inteiro não descreve um arco que se expande cada vez mais e ganha em beleza, mas uma órbita que, uma vez atingido o meridiano, declina rumo às trevas. Ter ele próprio ciência de que desaparecerá na escuridão é, para Browne, algo indissociavelmente ligado à sua fé no dia da ressurreição, quando, como num teatro, as últimas revoluções terminam e todos os atores aparecem novamente no palco, *to complete and make up the catastro-*

phe of this great piece. O médico, que vê crescer e grassar as doenças nos corpos, compreende a mortalidade melhor do que a flor da vida. Parece-lhe um milagre que perduremos um único dia. Contra o ópio do tempo que passa, escreve, não há antídoto. O sol de inverno mostra a rapidez com que a luz se extingue na cinza, a rapidez com que nos envolve a noite. Hora após hora é incluída na soma. Até mesmo o tempo envelhece. Pirâmides, arcos do triunfo e obeliscos são pilares de gelo que derretem. Nem mesmo aqueles que encontraram um lugar entre as constelações celestes foram capazes de perpetuar a fama. Nimrod perdeu-se em Órion, Osíris no Cão Maior. As grandes famílias não duram nem a vida de três carvalhos. Justapor o próprio nome a uma obra qualquer não garante a ninguém o direito de ser lembrado, pois quem sabe se justamente os melhores não desapareceram sem deixar traços? As sementes de papoula espalham-se por toda parte, e quando num dia de verão a tristeza cai de repente sobre nós como neve, não desejamos outra coisa além de ser esquecidos. Em tais órbitas gravita o pensamento de Browne, de forma mais incansável talvez em seu discurso publicado em 1658 sob o título *Hydriotaphia*, sobre as urnas funerárias que haviam acabado de ser descobertas num campo nos arredores de Walsingham, em Norfolk, um local de romaria. Valendo-se das mais diversas fontes históricas e histórico-naturais, ele discorre sobre as medidas que tomamos quando um de nós se prepara para sua última viagem. Começando com alguns exemplos sobre os cemitérios de grous e elefantes, sobre as celas mortuárias das formigas e o costume das abelhas de oferecer a seus mortos um cortejo fúnebre partindo da colmeia, ele descreve em seguida os rituais funerários de vários povos, até chegar ao ponto onde a religião cristã, que sepulta inteiro o corpo pecador, extingue definitivamente as piras. A prática quase universal da cremação em épocas pré-cristãs não deve levar à conclusão, como muitas vezes acontece, de que os pagãos desconheciam a vida após a morte, e para mostrá-lo, Browne cita o testemunho tácito dos abetos, teixos, ciprestes, cedros e outras árvores perenes, com cujos galhos costumava-se acender as piras, em sinal de esperança eterna. Aliás, ao contrário do que em geral se acredita, diz Browne, não é difícil levar um ser humano à combustão. Para Pompeu bastou um barco velho, e o rei de Castela, quase sem dispor de lenha, logrou erguer labaredas visíveis de longe com um grande número de sarracenos. De fato, acrescenta Browne, se o fardo carregado por Isaac era realmente suficiente para um holocausto, então cada um de nós poderia carregar nos ombros nossa própria fogueira. As considerações retornam constantemente àquilo que veio à luz nas escavações no campo próximo a Walsingham. É espantoso, diz Browne, que as urnas de argila com paredes tão finas tenham sido preservadas incólumes por tanto tempo, a meio metro da superfície, enquanto arados e guerras passavam sobre elas e grandes edifícios e palácios e torres da altura das nuvens desmoronavam e ruíam. Os restos contidos nas urnas são examinados de perto; as cinzas, os dentes soltos, os fragmentos dos ossos, envoltos como numa guirlanda pelas pálidas raízes de grama, as moedas destinadas ao barqueiro elísio. Browne também registra cuidadosamente que são enterrados com o defunto, como se sabe, objetos a título de utensílio ou ornamento. O catálogo que reúne abrange todo tipo de curiosidade: a faca de circuncisão de Josué, o anel da amante de Propércio, gafanhotos e lagartos de ágata, um enxame de abelhas douradas, opalas azuis, fivelas de cinto e presilhas prateadas, pentes, pinças e alfinetes de ferro e chifre, e um berimbau de latão que soou pela última vez na viagem sobre a água preta. Mas a peça mais maravilhosa, vinda de uma urna romana da coleção do cardeal Farnese, é um copo perfeitamente intacto, tão cristalino como se tivessem acabado de soprá-lo. Na visão de Browne, coisas desse tipo, poupadas ao fluxo do tempo, são símbolos da indestrutibilidade da alma humana assegurada pelas escrituras, da qual o médico, por mais firme que considere sua fé cristã, talvez secretamente duvide. E como a pedra mais pesada da melancolia é a angústia do fim inelutável de nossa natureza, Browne procura entre aquilo que escapou à aniquilação os vestígios da misteriosa capacidade de transmigração que observou tantas vezes em lagartas e mariposas. O fiapo de seda púrpura a que se refere, da urna de Pátroclo, que outro significado teria, afinal?

II

Fazia um dia encoberto, com nuvens baixas, quando desci até a costa em agosto de 1992 no velho trem a diesel, encardido de óleo e fuligem até as janelas, que circulava na época entre Norwich e Lowestoft. Os poucos passageiros estavam sentados à meia-luz nos puídos assentos lilás, todos de frente, afastados o máximo possível uns dos outros e tão calados como se jamais tivessem proferido uma única palavra em toda a vida. A maior parte do tempo, o vagão, que oscilava incerto sobre os trilhos, deslizava em ponto morto, pois é quase ininterrupto o ligeiro declive até o mar. Apenas a intervalos, quando o motor era posto a funcionar com um tranco que sacudia toda a estrutura, ouvia-se por uns instantes o rangido das engrenagens, antes de tornarmos a avançar como antes sob pulsação uniforme, passando por jardins de fundo e colônias de hortas loteadas e pilhas de detritos e pátios de fábricas no pântano que se estende a leste do subúrbio da cidade. Cortando Brundall, Brundall Gardens, Buckenham e Cantley, onde uma refinaria de açúcar com chaminé fumegante fica na ponta de uma rua sem saída num campo verde, como um vapor num ancoradouro, a linha segue o curso do rio Yare até atravessar as águas em Reedham e ingressar, num arco amplo, na planície que se estende a sudoeste até o litoral. Fora um ou outro solitário pavilhão de polícia rural, não há nada para ver aqui além de mato e junco ondulante, alguns salgueiros degradados e cones de tijolo em ruínas, que parecem monumentos de uma civilização extinta, restos dos incontáveis moinhos de vento e bombas eólias cujas velas brancas giravam sobre os charcos de

Halvergate e ao longo de toda costa, até que, nas décadas que se seguiram à Primeira Guerra Mundial, foram desativados um após o outro. Mal conseguimos imaginar agora, disse-me alguém cuja infância remontava à época dos moinhos de vento, que na paisagem de antigamente cada um dos moinhos era como um reflexo de luz num olho pintado. Quando esses reflexos empalideceram, de certo modo a região inteira empalideceu com eles. Às vezes imagino, quando observo, que tudo já está morto. — Depois de Reedham, paramos em Haddiscoe e Herringfleet, dois povoados dispersos, dos quais não havia quase nada a se ver. Desci na estação seguinte, parada para a mansão Somerleyton. O trem logo seguiu viagem e desapareceu na curva em ligeiro arco um pouco adiante, arrastando atrás de si uma trilha de fumaça preta. Não havia ali uma estação, só um abrigo aberto. Caminhei pela plataforma deserta, à esquerda a amplidão aparentemente infinita dos pântanos, à direita, atrás de uma mureta de tijolo, os arbustos e as árvores do parque. Pessoa alguma à vista, a quem se pudesse perguntar o caminho. Antigamente, pensei comigo enquanto ajeitava a mochila nas costas e atravessava os trilhos, as coisas terão sido diversas, pois antes com certeza quase tudo de que se precisava numa casa como Somerleyton para a conservação da propriedade e o que era necessário trazer de fora para manter a posição social nunca inteiramente segura chegava ali naquela estação, nos vagões de carga do trem a vapor verde-oliva — mobílias de todo tipo, o novo piano, cortinas e reposteiros, os azulejos italianos e os acessórios para os banheiros, as caldeiras e o encanamento para as estufas, as provisões das hortas comerciais, vinho do Reno e de Bordeaux aos caixotes, máquinas de cortar grama e grandes caixas com espartilhos de barbatana de baleia e crinolinas vindos de Londres. E agora não havia mais nada e ninguém, nenhum agente ferroviário com quepe reluzente, nenhum criado, nenhum cocheiro, nenhum hóspede convidado, nenhuma reunião de caça, nem tampouco senhores com tweed indestrutível ou senhoras com elegantes vestidos de viagem. Basta uma fração de segundo, costumo pensar, e toda uma era passa. Hoje Somerleyton, tal como a maioria das casas relevantes da nobreza fundiária, é aberta ao público pagante durante os meses de verão. Mas essas pessoas não vêm de trem a diesel; entram com seu próprio carro pelo portão principal. É com eles em vista que se organiza todo o negócio turístico. Mas quem chega na estação, como eu, e caso não queira contornar meia propriedade, terá de saltar o muro feito um bandido e abrir caminho pelo matagal, antes de chegar ao parque. Pareceu-me uma estranha aula da história da evolução, que de vez em quando recapitula seus estágios anteriores com uma certa autoironia, que logo ao emergir das árvores eu tenha visto um trenzinho em miniatura lançando fumaça pelos campos, com uma quantidade de pessoas em seu interior que me lembravam cães ou focas de circo fantasiados. Mas, à frente do pequeno trem, com bornal de bilhetes a tiracolo na condição simultânea de controlador, condutor e maquinista dos animais vestidos, estava sentado o atual lord Somerleyton, *Her Majesty's, The Queen's Master of the Horse*.

A herdade de Somerleyton, que durante a alta Idade Média se achava na posse dos FitzOsbert e dos Jernegan, passou no curso dos séculos por uma série de famílias vinculadas seja por casamento, seja por sangue. Dos Jernegan passou aos Wentworth, dos Wentworth aos Garney, dos Garney aos Allen e dos Allen aos Anguish, cuja estirpe se extinguiu em 1843. No mesmo ano, lord Sydney Godolphin Osborne, um parente distante da finada linhagem que não queria tomar posse da herança, vendeu toda a propriedade a um sir Morton Peto. Peto, cujas origens eram as mais humildes e que trabalhara como servente de pedreiro antes de subir na vida, acabara de completar trinta anos quando comprou Somerleyton, mas já estava entre os empresários e especuladores mais importantes de sua época. No planejamento e execução de projetos prestigiosos em Londres, entre os quais o Hungerford Market, o Reform Club, a Coluna de Nelson e vários teatros no West End, ele estabeleceu novos padrões em todos os sentidos. Além disso, seus interesses financeiros na ampliação das ferrovias no Canadá, na Austrália, África, Argentina, Rússia e Noruega lhe propiciaram uma fortuna verdadeiramente gigantesca num brevíssimo intervalo, de modo que agora ele estava em condições de coroar sua ascensão às esferas mais altas da sociedade, estabelecendo uma residência de campo que eclipsaria, em conforto e extravagância, tudo o que existira até então. E, de fato, a obra dos sonhos de Morton Peto, um palácio principesco no chamado estilo anglo-italiano, com decoração interna completa, foi concluída em poucos anos no local da antiga mansão demolida. Já em 1852, a *Illustrated London News* e outras revistas da moda davam as mais efusivas reportagens sobre a nova Somerleyton, cuja fama singular consistia aparentemente em efetuar de modo quase imperceptível as transições entre interior e exterior. Os visitantes mal conseguiam dizer onde acabava a natureza e onde começava o artifício humano. Salões alternavam com jardins de inverno, saguões arejados com varandas. Havia corredores que terminavam numa gruta de samambaias com fontes de murmurejo incessante, passagens em caramanchão que se cruzavam sob a cúpula de uma fantástica mesquita. Janelas rebaixáveis abriam o interior para fora, enquanto, dentro, a paisagem se refletia nas paredes de espelho. Estufas de palmeiras e *orangeries*, o gramado semelhante a uma toalha de veludo verde, o forro das mesas de bilhar, os buquês de flores nos quartos matinais e de descanso e nos vasos de maiólica no terraço, as aves do paraíso e os faisões dourados nas tapeçarias de seda, os pintassilgos nos aviários e os rouxinóis no jardim, os arabescos nos tapetes e os canteiros cercados com sebe de buxo — tudo isso conspirava de tal forma que se tinha a ilusão de uma perfeita harmonia entre o mundo natural e o fabricado. O mais maravilhoso, dizia uma das descrições contemporâneas, era Somerleyton numa noite de verão, quando as estufas incomparáveis, sustentadas por pilares e esteios de ferro fundido que pareciam flutuar sem peso em seu traçado de filigrana, radiavam e cintilavam de dentro para fora. Incontáveis bicos de gás Argand, em cuja chama branca o gás venenoso era consumido com um ligeiro sibilo, difundiam por meio de seus refletores prateados uma luz imensamente clara, como que pulsante com a corrente de

vida de nossa terra. Nem mesmo Coleridge, entorpecido pelo ópio, teria sido capaz de imaginar uma cena mais mágica para seu príncipe mongol Kubla Khan. E suponham agora, prossegue o repórter, que a certa altura de uma soirée você suba ao campanário de Somerleyton com uma pessoa bastante próxima e, lá no alto da galeria, seja roçado pela asa silenciosa de um pássaro noturno que passa planando! Uma brisa lhe traz da grande alameda o aroma estonteante das tílias em flor. Vocês veem a seus pés os telhados íngremes cobertos de ardósia azul-escura e, no reflexo das estufas que resplandecem níveas, a plana superfície preta do gramado. Mais além, no parque, deslizam as sombras dos cedros libaneses; no jardim dos cervos, os animais tímidos dormem com um olho aberto, e para lá dos limites mais extremos, na direção do horizonte, estende-se o pântano e as velas dos moinhos batem ao vento.

Ao visitante de hoje, Somerleyton não causa mais a impressão de um palácio oriental de conto de fadas. As trilhas com cobertura de vidro e a estufa das palmeiras, cuja cúpula elevada antes iluminava as noites, foram consumidas pelo fogo em 1913 após uma explosão de gás, e em seguida demolidas; os criados, que mantinham tudo em ordem, os mordomos, cocheiros, choferes, jardineiros, cozinheiras, costureiras e camareiras, foram dispensados há muito. As fileiras de quartos parecem agora algo empoeiradas e em desuso. As cortinas de veludo e as persianas bordô estão desbotadas, os móveis estofados cedem, as escadarias e os corredores pelos quais se é conduzido estão repletos de tralhas inúteis já fora de circulação. Num baú de viagem ultramarina feito de madeira de cânfora, com o qual talvez um antigo morador da casa tenha viajado um dia à Nigéria ou a Cingapura, havia velhos tacos de croqué e bolas de madeira, tacos de golfe, tacos de bilhar e raquetes de tênis, a maioria tão pequena como se fosse destinada a crianças ou tivesse encolhido no curso dos anos. Das paredes pendem chaleiras de cobre, comadres, sabres de hussardos, máscaras africanas, lanças, troféus de safári, gravuras coloridas de uma batalha da Guerra dos Bôeres — *Battle of Pieters Hill and Relief of Ladysmith: A Bird's-Eye View from an Observation Balloon* — e alguns retratos de família pintados provavelmente entre 1920 e 1960 por um artista que entrara em contato com o modernismo, os rostos cor de gesso dos modelos injetados com terríveis manchas escarlates e violetas. No saguão de entrada, há um urso-polar empalhado de mais de três metros de altura. Com sua pelagem amarelada e carcomida pelas traças, ele espreita como um fantasma vergado por pesares. De fato, quando caminhamos pelos aposentos abertos ao público em Somerleyton, há momentos em que é difícil saber se estamos numa casa de campo em Suffolk ou numa espécie de terra de ninguém, na costa do Oceano Ártico ou no coração do continente negro. Tampouco podemos dizer de pronto em que década ou século estamos, pois muitas eras estão sobrepostas ali e coexistem. Enquanto caminhava por Somerleyton Hall naquela tarde de agosto, em meio a uma multidão de visitantes que se demorava um pouco aqui e ali, não pude deixar de pensar várias vezes numa casa de penhores ou numa sala de leilão. Mas foi justamente a profusão de coisas, de bens acumulados durante gerações e que agora aguardavam, por assim dizer, a hora de ser vendidos, que me conquistou nesse acervo que, no fundo, não passava de uma coleção de absurdos. Como Somerleyton devia ser pouco aconchegante, pensei, na época do empresário e parlamentar Morton Peto, quando tudo, do porão ao sótão, dos talheres aos lavabos, era novo em folha, harmonizado nos mínimos detalhes e de um bom gosto inclemente. E como a mansão me parecia bela, agora que se aproximava imperceptivelmente da beira da dissolução e da ruína silenciosa. Contudo, ao sair novamente ao ar livre, fiquei triste de ver, num dos aviários em boa parte abandonados, uma solitária codorna chinesa — evidentemente em estado de demência — correndo de lá para cá ao longo da grade lateral da gaiola e sacudindo a cabeça toda vez que estava prestes a dar meia-volta, como se não compreendesse como fora parar nessa situação deplorável.

Ao contrário do esplendor evanescente da casa, os terrenos que a circundavam estavam agora no auge de sua evolução, um século após o apogeu de Somerleyton. Os canteiros de flores bem podem ter sido outrora mais bem tratados e dotados de cores mais suntuosas, mas hoje as árvores plantadas por Morton Peto preenchiam o ar acima dos jardins, e vários dos antigos cedros, antes já admirados pelos visitantes da época, agora estendiam suas ramagens por quase um quarto de acre, cada qual um mundo inteiro em si mesmo. Havia sequoias com mais de sessenta metros de altura e sicômoros raros, cujos galhos mais extremos haviam se curvado até a grama, firmando um apoio onde tocavam a terra para de novo se lançar ao alto num círculo perfeito. Era fácil de imaginar que essas espécies de plátanos se difundiam pela terra como círculos concêntricos na superfície da água e que, ao assim conquistar o terreno adjacente, iam perdendo a força e começavam a morrer a partir de dentro. Algumas das árvores mais claras pareciam pairar como nuvens sobre o parque. Outras eram de um verde profundo, impenetrável. As copas se erguiam umas sobre as outras como terraços, e quem distorcesse só um pouco o foco da visão era como se olhasse para montanhas cobertas de gigantescas florestas. Mas, para mim, de longe o mais denso e mais verde era o labirinto de teixos de Somerleyton, no coração da misteriosa propriedade, onde me perdi de tal forma que só encontrei a saída quando passei a desenhar um traço com o salto da bota na areia branca, na frente de cada trilha cercada que se revelara sem saída. Mais tarde, numa das longas estufas construídas junto aos muros de tijolo do pomar, encetei uma conversa com William Hazel, o jardineiro que hoje cuida de Somerleyton com o auxílio de alguns ajudantes não qualificados. Quando soube de onde eu era, começou a me contar que, durante seus últimos anos de escola e o período de aprendizado que se seguiu, uma coisa que não lhe saía da cabeça era a guerra aérea que se movia contra a Alemanha a partir das sessenta e sete bases aéreas estabelecidas em East Anglia depois de 1940. As pessoas hoje em dia não fazem a menor ideia da escala dessa operação, disse Hazel. No curso de mil e nove dias, somente a oitava frota aérea usou um bilhão de galões de gasolina, lançou setecentas e trinta e duas mil toneladas de bombas, e perdeu quase nove mil aeronaves e cinquenta mil homens. Toda tarde eu via os esquadrões de bombardeiros partirem em viagem sobre Somerleyton, e, noite após noite, antes de ir dormir, eu imaginava as cidades alemãs em chamas, as tempestades de fogo lambendo os céus com suas labaredas e os sobreviventes remexendo nas ruínas. Um dia, quando lord Somerleyton me ajudava a podar as videiras nessa estufa, como forma de passatempo, disse Hazel, ele me explicou a estratégia da chuva de bombas dos aliados e logo depois me trouxe um grande mapa em relevo da Alemanha, no qual todos os nomes das localidades que eu ouvira no noticiário estavam grafados em letras estranhas ao lado de imagens simbólicas das cidades que, de acordo com o número de habitantes, tinham mais ou menos frontões, ameias e torres, e, além disso, no caso de centros importantes, havia ainda emblemas associados a elas, como por exemplo a catedral de Colônia, o Römer em Frankfurt ou a estátua de Roland em Bremen. Essas imagens minúsculas das cidades, aproximadamente do tamanho de selos postais, pareciam castelos românticos, e de fato a ideia que me ficou do Reich alemão era a de um país medieval e profundamente enigmático. Eu não parava de estudar as várias regiões no mapa, da fronteira polonesa ao Reno, das planícies verdes do norte aos Alpes, em parte cobertos com neve e gelo eternos, e soletrava os nomes das cidades cuja destruição acabara de ser anunciada: Braunschweig e Würzburg, Wilhelmshaven, Schweinfurt, Stuttgart, Pforzheim, Düren e dúzias mais. Foi desse modo que aprendi todo o país de cor, que ele foi gravado em mim a ferro e fogo, por assim dizer. Seja como for, desde então tentei descobrir tudo que estivesse ligado à guerra aérea. No início dos anos 50, quando estive em Lüneburg com o exército de ocupação, cheguei até a aprender um pouco de alemão, a fim de poder ler o que os próprios alemães, imaginei, haviam escrito sobre a guerra aérea e suas vidas nas cidades em ruínas. Para minha surpresa, porém, logo verifiquei que a busca por tais relatos nunca dava em nada. Ninguém parece ter escrito a respeito na época nem se lembrar do fato mais tarde. E mesmo se eu perguntasse diretamente às pessoas, era como se tudo tivesse sido apagado de suas cabeças. Mas quanto a mim, ainda hoje não posso fechar os olhos sem ver a formação dos bombardeiros Lancasters e Halifaxes, dos Liberators e das chamadas fortalezas voadoras, voando na direção da Alemanha sobre o cinzento mar do Norte e retornando dispersos para casa ao raiar do dia. No início de abril de 1945, pouco antes do final da guerra, disse Hazel varrendo os brotos de videira que podara, fui testemunha do choque de dois Thunderbolts da força aérea americana sobre Somerleyton. Fazia um belo domingo de sol. Eu estivera ajudando meu pai com um reparo urgente no campanário, que é na verdade uma caixa-d'água. Quando acabamos, subimos até a plataforma do mirante, de onde se avista toda a faixa de terra até a costa. Mal tínhamos olhado em volta quando dois aviões, retornando de uma patrulha, encenaram uma *dog fight* sobre a propriedade, por pura travessura, imagino. Podíamos ver nitidamente os rostos dos pilotos em suas cabines de vidro. Os motores rugiam enquanto as máquinas seguiam no encalço uma da outra ou voavam lado a lado no ar brilhante da primavera, até que as pontas de suas asas se tocaram numa manobra. *It had seemed like a friendly game*, disse Hazel, *and yet now they fell, almost instantly*. Quando desapareceram atrás dos choupos brancos e dos salgueiros, fiquei todo tenso à espera do choque. Mas não se elevaram chamas nem nuvens de fumaça. O lago os engolira sem nenhum ruído. *It was years later that we pulled them out. Big Dick one of them was called and the other Lady Loreley. The two pilots, Flight Officers Russel P. Judd from Versailles/Kentucky, and Louis S. Davies from Athens/Georgia, or what bits and bones had remained of them, were buried here in the grounds.*

Depois de me despedir de William Hazel, caminhei por uma boa hora pela estrada vicinal de Somerleyton a Lowestoft, passando pela grande prisão de Blundeston, que se ergue da planície como uma cidade fortificada e onde cerca de mil e duzentos presos cumprem suas penas. Já passava das seis da tarde quando cheguei ao subúrbio de Lowestoft. Não havia uma alma viva nas

ruas longas pelas quais passei, e quanto mais me aproximava do centro da cidade, mais ficava aflito com o que via. A última vez que estivera em Lowestoft fora talvez quinze anos antes, num dia de junho que passara na praia com duas crianças, e imaginava me lembrar de uma cidade algo atrasada, mas de resto bem simpática. Por isso me parecia agora tão incompreensível, ao caminhar rumo a Lowestoft, que num espaço de tempo relativamente tão curto o lugar tivesse decaído tanto. Eu naturalmente sabia que o declínio de Lowestoft fora constante desde as crises econômicas e as fortes depressões dos anos 30, mas por volta de 1975, quando as plataformas de petróleo começaram a surgir no Mar do Norte, cresceram também as esperanças de que haveria uma mudança para melhor, mudanças que foram então infladas cada vez mais na era do capitalismo linha-dura da baronesa Thatcher, até que por fim estouraram em meio à febre especulativa. Os prejuízos se espalharam lentamente no início, como um fogo subterrâneo, mas depois se alastraram como fogo selvagem, ancoradouros e fábricas foram fechados, um após o outro, até que a única coisa que podia ser dita em favor de Lowestoft era que marcava o ponto mais oriental no mapa das ilhas britânicas. Hoje, em muitas das ruas da cidade, quase que a cada duas casas, uma está à venda; empresários, comerciantes e pessoas físicas afundam cada vez mais em suas dívidas; semana a semana algum desempregado ou falido se enforca; o analfabetismo já abarca um quarto da população, e não há previsão de um fim para a miséria crescente. Embora eu soubesse de tudo isso, não estava preparado para o desconsolo que logo se apoderou de mim em Lowestoft, pois uma coisa é ler nos jornais reportagens sobre *unemployment blackspots*, e outra é caminhar numa tarde sombria pelas fileiras de casas com suas fachadas deterioradas e seus grotescos jardinzinhos de frente, e, tendo finalmente chegado ao centro, não encontrar outra coisa além de salões de jogos, casas de bingo, *betting shops*, lojas de vídeo, bares que exalam um cheiro de cerveja azeda de suas escuras portas entreabertas, mercados de segunda e duvidosos estabelecimentos de *bed & breakfast* com nomes como Ocean Dawn, Beachcomber, Balmoral, Albion e Layla Lorraine. Não foi fácil imaginar os solitários hóspedes de férias e viajantes a negócios que gostariam de se hospedar ali, e também não foi simples imaginar — enquanto eu subia as escadas pintadas de azul-marinho até a entrada — que o Victoria fosse um hotel *of a superior description* situado junto à orla, como li em meu guia, impresso pouco depois da virada do século. Fiquei parado um bom tempo no vestíbulo vazio e caminhei pelos recintos totalmente desertos em plena alta estação — se é que se pode falar de estação em Lowestoft — até topar com uma jovem assustada que, após folhear sem propósito o registro da recepção, estendeu-me uma chave imponente, pendurada numa pera de madeira. Notei que ela se vestia segundo a moda dos anos 30 e que evitava me fitar os olhos. Sua vista estava sempre no chão ou me atravessava como se eu não existisse. Mais tarde, sentado à noite como único hóspede no grande salão de jantar, foi aquela mesma pessoa assustada que anotou meu pedido e logo em seguida me trouxe um peixe que obviamente jazia sepultado havia anos no congelador, em cuja couraça empanada, em parte chamuscada pela grelha, os dentes de meu garfo vergaram. De fato, tive tanto trabalho em penetrar o que finalmente se revelou uma simples casca vazia que meu prato oferecia um triste espetáculo depois de acabada a operação. O molho tártaro, que eu tivera de espremer de um sachê de plástico, tingira-se de cinza pela farinha de trigo fuliginosa, e o próprio peixe, ou seu arremedo, espalhava-se meio destruído sob as ervilhas verdes e os vestígios de batatas fritas rutilantes de gordura. Não me lembro mais quanto tempo fiquei sentado naquele salão de jantar com seu papel de parede cor de vinho, até que a jovem nervosa, que obviamente desempenhava sozinha todas as tarefas da casa, emergiu às pressas das sombras que se adensavam no pano de fundo para limpar a mesa. Talvez tenha vindo no mesmo instante que cruzei os talheres, talvez depois de uma hora. Só me lembro das manchas escarlates que surgiram da gola de sua blusa e rastejaram pescoço acima quando se debruçou sobre meu prato. Depois que ela deslizou mais uma vez para longe, levantei-me e fui até a janela da sacada em semicírculo. Lá fora estendia-se a praia, em algum lugar entre a escuridão e a luz, e nada se mexia, nem no ar, nem na terra, nem na água. Mesmo as ondas brancas co-

mo neve que rolavam na baía, assim me pareceu, estavam paradas. Na manhã seguinte, quando deixei o Victoria Hotel com a mochila nas costas, Lowestoft despertara novamente para a vida sob um céu sem nuvens. Passando pelo porto, onde dezenas de traineiras envelhecidas e sem emprego balançavam presas às amarras, segui para o sul por ruas agora congestionadas pelo tráfego e cheias do vapor azul de gasolina. A certa altura, bem perto da estação central, que não passara por nem uma única reforma desde que fora construída no século XIX, um rabecão preto coberto de coroas de flores passou por mim entre outros veículos.

Dentro estavam sentados dois agentes funerários de feições sérias, o motorista e seu ajudante, e atrás deles, no porta-malas, digamos assim, alguém que partira recentemente dessa vida descansava em seu caixão, com terno de domingo, a cabeça num pequeno travesseiro, as pálpebras fechadas, as mãos entrelaçadas e as pontas dos sapatos viradas para cima. Enquanto observava o rabecão, lembrei-me daquele artesão de Tuttlingen que, muitos anos atrás, se juntara ao cortejo fúnebre de um comerciante aparentemente conhecido por todos em Amsterdam e escutara com reverência e emoção a oração fúnebre pronunciada em holandês, da qual não compreendeu uma palavra. Se antes ele admirara com inveja as fabulosas tulipas, mathiolas e leites-de-galinha nas janelas e os caixotes, fardos e baús cheios de chá, açúcar, especiarias e arroz que chegavam às docas vindos das Índias Orientais, de agora em diante, quando às vezes se perguntava por que em suas andanças pelo mundo não adquirira quase nada, bastava pensar no comerciante de Amsterdam, de quem fizera parte do último séquito, em sua casa espaçosa, em seu navio opulento e em seu túmulo estreito. Com essa história na cabeça, rumei para fora de uma cidade na qual as marcas do marasmo insidioso eram aparentes em toda parte, uma cidade que em sua época áurea não fora somente um dos mais importantes portos pesqueiros do Reino Unido, mas também um balneário elogiado até mesmo no exterior como *most salubrious*. Na época, a segunda metade do século XIX, uma série de hotéis foram construídos sob a direção de Morton Peto na margem sul do rio Waveney, capazes de satisfazer as exigências dos círculos londrinos mais eminentes, e ao lado dos hotéis foram erguidos ainda salas dos passos perdidos e pavilhões, igrejas e capelas para toda denominação, uma biblioteca de empréstimo, um salão de bilhar, uma casa de chá que parecia um templo e um bonde com um terminal suntuoso. Uma esplanada larga, alamedas, *bowling greens*, jardins botânicos e banhos com água doce e salgada foram criados e fundaram-se associações para promover a beleza da cidade. Lowestoft, diz um relato contemporâneo, elevara-se num piscar de olhos à mais alta posição na estima pública e possuía agora todas as instalações necessárias para um balneário de renome. Quem considerasse a elegância e perfeição dos edifícios construídos recentemente ao longo da praia ao sul, continuava o artigo, reconheceria sem dúvida que tudo, do plano geral ao último detalhe, fora instruído e moldado pelos princípios da racionalidade de forma vantajosa. A peça que coroava a empreitada, em todos os sentidos exemplar, era o novo píer, que avançava quatrocentos metros Mar do Norte adentro e era considerado o mais belo em toda a costa leste. Sobre o deque do passeio feito de mogno africano, erguiam-se os edifícios brancos do píer, que eram iluminados após o anoitecer com lampiões a gás, inclusive uma sala de leitura e concerto dotada de altos espelhos de parede. Todo ano no final de setembro, como meu vizinho Frederick Farrar contou-me poucos meses antes de morrer, era realizado ali um baile beneficente sob os auspícios de um membro da família real para marcar o término da regata. Frederick Farrar viera ao mundo em Lowestoft em 1906 (tarde demais, como ele me observou certa vez) e lá crescera em meio ao cuidado e à atenção de suas três belas irmãs, Violet, Iris e Rose, até que em 1914 foi enviado a uma chamada *prep school* nos arredores de Flore, em Northamptonshire. As intensas dores da separação que me importunaram ali durante muito tempo, sobretudo na hora de dormir e de arrumar minhas coisas, transformaram-se dentro de meu peito, assim disse Frederick Farrar em suas reminiscências, numa espécie de orgulho perverso quando, certa tarde, logo no início de meu segundo ano letivo, fomos orientados a nos reunir no pátio ocidental e escutar um discurso patriótico de nosso *headmaster* sobre as causas e o significado transcendente da guerra que eclodira durante as férias, após o término do qual, disse Frederick Farrar, um jovem cadete chamado Francis Browne, do qual até hoje nunca esqueci, soprou um toque de recolher ao trompete. Entre 1924 e 1928, a pedido de seu pai, que fora advogado em Lowestoft e também durante um bom tempo cônsul da Dinamarca e do Império Otomano, Frederick Farrar estudou direito em Cambridge e Londres e, em seguida, como disse uma vez com certo assombro, passou mais de meio século em escritórios de advocacia e tribunais. Como os juízes na Inglaterra permanecem em geral na ativa até idade avançada, Frederick Farrar só se aposentara quando, em 1982, comprou uma casa em nossa vizinhança para ali se dedicar inteiramente ao cultivo de rosas e violetas raras. Mal preciso acrescentar que a íris também era uma de suas favoritas. O jardim, que Frederick Farrar cultivou no curso de uma década ao redor dessas flores por ele plantadas em dúzias de variedades com o auxílio de um jovem que vinha todos os dias lhe dar uma mão, era um dos mais belos em toda a redondeza, e nos últimos tempos, depois que um enfarte o deixara muito fraco, eu costumava me sentar com ele e ouvir suas histórias sobre

Lowestoft e o passado. E foi também nesse jardim que Frederick Farrar encontrou seu fim, num maravilhoso dia de maio, quando, durante sua ronda matinal, ele conseguiu de algum modo atear fogo em seu roupão com o isqueiro que sempre carregava no bolso. O ajudante de jardinagem descobriu-o uma hora mais tarde, inconsciente e com queimaduras graves em todo o corpo, num local fresco à meia-sombra, onde a minúscula *Viola labradorica*, com suas folhas quase pretas, se alastrara numa autêntica colônia. Frederick Farrar sucumbiu a seus ferimentos naquele mesmo dia. Durante o funeral no pequeno cemitério de Framingham Earl, não pude deixar de pensar no trompetista mirim Francis Browne, que no verão de 1914 tocou saudando a noite num pátio de escola de Northamptonshire, e no píer branco de Lowestoft, que na época avançava tão longe mar adentro. Frederick Farrar me contara que, na noite do baile beneficente, a gente comum, que naturalmente não teve acesso a tal cerimônia, remou até a ponta do píer em mais de uma centena de barcos e botes, para assistir dali, de seus postos de observação algo oscilantes e à deriva, como a sociedade elegante girava ao som da orquestra e parecia flutuar num vagalhão de luz acima da água escura como a noite e, no início de outono, já quase toda recoberta de névoa. Quando olho em retrospectiva para aqueles tempos, Frederick Farrar me disse certa vez, é como se visse tudo através de véus brancos flutuantes: a cidade vista do litoral, as vilas rodeadas de árvores e arbustos verdes, descendo até a costa, a luz de verão e a praia pela qual acabamos de retornar de um passeio, meu pai à frente com um ou dois senhores de calças arregaçadas, minha mãe sozinha com a sombrinha, minhas irmãs com suas saias apanhadas e, atrás, os criados com os burricos, entre cujos cestos de carga eu me sentava. Certa vez, anos atrás, disse Frederick Farrar, cheguei até a sonhar com essa cena, e nossa família me pareceu como a pequena corte do rei Jaime II, em exílio na costa de Haia.

III

A pouco menos de dez quilômetros ao sul de Lowestoft, o litoral descreve uma ampla curva que avança ligeiramente terra adentro. Da trilha que corre pelas dunas cobertas de grama e pelos recifes baixos, é possível ver, a qualquer hora do dia ou da noite e em qualquer época do ano, como pude verificar em diversas ocasiões, todo tipo de abrigos em forma de tenda feitos de varas e cordame, pano de vela e oleado, ao longo da praia de seixos rolados.

Eles acompanham a orla de espuma do mar numa longa fileira e a intervalos bastaste regulares. É como se os últimos remanescentes de um povo nômade tivessem se fixado ali, no extremo limite da terra, à espera do milagre almejado desde tempos imemoráveis, um milagre que justificaria todas as suas privações e andanças anteriores. Na verdade, porém, essas pessoas acampadas a céu aberto não atravessaram terras e desertos longínquos para chegar àquela praia, são antes gente da vizinhança próxima, que tem o velho hábito de pescar ali olhando o mar que se transforma constantemente diante de seus olhos. Por estranho que seja, seu número sempre permanece mais ou menos o mesmo. Para todo aquele que levanta acampamento, outro logo vem para lhe tomar o lugar, de modo que ao longo dos anos, ao menos assim me parece, essa comunidade de pescadores que cochila de dia e monta vigília à noite não se altera, e quem sabe até remonte para além de onde a memória alcança. Dizem que é raro um dos pescadores estabelecer contato com seu vizinho, pois, embora todos eles olhem fixamente para o leste e vejam tanto o crepúsculo quanto a aurora se erguer no horizonte, e embora todos sejam movidos, imagino, pelos mesmos sentimentos insondáveis, cada um deles se acha no entanto bastante sozinho e só depende de si mesmo e de alguns poucos equipamentos que traz consigo, tal como o canivete, a garrafa térmica ou o pequeno rádio transistor que emite um ruído rascante apenas audível, como se os seixos sorvidos pelas ondas conversassem entre si. Não acredito que esses homens fiquem sentados junto ao mar dias e noites a fio para não perder, como afirmam, a hora em que os badejos passam, os linguados sobem ou os bacalhaus nadam para a litoral. Só querem estar num lugar onde o mundo fique às suas costas e diante deles nada mais haja que o vazio. O fato é que hoje é quase impossível fisgar alguma coisa da praia. Os barcos nos quais antigamente os pescadores partiam da costa sumiram, agora que o negócio não é mais rentável, e os próprios pescadores morreram. Ninguém se interessa por seu legado. Aqui e ali topamos com barcos abandonados e em decomposição, e os cabos com que antes eram puxados para terra enferrujam no ar salino. Em alto-mar, a pescaria continua, ao menos por enquanto, embora mesmo lá o resultado da pesca seja cada vez menor, sem falar que os peixes trazidos para terra muitas vezes só servem para farinha de peixe. A cada ano os rios transportam milhares de toneladas de mercúrio, cádmio e chumbo, e montanhas de fertilizantes e pesticidas, para o Mar do Norte. Boa parte dos metais pesados e outras substâncias tóxicas deposita-se nas águas rasas do Dogger Bank, onde um terço dos peixes já vêm ao mundo com estranhas deformidades e excrescências. De tempos em tempos, avistam-se da costa grandes manchas de algas venenosas que se estendem por vários quilômetros quadrados e descem a dez metros de profundidade, nas quais os animais marinhos perecem aos montes. Em algumas das espécies mais raras de linguado, carássio e brema, as fêmeas, numa mutação bizarra, estão desenvolvendo cada vez mais órgãos sexuais masculinos, e os rituais de acasalamento já não passam de uma dança da morte, o exato oposto da ideia do maravilhoso aumento e multiplicação da vida natural em que ainda crescemos. Não foi à toa que o arenque sempre serviu de modelo didático preferido no ensino primário, o principal emblema, por assim dizer, da indestrutibilidade da natureza. Lembro bem de um daqueles curtas-metragens tremeluzentes com chuviscos que os professores podiam tomar emprestado às cinematecas nos anos 50, que mostrava uma chalupa de Wilhelmshaven cortando ondas escuras que se erguiam até quase a parte de cima da tela. De noite, parecia, as redes foram lançadas, e de noite foram novamente recolhidas. Tudo se passava numa escuridão cerrada. Brancos eram apenas os ventres luzidios dos peixes, logo acumulados aos montes no convés, e o sal no qual eram misturados. Na lembrança que guardo desse filme educativo, vejo os homens em seus impermeáveis pretos-reluzentes trabalhando heroicamente sob o mar tempestuoso que rebentava sobre eles de tempo em tempo — a pesca do arenque como um dos cenários exemplares na luta da humanidade com o poder da natureza. Perto do final, quando o navio se aproxima do porto de base, os raios do sol noturno irrompem pelas nuvens e difundem seu brilho sobre o mar agora sereno. Um dos marinheiros, recém-banhado e penteado, toca sua gaita. O capitão, consciente de suas responsabilidades, dirige a vista à distância, postado ao leme. Por último, o descarregamento da carga e o trabalho nos galpões, onde os arenques são eviscerados por mãos femininas, separados segundo o tamanho e acondicionados em barris. Então (assim diz o folheto que acompanha o filme rodado em 1936, que consegui encontrar recentemente), os vagões de carga da ferrovia recebem esse irrequieto peregrino dos mares para levá-lo aos lugares onde seu destino nessa terra será finalmente cumprido. Li em outro lugar, num livro de história natural do Mar do Norte publicado em Viena em 1857, que o aren-

que, aos incalculáveis milhões, sobe das profundezas escuras nos meses de primavera e verão para desovar uns em cima dos outros, em camadas, nos baixios e nas águas costeiras. E com um ponto de exclamação, faz-se notar que cada arenque fêmea bota setenta mil ovos, o que, segundo os cálculos de Buffon, em breve produziria um volume de peixes vinte vezes o tamanho da terra, se todos se multiplicassem sem entraves. As crônicas várias vezes também registram anos em que toda a indústria de pesca do arenque ameaçou naufragar sob uma enchente verdadeiramente catastrófica de arenques. Relata-se até que cardumes gigantescos de arenques eram trazidos para a costa pelo vento e pelas marés e lançados em terra, cobrindo uma extensão de alguns quilômetros de praia a uma profundidade de meio metro. Somente pequena parte de tais safras de arenque podia ser recolhida a pá em cestos e caixotes pela população local. O resto apodrecia em poucos dias, oferecendo a terrível imagem de uma natureza que sufocava em sua própria abundância. Por outro lado, não era raro acontecer de o arenque evitar seus sítios habituais e assim empobrecer trechos inteiros da costa. Até hoje não foram definidas com precisão as rotas que o arenque traça no mar. Supôs-se que as condições de luz e de vento determinam os rumos que ele segue, ou o magnetismo terrestre ou as isotermas das águas, que não param de se deslocar, mas todas essas hipóteses se revelaram implausíveis, razão pela qual os que saem em busca do arenque sempre se fiaram apenas no conhecimento que lhes foi transmitido, em parte baseado em lendas e em suas próprias observações, como por exemplo no fato de os peixes, ao avançar em formações cuneiformes de contornos regulares, emitirem um reflexo pulsante na direção do céu quando os raios de sol incidem num determinado ângulo. Um sinal confiável da presença do arenque, dizem, são também as miríades de escamas que flutuam na superfície da água, cintilando como plaquetas de prata de dia e às vezes parecendo neve ou cinza no crepúsculo. Uma vez avistado o cardume de arenque, quase sempre ele era pescado na noite seguinte, e isso era feito, como se lê na história natural do Mar do Norte já citada, com redes de sessenta metros de comprimento, capazes de apanhar quase um quarto de milhão de peixes e elaboradas com seda persa rústica e tingidas de preto, já que a experiência mostrara que uma cor mais clara afugentava o arenque. É que as redes não envolvem a presa, mas constituem uma espécie de muro na água contra o qual os peixes nadam desesperadamente até prenderem as guelras nas malhas, para então serem sufocados durante o processo, que leva quase oito horas para arrastar e enrolar a rede. Por isso, em sua grande maioria, os arenques já estão mortos ao serem içados da água. Antigos historiadores naturais como M. de Lacépède tendiam, portanto, a supor que os arenques pereciam tão logo fossem retirados da água, instantaneamente, devido a alguma espécie de infarto ou por alguma outra razão. Todas as autoridades logo passaram a atribuir essa característica peculiar aos arenques, o que, por sua vez, durante bom tempo fez com que se dedicasse especial atenção a relatos de testemunhas oculares sobre arenques que permaneciam vivos fora d'água. Relata-se, por exemplo, que um missionário canadense chamado Pierre Sagard viu uma porção de arenques se debatendo durante algum tempo no convés de um navio pesqueiro perto da costa de Newfoundland, e que um sr. Neucrantz de Stralsund registrou com grande precisão os últimos estertores de um arenque retirado da água por uma hora e sete minutos (antes da hora da morte). Também um certo Noël de Marinière, inspetor do mercado de peixes de Rouen, um dia se deu conta, para o próprio espanto, que alguns arenques que já estavam fora d'água havia duas ou três horas ainda se mexiam, fato que o levou a investigar mais de perto a capacidade de sobrevivência desses peixes, cortando para tanto suas nadadeiras e os mutilando de outras formas. Um tal processo, inspirado por nossa sede de conhecimento, pode ser descrito como o ápice da história de sofrimentos de uma espécie constantemente ameaçada pela catástrofe. O que não é comido em estágio de ovo pelos hadoques e pelas rêmoras acaba dentro de um congro, de um cação, de um bacalhau ou de um dos muitos outros que se alimentam do arenque, entre os quais nós próprios estamos incluídos. Já por volta de 1670, mais de oitocentos mil holandeses e frísios, uma parte não desprezível da população total, ocupavam-se de forma exclusiva com a pesca do arenque. Cem anos mais tarde, o número de arenques pescados anualmente é estimado em sessenta bilhões. Diante dessas cifras quase inconcebíveis, os historiadores naturais buscaram consolo na ideia de que a humanidade é responsável apenas por uma parcela da infindável destruição que ocorre no ciclo da vida, e além disso na suposição de que a estrutura fisiológica peculiar dos peixes os protegia da sensação de medo e das dores que afligem os corpos e as almas dos animais superiores na ânsia da morte. Mas a verdade é que não sabemos como o arenque se sente. Tudo que sabemos é que seu esqueleto consiste em mais de duzentos ossos e cartilagens diversos, articulados de maneira extremamente complicada.

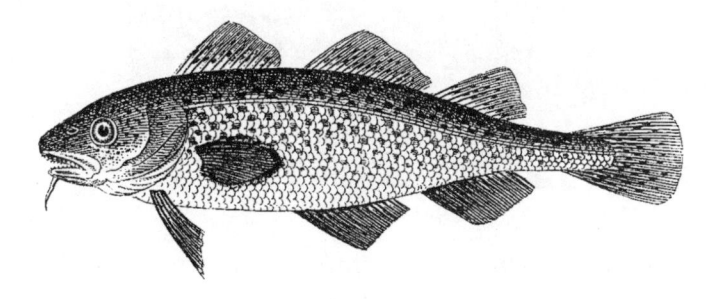

Algumas características externas notáveis são a poderosa barbatana caudal preta, a cabeça estreita, a mandíbula inferior ligeiramente proeminente e o olho grande, com uma pupila negra que nada na íris branco-prateada. O dorso do arenque é de coloração verde-azulada. As escamas individuais em seus flancos e no ventre cintilam em tom laranja-dourado, mas apresentam no conjunto um brilho metálico de puro branco. Contra a luz, as partes traseiras irradiam um verde-escuro de uma beleza nunca vista em outra parte. Quando a vida abandona o arenque, suas cores mudam. O dorso fica azul, faces e guelras ficam vermelhas, injetadas de sangue. Entre as peculiaridades do arenque, além disso, está o fato de seu corpo morto começar a luzir em contato com o ar. Essa propriedade, análoga à fosforescência, embora absolutamente diversa, atinge seu ápice poucos dias após a morte e então diminui à medida que o peixe apodrece. Por muito tempo, creio mesmo que até hoje, ninguém soube explicar esse brilho do arenque sem vida. Por volta de 1870, quando projetos para a iluminação total de nossas cidades estavam em marcha por toda a parte,

dois cientistas ingleses com nomes curiosamente adequados à pesquisa, Herrington e Lightbown, investigaram esse fenômeno natural singular na esperança de que a substância luminosa segregada pelos arenques mortos conduziria à fórmula para produzir uma essência orgânica de luz capaz de se regenerar indefinidamente. O fracasso desse plano excêntrico, como li outro dia num livro sobre a história da luz artificial, não foi mais que um contratempo insignificante na irresistível conquista das trevas.

Há tempos eu deixara os pescadores da praia para trás, quando, no começo da tarde, cheguei a Benacre Broad, um lago de água salobra atrás de um banco de seixos a meio caminho entre Lowestoft e Southwold. O lago é circundado pela guirlanda verde de um bosque de árvores decíduas que está morrendo aos poucos, devido à crescente erosão da linha costeira. Sem dúvida, é só uma questão de tempo até que o banco de seixos se rompa numa noite de tempestade e o aspecto de toda a região seja modificado. Mas naquele dia em que me sentei naquela margem calma, era possível imaginar que se contemplava a eternidade. Os véus de névoa que de dia se deslocam na direção da terra haviam se dissipado, a abóbada celeste estava vazia e azul, nenhuma brisa agitava o ar, as árvores pareciam de pintura, e nenhum pássaro voava sobre a água marrom-aveludada. Era como se o mundo estivesse sob uma redoma de vidro, até que imponentes cúmulos vindos do oeste lançaram lentamente uma sombra cinza sobre a terra. Talvez tenha sido esse escurecimento que me fez lembrar de um artigo que eu recortara do *Eastern Daily Press* vários meses antes, a respeito da morte do major George Wyndham Le Strange, cuja mansão fora o grande solar de pedra de Henstead, do outro lado do lago salobro. Durante a última guerra, dizia o artigo, Le Strange servira no regimento antitanques que libertou o campo de Bergen-Belsen em 14 de abril de 1945, mas, logo após o Dia da Vitória na Europa, ele regressara da Alemanha para assumir a administração dos bens de seu tio-avô no condado de Suffolk, uma tarefa que desempenhou de maneira exemplar, pelo menos até meados dos anos 50, como pude saber de outras fontes. Foi naquele tempo também que Le Strange contratou a governanta

a quem deixou por fim toda sua fortuna, as terras em Suffolk, bem como um imóvel no centro de Birmingham, avaliado em vários milhões de libras. Segundo a reportagem do jornal, Le Strange empregou essa governanta, uma jovem simples do vilarejo de Beccles chamada Florence Barnes, sob a expressa condição de que fizesse junto com ele as refeições por ela preparadas, mas observando absoluto silêncio. A própria mrs. Barnes contou ao jornal que, uma vez concluído, se ativera a esse acordo, mesmo quando o estilo de vida de Le Strange começou a ficar cada vez mais excêntrico. Embora mrs. Barnes tenha dado apenas as respostas mais evasivas às perguntas sem dúvida insistentes do jornalista, minhas próprias investigações posteriores revelaram que, no final dos anos 50, Le Strange despedira toda sua criadagem doméstica e seus trabalhadores rurais, jardineiros e administradores, um após o outro, que a partir de então passara a viver sozinho na grande mansão de pedra com a cozinheira de Beccles e que, em consequência disso, toda a propriedade, com seus jardins e seu parque, caiu visivelmente em estado de abandono, enquanto a vegetação rasteira e daninha avançava sobre as margens dos campos incultos. À parte tais comentários, claramente motivados pela observação de questões de fato, circulavam nas aldeias vizinhas a suas terras algumas histórias referentes ao próprio major, às quais provavelmente se deve dar crédito apenas limitado. Baseavam-se, imagino, no pouco que chegava ao mundo exterior no curso dos anos, rumores que vinham das profundezas do parque e ocupavam sobretudo a população que vivia na vizinhança imediata. Numa hospedaria em Henstead, por exemplo, ouvi dizer que em sua velhice, tendo usado até o fim seu guarda-roupa e não vendo razão para comprar peças novas, Le Strange circulava com roupas de épocas passadas, retiradas de baús no sótão de sua casa à medida que precisasse. Havia gente que

Housekeeper Rewarded for Silent Dinners

A wealthy eccentric has left his vast estate to the housekeeper to whom he hardly spoke for over thirty years.

Major George Wyndham Le Strange (77), a bachelor, collapsed and died last month in the hallway of his manor house in Henstead, Suffolk which had remained virtually unchanged since Georgian times.

During the last war, Le Strange had served in the 63rd Anti-Tank Regiment which liberated the concentration camp at Belsen on 14 April 1945. Immediately after VE-Day, he returned to Suffolk to manage his great uncle's estates.

Mrs. Florence Barnes (57), employed by Le Strange in 1955 as housekeeper and cook on condition that she dined with him in silence every day, said that Le Strange had, in the course of time, become a virtual recluse but she refused to give any details of the Major's eccentric way of life.

Asked about her inheritance, she said that, beyond wanting to buy a bungalow in Beccles for herself and her sister, she had no idea what to do with it.

afirmava tê-lo visto, de vez em quando, vestido com uma sobre-casaca amarelo-canário ou uma espécie de traje fúnebre de tafetá violeta desbotado com vários botões e colchetes. Le Strange, que sempre mantivera um galo manso no quarto, fora rodeado em anos posteriores, diziam, por todo tipo de criatura emplumada, por galinhas-d'angola, faisões, pombas e codornas, e pelos mais diversos pássaros canoros e de jardim, que corriam no chão ao seu redor ou voavam no ar à sua volta. Uma vez no verão, contavam alguns, Le Strange cavara um buraco em seu jardim e nele se sentara durante dias e noites feito são Jerônimo no deserto. Mas a mais curiosa de todas foi uma lenda que se originou, suponho, entre os funcionários da agência funerária em Wrentham, segundo a qual a pele clara do major ficara verde-oliva quando ele morreu, seu olho cinza-ganso ficara retinto e seu cabelo níveo, preto feito corvo. Até hoje não sei o que pensar dessas histórias. Uma coisa é certa, a propriedade e todos os imóveis a ela vinculados foram comprados num leilão por um holandês no outono passado, e Florence Barnes, a fiel governanta do major, mora agora com a irmã Jemima num bangalô na sua cidade natal de Beccles, como ela sempre quis.

Quinze minutos ao sul de Benacre Broad, onde a praia se afunila e começa um trecho de litoral escarpado, algumas dezenas de árvores mortas se amontoam numa pilha confusa, onde devem ter caído dos penhascos de Covehithe já faz anos. Branqueada pela água salgada, pelo vento e pelo sol, a madeira sem casca e fraturada parece a ossada de alguma espécie extinta, maior até que os mamutes e dinossauros, desaparecida há muito tempo naquela orla solitária. A trilha contorna o emaranhado, sobe uma escarpa de tojos até o alto do penhasco de argila e lá segue por entre samambaias, as mais altas das quais chegavam a meu ombro, bem junto da borda, que sempre ameaça ruir. Lá no mar plúmbeo, um barco a vela me acompanhava, ou melhor, parecia que estava parado e que eu próprio, passo a passo, avançava

tão pouco quanto o invisível piloto na contramão, com seu barco imóvel. Mas, lentamente, o mato de samambaias rareou, oferecendo a visão de um campo que se estendia até a igreja de Covehithe. Atrás de uma cerca elétrica, havia um rebanho de mais ou menos cem cabeças de porcos sobre a terra marrom, onde cresciam mirradas moitas de camomila. Pulei a cerca e me aproximei de um dos animais pesados, que dormiam imóveis. Ao me debruçar em sua direção, ele abriu lentamente o olhinho orlado com pestanas claras e me olhou com ar de interrogação. Corri a mão sobre seu dorso empoeirado, que estremeceu ao inusitado toque, acariciei-lhe o focinho e o rosto e afaguei-lhe a cova atrás da orelha, até que ele suspirou como alguém afligido por infinito sofrimento. Quando me reergui, tornou a fechar o olho com uma expressão de profundo afeto. Fiquei então sentado durante algum tempo entre a cerca elétrica e a borda do penhasco. Os cálamos ralos, já amarelados, curvavam-se ao vento que aumentava. O céu escurecia a olhos vistos. Bancos de nuvens se acumulavam ao longe sobre o mar agora listrado de branco. O barco, que por tanto tempo não havia se mexido, de repente desaparecera. Tudo isso me lembrava da história que São Marcos, o evangelista, conta do país dos gadarenos logo após o relato muito mais conhecido da tempestade que é serenada no mar da Galileia. Se, por um lado, condizia perfeitamente ao catecismo escolar a imagem dos discípulos incrédulos que sacodem o mestre para despertá-lo de seu sono tranquilo quando as ondas açoitam o barco, por outro ninguém sabia direito o que pensar da história do gadareno maluco. Eu, pelo menos, não conseguia me lembrar que a tivessem lido para nós nas chamadas aulas de religião ou na missa, e muito menos que a tivessem explicado. O sujeito raivoso, do qual se diz que saíra dos túmulos onde morava para ir ao encontro do nazareno, estava cheio de uma força (assim se lê) tão descomedida que ninguém era capaz de contê-lo. Rompera todas as correntes, esmigalhara cada grilhão. Sempre, escreve Marcos, estava em meio aos túmulos nas montanhas, e gritava e uivava e cortava-se com pedras. Perguntado pelo nome, respondeu: meu nome é legião, pois somos muitos, e rogou que não o expulsassem do país. Mas o Senhor ordenou aos espíritos maus que entrassem no rebanho de porcos que ali se alimentava. E os porcos, cerca de dois mil, segundo o evangelista, mergulharam no precipício e se afogaram no mar. Será que essa história terrível, perguntei a mim mesmo contemplando o oceano alemão de meu posto elevado, é o relato de uma testemunha confiável? Se é, isso não significa que Nosso Senhor cometeu um grave erro de diagnóstico ao curar o gadareno? Ou será que se trata apenas, perguntei comigo, de uma parábola inventada pelo evangelista sobre a origem da suposta falta de asseio dos porcos, que, pensando bem, implica dizer que nossa doentia razão humana precisa sempre investir contra uma outra espécie, por nós considerada inferior e digna de nada além da destruição? Enquanto isso me passava pela cabeça, eu observava as andorinhas se arremessando de lá para cá sobre o mar. Emitindo sem parar seus minúsculos gritos, cortavam seu campo de voo mais depressa que os olhos podiam acompanhá-las. Mesmo antes, na infância, quando do fundo do vale em sombras eu observava no final da tarde esses aviadores, que naquele tempo circulavam à última luz em número ainda maior, eu imaginava que o mundo só era mantido unido por causa das rotas que elas traçavam no ar. Vários anos mais tarde, no conto "Tlön, Uqbar, Orbis Tertius", escrito em 1940 em Salto Oriental no Uruguai, li então como alguns pássaros salvaram todo um anfiteatro. As andorinhas, percebi agora, voavam exclusivamente no plano que se estendia do alto do penhasco em que eu estava sentado rumo ao vazio. Nenhuma delas subia mais alto ou mergulhava mais baixo até à água. E quando vinham até a costa, feito balas, algumas desapareciam bem debaixo de meus pés, como se o chão as tivesse engolido. Fui até a beira do penhasco e vi que elas tinham cavado seus ninhos na camada superior de argila, uma ao lado da outra. Eu estava de pé, por assim dizer, sobre um solo perfurado, que podia ceder a qualquer momento. Ainda assim, inclinei a cabeça para trás o máximo que pude, como fazia quando criança para testar a coragem no telhado plano de zinco do apiário de dois andares, dirigi a vista ao zênite, deixei-a escorregar pela abóbada celeste e a conduzi então do horizonte, passando pela água, até a praia estreita situada a cerca de vinte metros abaixo de onde eu estava. Enquanto me recobrava, respirando fundo, de uma sensação de vertigem que nascia em mim, dei um passo para trás e foi como se tivesse visto alguma coisa de estranha cor pálida mover-se na faixa de areia. Agachei-me e, cheio de repentino pânico, olhei para baixo por sobre a borda. Era um casal que estava deitado lá embaixo, no fundo do poço, imaginei, um homem estendido sobre o corpo de um outro ser, do qual não se via nada senão as pernas abertas e em ângulo. E no segundo de pavor, que durou uma eternidade, durante o qual essa imagem correu por mim, pareceu-me que um tremor agitava os pés do homem como os de alguém recém-enforcado. Mas agora ele estava quieto, e quieta e imóvel estava também a mulher. Disformes, feito um grande molusco lançado à terra, lá estavam eles deitados, aparentemente um único corpo, um monstro marinho de vários membros e duas cabeças, vindo de bem longe, último exemplar de uma espécie assombrosa que se aproximava do fim a cada sopro expirado pelas narinas. Consternado, ergui-me outra vez, tão inseguro como se me pusesse de pé pela primeira vez na vida, e fui embora daquele lugar, que agora me causava inquietação, pela trilha que desce do penhasco em ligeiro declive até a praia, que ali se expande em direção ao sul. Diante de mim, ao longe, ocultava-se a cidade de Southwold, uma série de minúsculos prédios, ilhas de árvores e um farol branco como neve, sob o céu escuro. Antes mesmo de chegar lá, as primeiras gotas de chuva começaram a cair. Virei para trás, olhei para o caminho vazio por que avançara, e não sabia mais se tinha realmente visto o pálido monstro marinho no pé do penhasco de Covehithe ou se ele fora apenas fruto de minha imaginação. A lembrança da incerteza que senti então me traz de novo ao conto uruguaio já mencionado, que trata no essencial de nossas tentativas de inventar mundos de segundo ou mesmo de terceiro grau. O narrador relata que jan-

tara com Bioy Casares numa chácara da Calle Gaona em Ramos
Mejía, numa noite em 1935, e que, depois do jantar, os dois haviam se demorado numa conversa sobre escrever um romance
que desafiaria os fatos palpáveis e incorreria em diversas contradições, de tal modo que poucos leitores — muito poucos leitores
— seriam capazes de desvendar a realidade oculta na narrativa,
uma realidade atroz, mas ao mesmo tempo totalmente sem sentido. No fundo do corredor que levava ao quarto onde estávamos
então sentados, continua o autor, havia um espelho oval semiesfumado que produzia um efeito algo inquietante. Sentíamos que
éramos espreitados por essa testemunha muda, e descobrimos
assim — tais descobertas são quase inevitáveis altas horas da noite — que os espelhos têm algo de monstruoso. Bioy Casares lembrou então que um dos heresiarcas de Uqbar declarara que os
espelhos, como aliás toda cópula, eram abomináveis porque multiplicavam o número dos homens. Perguntei a Bioy Casares, diz
o autor, a origem dessa frase memorável, e ele disse que a *Anglo-American Cyclopaedia* a registrava em seu artigo sobre Uqbar.

Mas esse artigo, como se revela no curso da narrativa, não se acha em nenhum lugar da dita enciclopédia, ou melhor, acha-se unicamente no exemplar adquirido anos antes por Bioy Casares, cujo vigésimo sexto volume contém quatro páginas a mais do que todos os outros exemplares da edição em questão, publicada em 1917. Permanece obscuro, portanto, se Uqbar existiu um dia ou se a descrição desse país desconhecido não é um caso semelhante ao de Tlön, o projeto do enciclopedista a que a principal parte do conto em questão é dedicada e que pretendia alcançar, no curso do tempo, uma nova realidade por meio do irreal. A construção labiríntica de Tlön, observa uma nota acrescentada em 1947, está à beira de extinguir o mundo conhecido. A língua de Tlön, que ninguém domina, já invadiu as escolas, a história de Tlön já se sobrepõe a tudo aquilo que sabíamos antes ou acreditávamos saber, e na historiografia já se mostram as indiscutíveis vantagens de um passado fictício. Quase todos os ramos do saber foram reformulados, e as poucas disciplinas que não foram aguardam igualmente sua renovação. Uma dispersa dinastia de eremitas, a dinastia dos inventores, enciclopedistas e lexicógrafos de Tlön, transformou a face da Terra. Todas as línguas, até mesmo o espanhol, o francês e o inglês, irão desaparecer do planeta. O mundo será Tlön. Mas não faço caso disso, conclui o narrador, no sereno ócio de minha casa de campo, eu continuo a revisar uma indecisa tradução, escolada em Quevedo, do *Urn Burial*, de Thomas Browne (que não pretendo publicar).

IV

As nuvens de chuva haviam se dissipado quando, depois do jantar, fiz minha primeira caminhada pelas ruas e vielas da cidade. Já começava a ficar escuro entre as fileiras de prédios de tijolo. Somente o farol, com sua cabine de vidro faiscante, captava

ainda a claridade que aos poucos se retirava da Terra. De pés cansados como eu estava depois da longa caminhada desde Lowestoft, sentei-me logo num banco da praça de gramado amplo chamada Gunhill e contemplei o mar calmo, das profundezas do qual cresciam agora as sombras. Todos que saíram para um passeio noturno haviam sumido. Senti-me num teatro vazio, e não teria me surpreendido se a cortina de repente fosse erguida diante de mim e surgisse no proscênio, por exemplo, o 28 de maio de 1672, aquele dia memorável em que a frota holandesa emergiu das névoas que pairavam sobre o mar, com a radiante luz do dia atrás de si, e abriu fogo contra os navios ingleses reunidos na baía de Southwold. Provavelmente o povo de Southwold correu para fora da cidade assim que os primeiros tiros de canhão foram disparados e acompanhou o raro espetáculo da praia. Protegendo os olhos com as mãos contra o sol ofuscante, eles terão visto como os navios se moviam de lá para cá, aparentemente a esmo, como as velas enfunavam numa leve brisa nordeste e tornavam a ondular ao executarem pesadas manobras. Decerto não terão distinguido nenhuma figura humana a distância, nem mesmo os senhores do almirantado holandês e inglês em suas pontes de comando. Mais tarde, enquanto a batalha seguia seu curso, os paióis de pólvora explodiram e alguns dos cascos alcatroados dos navios queimaram até a linha de flutuação; tudo terá sido encoberto por uma causticante fumaça preto-amarelada que revolvia por toda a baía, subtraindo da vista o transcurso da luta. Se os relatos dos combates travados nos chamados campos de honra foram desde sempre pouco confiáveis, então as representações pictóricas dos grandes embates navais são, sem exceção, puras ficções. Mesmo celebrados pintores de batalhas navais como Storck, Van der Velde ou De Loutherbourg, dos quais estudei de perto algumas versões da *Battle of Sole Bay* no Museu Marítimo em Greenwich, não são capazes de transmitir, apesar do reconhecido propósito realista, uma impressão verdadeira de como deve ter sido estar a bordo de um desses navios, sobrecarregado até o limite de equipamento e tripulação, quando mastros e velas em chamas despencavam ou bolas de canhão atravessavam os conveses tomados por um inacreditável formigueiro de gente.

Só no *Royal James*, posto em chamas por um brulote, quase metade da tripulação de mil cabeças pereceu. Maiores detalhes sobre o naufrágio desse navio de três mastros não chegaram até nós. Diversas testemunhas oculares dizem ter visto o comandante da frota inglesa, o conde de Sandwich, que pesava quase cento e cinquenta quilos, gesticulando desesperadamente no convés de ré enquanto as chamas o circundavam. O certo é apenas que seu corpo intumescido foi lançado à praia perto de Harwich algumas semanas mais tarde. As costuras do uniforme haviam estourado, as casas dos botões rasgado, mas a Ordem da Jarreteira ainda cintilava em indiminuto fulgor. Naquela época, deveria haver apenas poucas cidades no mundo que tenham perdido tantas almas quantas foram extintas numa batalha como essa. A agonia padecida e todo o mecanismo da destruição ultrapassam em muito nosso poder de compreensão, do mesmo modo que não é possível conceber o esforço monumental que foi preciso — de cortar e preparar as árvores, extrair e fundir o minério e forjar o aço até tecer e costurar as velas — para construir e equipar embarcações quase todas predestinadas à aniquilação. Apenas por breve momento essas estranhas criaturas cortaram os mares, impelidas pelos ventos ao redor do globo, batizadas de *Stavoren, Resolution, Victory, Groot Hollandia* e *Olyfan*, e então desapareceram. Nunca ficou claro, aliás, qual das duas partes nessa batalha naval travada perto de Southwold, para extorquir vantagens econômicas, saiu-se vencedora, mas é ponto pacífico que o declínio holandês teve seu início aqui, com uma alteração no equilíbrio de forças que mal se aferia quando comparado com o dispêndio total de recursos consumidos na batalha, enquanto por outro lado o governo inglês, à beira da falência, diplomaticamente isolado e duramente humilhado pelo ataque holandês a Chatham, foi agora capaz, apesar de uma ausência aparentemente completa de estratégia e uma administração naval às raias da dissolução, e graças talvez apenas ao capricho dos ventos e das ondas naquele dia, de inaugurar a soberania dos mares que permaneceria incólume por tanto tempo. — Enquanto eu estava lá sentado naquela noite em Southwold, contemplando o Mar do Norte, foi como se eu sentisse de repente com toda clareza o mundo girando lentamente para dentro da escuridão. Na América, diz Thomas Browne em seu tratado sobre as urnas funerárias, os caçadores estão de pé quando os persas acabam de mergulhar no mais profundo sono. As sombras noturnas são puxadas sobre a terra feito a cauda de um manto, e como quase tudo, de um meridiano a outro, deita-se após o pôr do sol, continua ele, seria possível, seguindo o sol que se põe, ver no globo por nós habitado somente corpos estendidos, fileira após fileira, como se ceifados pela foice de Saturno — um cemitério de extensão infinita para uma humanidade que sucumbe à prostração. Alonguei o olhar cada vez mais mar adentro, até onde a escuridão era mais densa e onde se estendia um banco de nuvens de formato dos mais curiosos, que agora eu mal conseguia discernir, o panorama posterior, imagino, da tempestade que despencara sobre Southwold no final da tarde. O cume desse maciço retinto fulgurou ainda por um instante, em suas regiões mais elevadas, como as banquisas do Cáucaso, e enquanto eu o via extinguir-se aos poucos, ocorreu-me que anos antes, em sonho, eu percorrera toda a extensão de uma cadeia de montanhas tão distante e alheia como aquela. Deve ter sido uma extensão de milhares de quilômetros ou mais, através de desfiladeiros, gargantas e vales, passando por serros, encostas e correntezas, margeando grandes florestas, transpondo campos de pedra, cascalho e neve. E me lembrei que no sonho, ao chegar ao final do percurso, eu lançara um olhar para trás e que eram seis horas da tarde em ponto. Os picos denteados das montanhas de onde eu havia emergido destacavam-se com nitidez quase alarmante contra um céu turquesa no qual pairavam duas ou três nuvens cor-de-rosa. Era uma imagem de uma familiaridade inexplicável que ficou na minha cabeça durante semanas e que, como finalmente me dei conta, coincidia nos mínimos detalhes com o maciço de Vallüla, que eu vira do ônibus, os olhos pesados de cansaço, alguns dias antes de ingressar no colégio, quando retornávamos de noite para casa vindos de um passeio em Montafon. São provavelmente lembranças submersas que conferem aos sonhos seu curioso ar de surrealismo. Mas talvez seja também algo diverso, algo nebuloso e velado, através do qual, paradoxalmente, tudo parece muito mais claro no sonho. Uma poça vira um lago, uma brisa vira uma tempestade, um punhado de pó vira um deserto, um grãozinho de enxofre no sangue vira um inferno vulcânico. Que tipo de teatro é esse, onde somos ao mesmo tempo dramaturgo, ator, contrarregra, cenógrafo e público? Para transpor os subterfúgios dos sonhos, é necessária razão maior ou menor do que aquela que levamos para a cama?

Assim como essas coisas sempre me foram incompreensíveis, assim também me era impossível acreditar, sentado na Gunhill de Southwold naquela noite, que exatamente um ano antes eu contemplara a Inglaterra de uma praia holandesa. Naquela ocasião, depois de passar uma noite ruim em Baden, na Suíça, eu viajara para Haia via Basileia e Amsterdam, onde me hospedara num dos hotéis duvidosos perto da estação. Não me lembro mais se era o Lord Asquith, o Aristo ou o Fabiola. Seja como for, no saguão desse estabelecimento, que encheria da mais profunda depressão mesmo o viajante mais humilde, estavam sentados dois senhores, já não tão jovens, que eram claramente companheiros de longa data, e entre eles, fazendo as vezes de filho, por assim dizer, um poodle cor de abricó. Depois de descansar um pouco no quarto que me foi designado, saí para passear, na intenção de comer algo, na avenida que leva da estação até o centro da cidade passando pelo Bristol Bar, pelo Yuksels Café, por uma Videoboetiek, pela pizzaria de Aran Turk, por um Euro-Sex-Shop, um açougue muçulmano e uma loja de tapetes, sobre cuja vitrine um afresco rudimentar em quatro partes mostrava uma caravana atravessando o deserto. *Perzenpaleis*

estava escrito em letras vermelhas na frente do prédio degradado, em cujos andares superiores todas as janelas estavam caiadas de branco. Enquanto eu ainda estava de vista erguida para a fachada, um homem de barba escura, vestido com um paletó velho sobre sua longa túnica, passou bem a meu lado, tão perto que nossos cotovelos se tocaram, e enfiou-se por uma porta através de cuja abertura, não maior que uma fenda, meu olhar caiu por um momento inesquecível, totalmente dissociado do tempo, sobre um estrado de madeira em que talvez uma centena de pares de sapatos puídos estavam dispostos uns em cima e ao lado dos outros. Só mais tarde vi o minarete que se erguia do pátio do prédio rumo ao azul-celeste da tarde holandesa. Perambulei durante uma hora ou mais por essa região de certo modo extraterritorial da cidade. A maioria das janelas nas ruas laterais estavam pregadas com tábuas, e nos muros de tijolo fuliginosos havia pichações como *Help de regenwouden redden* e *Welcome to the Royal Dutch Graveyard*. Já não conseguia mais me decidir a entrar nesse ou naquele restaurante. Em vez disso, comprei um saquinho de batatas fritas no McDonald's, onde me senti como um criminoso procurado em todo mundo junto àquele balcão de luz ofuscante, e as comi aos poucos no caminho de volta ao hotel. Na frente das entradas das inúmeras casas de diversão e lanchonetes na rua que leva à estação, pequenos grupos de homens orientais haviam agora se reunido, a maioria dos quais fumava em silêncio, enquanto um ou outro parecia fechar negócio com um cliente. Quando cheguei ao pequeno canal que cruza a rua, passou de repente por mim, deslizando pelo asfalto como se surgida do nada, uma limusine americana conversível cravejada de luzes e de cromado brilhante, na qual estava sentado um cafetão que usava um terno branco, óculos escuros com armação dourada e um ridículo chapéu tirolês na cabeça. E enquanto eu seguia com a vista, cheio de espanto, essa aparição quase sobrenatural, eis que um homem de pele escura dobrou a esquina em desabalada, precipitando-se sobre mim, o terror estampado na face, e, desviando por pouco, deixou-me bem no caminho de quem o perseguia, que, a julgar pelas aparências, era um conterrâneo seu. O perseguidor, cujos olhos brilhavam de raiva e sede de sangue, devia ser além disso cozinheiro ou ajudante de cozinha, pois usava um avental e empunhava uma faca comprida e reluzente, que passou tão rente a mim que imaginei senti-la penetrar entre minhas costelas. Perturbado pela impressão causada por esse episódio, deitei-me na cama do hotel. Foi uma noite pesada e ruim, estava tão abafado que não se podia deixar as janelas fechadas. E quem as abrisse escutava o barulho do tráfego que subia do cruzamento e, a cada dois minutos, o guincho terrível do bonde que se atrita pelos trilhos em curva do terminal. Na manhã seguinte, portanto, eu estava com uma disposição péssima na Mauritshuis, plantado diante do retrato de grupo A *lição de anatomia*, com seus quase quatro metros quadrados. Embora eu tivesse ido a Haia especialmente para ver esse quadro, que ainda me ocuparia muito nos anos seguintes, não consegui de jeito nenhum, tresnoitado que estava, conciliar as ideias em face do corpo ali estendido e dissecado sob os olhares da guilda dos cirurgiões. Aliás, sem saber exatamente por quê, senti-me tão afetado pela pintura que precisei em seguida de quase uma hora para me recompor diante da *Vista de Haarlem com campos de quarar*, de Jacob van Ruisdael. A planície que se estende até Haarlem é vista de cima, das dunas, como em geral se afirma, mas a impressão de uma vista aérea é tão forte que essas dunas teriam de ser verdadeiras colinas, ou mesmo montanhas baixas. A verdade é que Ruisdael não se posicionou nas dunas para pintar, mas num ponto imaginário e artificial, a certa distância acima do mundo. Só assim foi capaz de ver tudo ao mesmo tempo, o enorme céu nebuloso que ocupa dois terços do quadro, a cidade, que pouco mais é do que uma espécie de franja do horizonte, exceto pela catedral de São Bavão, que se eleva acima de todos os outros prédios, os bosques e matagais escuros, a fazenda em primeiro plano e o campo claro onde os panos de linho branco foram estendidos para quarar e onde, pelas minhas contas, sete ou oito figuras com menos de meio centímetro de altura estão às voltas com seu trabalho. Depois de deixar a galeria, sentei-me por um instante nas escadas ensolaradas do palácio que o governador Johann Maurits, como estava escrito no guia que eu comprara, construíra na pátria durante o período de sete anos que esteve no Brasil e decorara como uma residência cosmográfica, que refletia as maravilhas das regiões mais remotas da Terra e correspondia a seu lema pessoal: "Até os limites do globo". Dizem que na inauguração da casa, em maio de 1644, portanto exatos trezentos anos antes de meu nascimento, onze índios que o governador trouxera consigo do Brasil apresentaram uma dança na praça pavimentada em frente ao novo edifício, transmitindo aos habitantes da cidade ali reunidos uma ideia das terras estrangeiras a que o poder de sua comunidade agora se estendia. Esses dançarinos, dos quais nada mais se sabe, desapareceram há muito, silenciosos como sombras, quietos como a garça que, ao me pôr novamente a caminho, vi voando bem rente à superfície luminosa da água, com batidas de asas regulares, indiferente ao tráfego que se arrastava às margens do Hofvijver. Quem há de saber como as coisas realmente aconteceram em épocas passadas? Diderot, em seu diário de viagem, descreveu a Holanda como o Egito da Europa, onde a pessoa pode atravessar os campos num barco e, até onde o olho alcança, não há quase nada que se projete das planícies alagadas. Nesse país maravilhoso, escreve, a mais ligeira elevação proporciona à pessoa uma sensação das mais sublimes. E para Diderot não havia nada mais satisfatório ao espírito humano do que as limpas cidades holandesas, com seus canais retos, orlados de fileiras de árvores, exemplares em todos os sentidos. Os povoados se sucediam uns aos outros como se tivessem sido criados por passe de mágica, da noite para o dia, pela mão de um artista, de acordo com um plano elaborado nos mínimos detalhes, e mesmo no meio do maior deles, escreve Diderot, a pessoa sempre se sente no campo. Haia, nessa época com cerca de quarenta mil habitantes, Diderot diz ser o vilarejo mais lindo da Terra, e o caminho da cidade para a praia de Scheveningen, um passeio sem igual. Não era fácil atinar com essas opiniões enquanto eu próprio caminhava ao longo da Parkstraat em direção a Scheveningen. Aqui e ali se achava uma bela vila em seu jardim, mas de resto não havia quase nada que me desse pausa para respirar. Talvez eu tivesse tomado a direção errada, como tantas vezes em cidades estranhas. Em Scheveningen, onde era minha esperança poder ver o mar já a distância, tive de caminhar um bom tempo à sombra de edifícios de quatro andares, como no fundo de um abismo. Quando finalmente cheguei à praia, estava tão cansado que me deitei e dormi até a tarde. Eu ouvia o marulho das águas, compreendia, meio sonhando, qualquer palavra holandesa e imaginava pela primeira vez em minha vida ter chegado em casa. Mesmo quando acordei, pareceu-me ainda por um instante que meu povo descansava à minha volta na travessia que fazíamos do deserto. A fachada do hotel-cassino avultava à minha frente como um grande caravançará, tanto mais que o palácio,

construído no meio da areia na virada do século, era rodeado de inúmeros anexos com telhados no formato de tendas, erguidos sem dúvida em data recente e que abrigavam bancas de jornal, lojas de suvenir e quiosques de fast-food. Num deles, o Massada-Grill, onde os painéis fotográficos iluminados sobre o balcão mostravam pratos *kosher* em vez das habituais combinações de hambúrgueres, bebi ainda uma xícara de chá antes de voltar à cidade e admirei um casal de avós radiante de alegria, rodeado por uma multidão colorida de netos, que celebrava alguma data familiar ou algum feriado no estabelecimento de resto vazio.

No fim da tarde, em Amsterdam, sentei-me na paz do salão de um hotel particular junto ao Vondelpark, que eu conhecia de visitas anteriores, decorado com móveis antigos, quadros e espelhos, e tomei diversas notas sobre as estações de minha viagem, agora quase no fim, sobre os dias que eu passara fazendo todo tipo de investigação em Bad Kissingen, sobre o acesso de pânico em Baden, a excursão de barco no lago Zurique, meu golpe de sorte no cassino de Lindau, a visita à Alte Pinakothek e ao túmulo de meu santo padroeiro em Nuremberg, de quem a lenda diz que foi filho de um rei da Dácia ou Dinamarca, que se casou com uma princesa francesa em Paris. Na noite de núpcias, dizem, foi acometido por um acesso de profunda indignidade. Veja, ele teria dito à noiva, hoje nossos corpos estão enfeitados, mas amanhã serão banquete para os vermes. Antes mesmo da alvorada, ele fugiu e fez uma peregrinação pela Itália, onde viveu recluso até sentir crescer dentro de si o poder de operar milagres. Depois de salvar os príncipes anglo-saxões Winnibald e Wunibald da morte certa por inanição com um pão assado feito de cinzas e trazido por um emissário celeste, e depois de um famoso sermão proferido em Veneza, ele cruza os Alpes rumo à Alemanha. Em Regensburg, atravessa o Danúbio em cima de seu manto, lá torna novamente inteiro um vidro quebrado e, na casa de um fabricante de rodas avarento demais para gastar lenha, acende um fogo com caramelos. Essa história da combustão da substância congelada da vida sempre foi de particular importância para mim, e muitas vezes me perguntei se a frieza e a desolação internas não são por acaso a condição prévia para fazer o mundo acreditar, mediante uma espécie de jogo de cena fraudulento, que o pobre coração ainda está em brasa. Seja como for, dizem que meu santo padroeiro ainda fez muitos outros milagres em seu retiro nas florestas imperiais entre os rios Regnitz e Pegnitz, e curou enfermos, antes que seu próprio corpo, como ele havia predeterminado, fosse levado numa carroça puxada por dois bois parrudos até o local onde ainda hoje se encontra seu túmulo. Séculos mais tarde, em maio de 1507, o patriciado de Nuremberg decide mandar fazer *um sarcófago de latão para o sagrado príncipe do céu são Sebaldo*, da lavra do mestre-funileiro Peter Vischer. Em junho de 1519, concluídos os doze anos de trabalho, o monumento, com toneladas de peso, quase cinco metros de altura, carregado por doze caracóis e quatro golfinhos recurvos e representando todo o cosmo da história da salvação, é instalado no coro da igreja consagrada ao santo da cidade. Na base do túmulo, faunos, sereias, criaturas fabulosas e animais de toda espécie concebível amontoam-se ao redor das virtudes cardinais em forma feminina — prudência, temperança, justiça e fortaleza. Acima delas estão figuras míticas — Nimrod, o caçador, Hércules com a clava, Sansão com a caveira de um burro e o deus Apolo entre dois cisnes — ao lado de representações do milagre do gelo, do alimento dado aos famintos e da conversão de um herético. Então vêm os apóstolos com seus emblemas e instrumentos de tortura e, acima de todos, a cidade celeste com seus três picos e inúmeras mansões, Jerusalém, a noiva ardentemente esperada, o tabernáculo de Deus entre os homens, a imagem de uma outra vida, renovada. E no âmago

desse relicário inteiriço, rodeado de oitenta anjos, repousam as ossadas dos mortos exemplares, dos precursores de uma época em que as lágrimas serão enxugadas dos olhos e não haverá mais sofrimento nem dor ou balbúrdia.

Anoitecera em Amsterdam. Eu estava sentado no escuro de meu quarto no sótão do hotel que dava para o Vondelpark e escutava as rajadas de vento que agora açoitavam a copa das árvores. De longe, chegou o ribombo do trovão. Um corisco pálido percorreu o horizonte. Por volta da uma, quando ouvi as primeiras gotas tamborilando no telhado, debrucei-me em minha janela de mansarda e senti o ar quente, em prenúncio de tempestade. Logo desabou o aguaceiro nas profundezas sombreadas do parque, que de vez em quando flamejava como se aceso por fogos de bengala. Nas calhas, a água gorgolejava como num riacho de montanha. Certa hora, quando outro raio cruzou o céu, olhei para o jardim do hotel muito abaixo de mim e lá, no fosso largo que divide jardim e parque, no abrigo dos galhos pendentes de um chorão, vi um casal de patos, imóvel na superfície da água totalmente recoberta por sêmola verde-relva. Por uma fração de segundo, essa imagem emergiu das trevas com tal clareza que ainda agora imagino ver cada folha do chorão, as nuanças mais sutis na plumagem de ambas as aves e até mesmo os orifícios dos poros em sua pálpebra cerrada.

Na manhã seguinte, a atmosfera do aeroporto de Schiphol estava repleta de sons tão maravilhosamente amortecidos que a pessoa poderia crer já ter deixado bem para trás o mundo terreno. Lentamente, como se estivessem sob a influência de sedativos ou se movessem num tempo dilatado, os passageiros palmilhavam os pátios ou, imóveis sobre as escadas rolantes, oscilavam rumo a seus diversos destinos no alto ou no subsolo. No trem vindo de Amsterdam, folheando o livro sobre os *Tristes trópicos*, eu topara com uma descrição dos Campos Elíseos, um bairro em

São Paulo onde as vilas e residências de madeira, pintadas em cores vivas e erguidas na virada do século pelos ricos numa espécie de estilo fantástico suíço, assim diz Lévi-Strauss relembrando seus tempos de Brasil, caíam aos pedaços em jardins repletos de eucaliptos e mangueiras. Talvez por isso o aeroporto, cheio de um suave murmúrio, pareceu-me naquela manhã a antessala desse país desconhecido, do qual nenhum viajante retorna. De vez em quando, as vozes das locutoras, incorpóreas e entoando suas mensagens como anjos, chamavam o nome de alguém. *Passagiers Sandberg en Stromberg naar Copenhagen. Mr. Freeman to Lagos. La señora Rodrigo, por favor.* Cedo ou tarde chegaria a vez de cada um reunido ali. Tomei assento num dos bancos acolchoados, onde aqui e ali ainda dormiam alguns dos que haviam passado a noite nesse local de baldeação, estirados inconscientes ou enrodilhados. Perto de mim, estava sentado um grupo de africanos, envoltos em túnicas largas, brancas como neve; e bem na minha frente, um senhor notavelmente bem vestido, com uma corrente de ouro cruzando o colete, lia um jornal cuja capa era ocupada em grande parte pela fotografia de um enorme rolo de fumaça que brotava de si próprio, igual um cogumelo atômico sobre um atol. *De aswolk boven de Vulkaan Pinatubo*, dizia a manchete. Lá fora, nas superfícies de concreto, o calor de verão tremeluzia, alguns caminhõezinhos andavam de lá para cá sem parar, e da pista, de maneira inconcebível, erguiam-se os pesados aviões, ocupados por centenas de pessoas, um após o outro rumo ao céu azul. Mas devo ter cochilado um instante enquanto contemplava esse espetáculo, porque de repente ouvi de muito longe meu nome, logo seguido pela advertência: *immediate boarding at gate C4 please.*

O aviãozinho de hélice que faz a rota entre Amsterdam e Norwich primeiro subiu em direção ao Sol antes de virar para o oeste. Estendida abaixo de nós, estava uma das regiões mais densamente povoadas da Europa, fileiras intermináveis de casas, poderosas cidades-satélites, *business parks* e estufas brilhantes que pareciam grandes banquisas quadrangulares à deriva na terra explorada até o último recanto. Ao longo dos séculos, as atividades de regulação, cultivo e edificação haviam transformado toda a superfície num desenho geométrico. As estradas, os aquedutos e as ferrovias corriam em linhas retas e ligeiras curvas entre pastos e bosques, bacias e reservatórios. Como num ábaco inventado para calcular o infinito, os carros deslizavam por sua pista estreita, enquanto os navios que subiam e desciam o rio davam a impressão de estar parados para sempre. Aninhado nesse tecido simétrico, havia um solar rodeado por um parque, relíquia de épocas passadas. Vi a sombra de nosso avião correr veloz lá embaixo sobre sebes e cercas, fileiras de choupos e canais. Um trator, numa linha como se traçada à régua, rastejava por uma plantação que já fora colhida e a repartia numa metade mais clara e outra mais escura. Mas em lugar algum se via um único ser humano. Não importa se a pessoa sobrevoa a Terra Nova ou o mar de luzes que se estende de Boston à Filadélfia ao cair da noite, se sobrevoa os desertos árabes que cintilam como madrepérola, a região do Ruhr ou a cidade de Frankfurt, é sempre como se não houvesse nenhum ser humano, como se houvesse apenas as coisas que eles fizeram e dentro das quais se escondem. Vemos suas moradas e os caminhos que as ligam, vemos a fumaça que sobe de suas casas e fábricas, vemos os veículos nos quais se sentam, mas os próprios seres humanos não vemos. E, no entanto, eles estão presentes em toda a face da Terra, difundem-se de hora em hora, locomovem-se pelas colmeias de arranha-céus e estão cada vez mais presos às redes de uma complexidade que vai muito além do poder de compreensão de cada indivíduo, se-

ja como antes nas minas de diamantes da África do Sul entre milhares de cabos e roldanas, seja como hoje nas bolsas de valores em meio à informação que flui sem cessar ao redor do globo. Se nos miramos de tais alturas, é assustador perceber como sabemos pouco sobre nós mesmos, sobre nosso propósito e nosso fim, pensei enquanto deixávamos para trás o litoral e voávamos para longe sobre o mar verde-gelatina.

Terão sido mais ou menos essas minhas reminiscências da visita à Holanda um ano antes, enquanto me achava sentado sozinho naquela tarde no Gunhill de Southwold. Há em Southwold, cabe ainda acrescentar, uma pequena casinha acima da esplanada que abriga o chamado *Sailor's Reading Room*, um estabelecimento de utilidade pública que, estando os marinheiros em via de extinção, serve principalmente como uma espécie de museu marítimo, onde é recolhido e preservado todo tipo de coisas relacionadas ao mar e à vida marinha. Nas paredes há barômetros e instrumentos de navegação, carrancas e modelos de navios em redomas e garrafas de vidro. Sobre as mesas há velhos registros da capitania dos portos, diários de bordo, tratados sobre a navegação à vela, diversas revistas náuticas e vários livros com gravuras coloridas que mostram clíperes e vapores oceânicos legendários como o *Conte di Savoia* e o *Mauretania*, gigantes feitos de aço e ferro, com mais de trezentos metros de comprimento e chaminés que somem nas nuvens baixas, nos quais caberia todo o Capitólio de Washington. O Reading Room de Southwold abre todo dia (salvo apenas no Natal) às sete da manhã e fica aberto até por volta da meia-noite. Recebe, quando muito, um punhado de visitantes durante as férias, e os poucos que entram geralmente tornam a sair logo depois de uma breve espiada, com a incompreensão típica desses turistas. Assim, o Reading Room está quase sempre deserto, exceto por um ou dois pescadores e marinheiros sobreviventes, sentados em silêncio numa das poltronas, vendo o tempo passar. De noite, às vezes, jogam uma partida de sinuca no quarto dos fundos. Ouve-se então o clique das bolas acima do suave murmúrio do mar e, uma vez ou outra, quando faz bastante silêncio, ouve-se um jogador passando giz no taco e soprando-lhe o pó. Sempre que estou em Southwold, o Sailor's Reading Room é de longe meu lugar favorito. É melhor que qualquer outro lugar para ler, escrever cartas, entregar-se a pensamentos ou, durante os longos meses de inverno, simplesmente contemplar o mar tempestuoso lá fora, que quebra sobre a esplanada. Segundo meu hábito, dirigi-me também dessa vez ao Reading Room logo na primeira manhã que cheguei a Southwold, no propósito de tomar algumas notas sobre o que eu vira no dia anterior. Primeiro, como em várias ocasiões anteriores, folheei o diário de bordo do *Southwold*, um navio de patrulha ancorado na frente do píer desde o outono de 1914. Nas páginas grandes, em formato oblongo, uma para cada data diferente, encontram-se registros esparsos rodeados de farto espaço em branco, como por exemplo *Maurice Farman Bi-Plane n'ward inland* ou *White steam-yacht flying white ensign cruising on horizon to S.* Cada vez que decifro uma dessas anotações, admiro-me que um vestígio há muito desaparecido no ar ou na água permaneça visível aqui no papel. Naquela manhã, quando fechei cuidadosamente a capa marmórea do diário de bordo, ponderando a misteriosa sobrevivência da palavra escrita, notei num canto da mesa um fólio grosso e surrado que eu nunca vira em minhas visitas anteriores ao Reading Room. Tratava-se, constatei, de uma história fotográfica da Primeira Guerra Mundial, compilada e publicada em 1933 pela redação do *Daily Express*, seja para lembrar a tragédia passada, seja para advertir da nova que se aproximava. Cada teatro de guerra é documentado nessa volumosa coletânea, de Vall'Inferno no fronte alpino austro-italiano até os campos de Flandres, e há ilustrações de toda forma concebível de morte violenta, da queda de um único pioneiro da aviação sobre o estuário do Somme até a carnificina nos pântanos da Galícia. Veem-se as cidades francesas reduzidas a escombros, os corpos apodrecendo na terra de ninguém entre as trincheiras, florestas ceifadas pelo fogo de artilharia, navios de guerra afundando sob nuvens de petróleo, colunas de exército em marcha, torrentes intermináveis de refugiados e zepelins destroçados,

imagens de Przemyśl e St. Quentin, de Montfaucon e Gallipoli, imagens de destruição, de mutilação, de profanação, de fome, de conflagração, de frio cortante. Os títulos são quase sem exceção repassados de ironia — *When Cities Deck Their Streets for War! This was a Forest! This was a Man! There is a Corner in a Foreign Field that is Forever England!* Uma seção específica do livro é dedicada à situação caótica nos Bálcãs, na época uma região mais afastada da Inglaterra do que Lahore ou Omdurman. Páginas e páginas de fotos da Sérvia, Bósnia e Albânia, retratos de grupos dispersos da população e indivíduos isolados que tentam escapar da guerra em carros de boi por estradas poeirentas, no calor do verão, ou a pé pela neve fofa, na garupa de um cavalinho já morto de cansaço. Como é natural, a crônica da desgraça é inaugurada pelo famoso instantâneo fotográfico de Sarajevo. A legenda da foto é *Princip Lights the Fuse!* É 28 de junho de 1914, um dia claro e ensolarado, por volta das quinze para as onze da manhã na Lateinerbrücke. Veem-se alguns bósnios, uns militares austríacos e o assassino sendo presos. A página ao la-

do mostra o uniforme de Franz Ferdinand, crivado de balas e embebido em sangue. Essa peça fora claramente fotografada para a imprensa depois de ser despida do corpo do herdeiro ao trono e transferida de trem para a capital do império, onde pode ser vista até hoje, junto com seu chapéu de plumas e suas calças, num relicário de moldura preta no museu de história militar. Gavrilo Princip, filho de um camponês do vale do Grahovo que acabara de completar dezenove anos e que até pouco tempo antes frequentara o ginásio em Belgrado, foi encarcerado nas casamatas de Theresienstadt após a condenação, onde faleceu de uma tuberculose óssea que o consumia desde a juventude. Os sérvios comemoraram em 1993 o septuagésimo quinto aniversário de sua morte.

De tarde, fiquei sentado sozinho até a hora do chá no bar-restaurante do Crown Hotel. O tilintar da louça na cozinha cessara havia muito; no carrilhão, guarnecido com um sol nascente e poente e uma lua que aparecia à noite, as rodas denteadas agarravam umas às outras, o pêndulo oscilava de lá para cá uniformemente, o ponteiro grande dava sua volta a pequenos solavancos, e já fazia algum tempo que eu me sentia em paz eterna quando, ao folhear bastante distraído a edição de domingo do *Independent,* topei com um longo artigo que guardava relação direta com as fotos dos Bálcãs que eu vira naquela manhã no Reading Room. O artigo, que tratava das chamadas medidas de limpeza étnica implementadas cinquenta anos antes na Bósnia pelos croatas em conjunto com os alemães e austríacos, começava descrevendo uma fotografia tirada claramente como suvenir por milicianos croatas da Utasha, na qual camaradas bem-humorados, parte deles fazendo pose de heróis, cortam com uma serra a cabeça de um sérvio chamado Branco Jungić. Uma segunda foto, tirada por brincadeira, mostra então a cabeça já seccionada do corpo com um cigarro entre os lábios ainda entreabertos num último grito de dor. O local desse episódio foi o campo de Jasenovac junto ao Sava, no qual setecentos mil homens, mulheres e crianças foram mortos somente com métodos que punham de cabelo em pé até mesmo os especialistas do grande Reich alemão, como ocasionalmente eles admitiam, dizem, em círculos restritos. Os instrumentos de execução preferidos eram serras e sabres, machados e martelos, e algemas de couro com lâminas fixas afiveladas ao antebraço, elaboradas especialmente em Solingen para cortar gargantas, bem como uma espécie de forca transversal primitiva, na qual sérvios, judeus e bósnios, etnias diversas arrebanhadas num

só grupo, eram enforcados em fileiras como gralhas ou pegas. Perto de Jasenovac, num perímetro de não mais que quinze quilômetros, havia ainda os campos de Prijedor, Stara Gradiška e Banja Luka, onde a milícia croata, o braço fortalecido pela Wehrmacht e o espírito pela Igreja Católica, realizava dia após dia seu trabalho de maneira semelhante. A história desse massacre, que se prolongou durante anos, está registrada em cinquenta mil documentos abandonados por alemães e croatas em 1945, conservados até hoje, segundo o autor do artigo de 1992, no Arquivo Bosanske Krajine de Banja Luka, que se acha (ou achava) abrigado numa antiga caserna austro-húngara onde, em 1942, a central de inteligência do Heeresgruppe E armou seu quartel-general. Sem dúvida quem esteve estacionado ali sabia de algum modo o que se passava nos campos da Utasha, como sabia também, por exemplo, das barbaridades perpetradas no curso da campanha de Kozara contra os partidários de Tito, na qual entre sessenta e noventa mil pessoas foram mortas nas chamadas ações de guerra, ou seja, foram executadas ou pereceram como resultado das deportações. A população feminina de Kozara foi levada para a Alemanha e, lá, a maioria dela foi transformada em sucata no sistema de trabalho escravo que se estendia sobre todo território do Reich. Das crianças deixadas para trás, vinte e três mil em número, a milícia matou a metade ali mesmo, enquanto a outra metade foi recolhida em diversos pontos de aglomeração para ser enviada à Croácia, e dessas, por sua vez, não foram poucas as que morreram de tifo, exaustão e medo, antes mesmo de chegar à capital croata. Daquelas que ainda se achavam vivas, muitas estavam tão famintas que comeram as cartelas de papelão com seus dados pessoais que usavam ao redor do pescoço, e assim, no desespero extremo, extinguiram seu próprio nome. Mais tarde, foram criadas como católicas em famílias croatas, enviadas à confissão e à primeira comunhão. Como todas as outras, aprenderam o bê-á-bá socialista na escola, adotaram uma profissão, tornaram-se ferroviários, vendedoras, serralheiros ou contadores. Mas ninguém sabe que tipo de memórias sombrias lhes persegue até hoje. Aliás, cabe aqui notar também que, entre os oficiais da inteligência do Heeresgruppe E daquela época, havia um jovem jurista vienense cuja tarefa principal era conceber memorandos referentes às recolonizações a serem postas em prática com a máxima urgência, por questões humanitárias. Graças a esses louváveis trabalhos escritos, lhe foi outorgada pelo chefe de estado croata

Ante Pavelić a medalha de prata da coroa do rei Zvonomir, com folhas de carvalho. Nos anos do pós-guerra, dizem, esse oficial tão promissor já no início de sua carreira e tão competente em assuntos técnicos da administração ascendeu a vários postos elevados, entre eles o de secretário-geral das Nações Unidas. Foi supostamente também nessa condição que ele gravou em fita, em proveito de extraterrestres habitantes do universo, palavras de saudação que agora, junto com outras *memorabilia* da humanidade, aproximam-se dos limites extremos de nosso sistema solar a bordo da sonda espacial *Voyager II*.

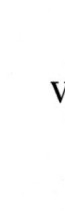

V

Na noite do segundo dia depois que cheguei a Southwold, após o noticiário noturno, a BBC levou ao ar um documentário sobre Roger Casement, uma figura que até então eu desconhecia e que foi executado em 1916 numa prisão de Londres por alta traição.

Embora as imagens desse filme, parte delas composta de raras tomadas históricas, tenham me cativado imediatamente, não demorou para que eu caísse em sono profundo na poltrona de veludo verde que arrastara até a frente da televisão. Enquanto minha consciência se dissolvia aos poucos, eu ainda era capaz de ouvir com perfeita clareza cada uma das palavras proferidas pelo narrador da história de Casement, endereçadas especialmente a mim, assim imaginava, mas não conseguia compreendê-las. Roda, moinho, roda, não me saía enfim da cabeça, roda só para mim. E quando, horas mais tarde, das profundezas de um sonho, despertei à primeira luz da alvorada e vi diante de mim as barras multicores tremulando no televisor mudo, lembrava somente que o programa iniciara com o relato de como o escritor Joseph Conrad conhecera Casement no Congo, a quem tomava como o único homem íntegro entre os europeus que lá encontrara, corrompidos em parte pelo clima tropical, em parte pela própria ganância e cobiça. Vi-o partir certa vez para a selva fechada que no Congo circunda cada povoado (tais eram as palavras exatas de uma citação do diário de Conrad que me ficaram estranhamente na cabeça) munido somente de uma bengala e na companhia apenas de um jovem de Luanda e de seus buldogues ingleses, Biddy e Paddy. E alguns meses mais tarde o vi emergir novamente da selva, talvez algo mais magro, mas de resto incólume, balançando sua bengala, com o jovem que carregava a trouxa e com os cães, como se tivesse acabado de voltar de um passeio vespertino no Hyde Park. Como eu perdera, exceto por essas poucas palavras e por algumas imagens sombrias de Conrad e Casement, o resto do que o narrador relatara em seguida, assim supus, sobre a vida de ambos, tentei desde então reconstruir de algum modo, a partir das fontes, a história da qual o sono me privou naquela noite (de forma imperdoável, imagino) em Southwold.

No final do verão de 1862, madame Evelina Korzeniowska viajou com seu filho Józef Teodor Konrad, então com cinco anos incompletos, da pequena cidadezinha de Jitomir para Varsóvia a fim de juntar-se a seu marido, Apollo Korzeniowski, que naquela primavera já desistira de seu posto pouco rentável como administrador no propósito de preparar o caminho para a revolta almejada por tantos contra a tirania russa, por meio de trabalho conspirativo literário e político. Em meados de outubro ocorreram as primeiras sessões do Comitê Polonês Nacional (então na ilegalidade) no apartamento dos Korzeniowski em Varsóvia, e no curso das semanas seguintes o jovem Konrad viu sem dúvida inúmeras pessoas misteriosas entrando e saindo da casa de seus pais. As fisionomias sérias dos senhores que conversavam à meia voz no salão branco e vermelho lhe terão ao menos sugerido a importância da hora histórica. A essa altura, provavelmente, ele já havia sido iniciado na finalidade dos procedimentos clandestinos e sabia que a mãe vestia negro — o que era proibido por lei — em sinal de luto pelo seu povo humilhado sob o poder estrangeiro. Se não, o segredo lhe foi confiado no mais tardar no final de outubro, quando o pai foi preso e encarcerado na cidadela. Após um interrogatório sumário perante um tribunal militar, ele foi sentenciado ao exílio em Vologda, um vilarejo remoto situado em algum ponto do deserto para além de Níjni Novgorod. Vologda, escreve Apollo Korzeniowski a seus primos no verão de 1863, é um pântano só, e suas ruas e vielas consistem em troncos abatidos. As casas, mesmo os palácios de madeira da nobreza provinciana, pintados em cores vivas, são erguidos sobre estacas fincadas no terreno alagadiço. Tudo à volta afunda, apodrece e deteriora. Há somente duas estações, um inverno branco e outro verde. Durante nove meses o ar gelado sopra do mar do Ártico. O termômetro cai a profundidades inconcebíveis e a pessoa é envolvida por uma escuridão infinita. Durante o verão verde, chove sem parar. A lama entra porta adentro. O rigor cadavérico transforma-se num marasmo assustador. No inverno branco, tudo está morto, no inverno verde, tudo está moribundo.

A tuberculose de que Evelina Korzeniowska sofre há anos avança quase sem obstáculos nessas condições. Os dias que lhe restam estão contados. O indulto das autoridades czaristas, que lhe concede passar tempo mais longo na propriedade de seu irmão na Ucrânia para recobrar a saúde, não é para ela senão um tormento a mais, porque expirado o prazo estabelecido, ela é obrigada a retornar ao exílio com Konrad, apesar de todos os pedidos e requerimentos e embora esteja agora mais próxima da morte que da vida. No dia da partida, Evelina Korzeniowska está de pé na escadaria do casarão de Novofastov, rodeada por uma multidão de parentes e criados e pelos amigos vindos das redondezas. Todos os ali reunidos, exceto as crianças e os que vestem libré, usam roupas de tecido preto ou de seda preta. Não se diz palavra. A avó quase cega olha por sobre a triste cena em direção ao campo deserto. Na trilha de areia em arco que circunda a rotunda de buxos, aguarda uma carruagem estranha, curiosamente alongada. As lanças projetam-se muito para frente, a boleia com o cocheiro parece afastada demais da traseira do veículo sobrecarregado de malas e bagagens de todo tipo. O próprio corpo da carruagem pende junto ao chão entre as rodas como entre dois mundos separados para sempre. A porta da carruagem está aberta, e lá dentro, no assento de couro gretado, está sentado faz algum tempo o jovem Konrad, que observa do escuro aquilo que descreverá mais tarde. Inconsolável, a pobre mãe olha mais uma vez ao redor, depois desce os degraus com cuidado apoiada no braço de tio Tadeusz. Os que ficam para trás guardam a compostura. Até mesmo a prima favorita de Konrad, que parece uma princesa com sua saia de xadrez tartã em meio ao grupo de preto, apenas leva a ponta dos dedos aos lábios como expressão do horror com a partida de ambos os exilados. E a senhorita Durand, uma suíça feia que se ocupou o verão inteiro da educação de Konrad com a maior devoção e que de resto desata em lágrimas em todas as ocasiões, ainda grita valente para seu pupilo enquanto acena um adeus com o lenço: *N'oublie pas ton français, mon chéri!* Tio Tadeusz fecha a porta da carruagem e dá um passo para trás. O coche parte com um tranco. Logo os amigos e os queridos parentes desaparecem do pequeno recorte da janela. Quando Konrad olha pelo outro lado, vê lá adiante, longe da rotunda de buxos, a sege do comandante do distrito policial, atrelada à maneira russa com três cavalos, pôr-se em movimento com o comandante de polícia que acaba de enterrar nos olhos com sua mão enluvada o boné de pala cingido de uma fita carmesim.

No início de abril de 1865, dezoito meses após a partida de Novofastov, Evelina Korzeniowska morre no exílio aos vinte e três anos, vítima das sombras que a tuberculose espalhara pelo seu corpo e da saudade que corroía sua alma. A vontade de viver de Apollo também quase se extinguiu. Mal conseguia se dedicar à instrução do filho, oprimido por tanta infelicidade. Quase nunca se ocupa com seu próprio trabalho. O máximo que faz é alterar essa ou aquela linha em sua tradução de *Les travailleurs de la mer*, de Victor Hugo. Esse livro infinitamente maçante lhe parece o espelho de sua própria vida. *C'est un livre sur des destinées dépaysées*, ele diz certa vez a Konrad, sobre *des individus expulsés et perdus, sur les éliminés du sort, un livre sur ceux qui sont seuls et évités.* Em 1867, pouco antes do Natal, Apollo Korzeniowski é exonerado de seu exílio russo. As autoridades chegaram à conclusão de que agora ele não representava mais uma ameaça e, para propósitos de convalescença, expediram-lhe um passaporte válido para uma viagem à Madeira. Mas nem a situação financeira de Apollo nem seu estado de saúde, agora extremamente debilitado, lhe permitem empreender uma tal viagem. Após uma breve temporada em Lemberg, austríaca demais para seu gosto, ele aluga alguns quartos na rua Poselska em Cracóvia.

Ali passa a maior parte do tempo imóvel em sua poltrona, chorando por sua mulher perdida, por toda uma vida jogada fora e pelo pobre filho solitário, que acabou de escrever uma peça patriótica com o título *Os olhos de Johan Sobieski*. Ele, Apollo, queimou todos seus manuscritos na lareira. Às vezes, ao fazê-lo, um floco de fuligem sem peso, igual um retalho de seda preta se erguia e adejava um instante pelo recinto, carregado pelo ar, antes de afundar até algum lugar do piso ou dissolver-se na escuridão. Tal como para Evelina, a morte para Apollo chegou na primavera, quando lá fora começava o degelo, mas não lhe foi concedido partir dessa vida no dia do aniversário da morte dela. Precisou permanecer deitado na cama até maio, cada vez mais fraco e magro. Durante essas semanas em que o pai esteve entre a vida e a morte, Konrad sempre se sentava a uma mesinha iluminada por uma lâmpada verde num gabinete sem janela e fazia sua lição de casa no fim da tarde, depois da escola. As manchas de tinta no caderno e nas mãos vinham do medo em seu coração. Quando a porta do quarto ao lado se abria, ele escutava a respiração curta do pai. Duas freiras com toucas brancas como a neve tratavam o paciente. Deslizavam em silêncio de lá para cá, cuidavam disso e daquilo e às vezes olhavam cheias de apreensão para a criança agora quase órfã, que enfileirava letras, somava números ou lia, hora após hora, grossos livros poloneses e franceses — histórias de aventura, relatos de viagem, romances.

O enterro do patriota Apollo Korzeniowski foi uma grande manifestação silenciosa. Ao longo das ruas fechadas ao tráfico, operários de cabeça nua, colegiais, universitários e cidadãos de cartola erguida perfilavam-se com emoção solene, e por toda a parte nas janelas abertas nos andares de cima acotovelavam-se grupos de pessoas vestidas de preto. O cortejo, liderado por Konrad (então com doze anos) como principal figura enlutada, partiu da rua estreita e avançou pelo centro da cidade, passando pelas torres desiguais da Igreja da Virgem Maria em direção ao Portão de Floriano. Fazia uma tarde bonita. O céu azul arqueava-se sobre os telhados das casas, e as nuvens lá no alto rumavam de vento em popa como uma esquadra de barcos a vela. Durante o funeral, enquanto o padre com sua pesada batina bordada de prata murmurava palavras rituais para o morto na cova, Konrad talvez tenha erguido o olhar e visto esse espetáculo das nuvens navegando como nunca antes em sua vida, e talvez então lhe tenha ocorrido a ideia, absolutamente inusitada para o filho de um fidalgo polonês, de querer virar capitão, uma ideia que ele expressa pela primeira vez a seu tutor e da qual posteriormente não abre mão por nada neste mundo, nem mesmo quando tio Tadeusz o envia à Suíça com seu professor particular, Pulman, para várias semanas de férias de verão. Pulman estava instruído a lembrar seu pupilo em cada oportunidade das diversas carreiras possíveis além da vida no mar, mas não importava o que dissesse (nas cataratas do Reno perto de Schaffhausen, em Hospenthal, na visita à construção do túnel St. Gotthard ou no alto do desfiladeiro Furka), Konrad aferrou-se com obstinação ao plano que concebera. Já no ano seguinte, em 14 de outubro de 1874 — ainda não completara dezessete anos —, ele se despede de sua avó, Theophila Bobrowska, e do fiel tio Tadeusz, ambos de pé em frente à janela do trem na estação de Cracóvia. O bilhete para Marselha em seu bolso custou 137 florins e 75 groschen. Quanto ao mais, leva consigo somente aquilo que cabe em sua maleta de mão, e dezesseis anos se passarão antes que retorne para visitar sua terra natal, ainda sob o jugo estrangeiro.

Em 1875, Konrad Korzeniowski atravessa pela primeira vez o Oceano Atlântico a bordo do brigue *Mont Blanc*. No final de julho está na Martinica, onde o navio permanece ancorado por dois meses. A viagem de volta dura quase três meses. Apenas no dia de Natal, o *Mont Blanc* aporta em Le Havre, severamente avariado pelas tempestades de inverno. Imperturbado por essa estafante iniciação à vida no mar, Konrad Korzeniowski faz outras viagens às Índias Ocidentais, a Cap-Haïtien, a Port-au-Prince, a St. Thomas e St. Pierre, destruída pouco depois pela erupção da Montagne Pelée. Na viagem de ida, são levadas armas,

máquinas a vapor, pólvora e munição. Na viagem de volta, a carga são toneladas de açúcar e a madeira abatida nas florestas tropicais. Quando não está no mar, Korzeniowski passa seu tempo em Marselha entre colegas de profissão e também com gente mais distinta. No *Café Boudol* da rue Saint-Férreol e no salão da majestosa esposa do banqueiro e armador Delestang, ele frequenta uma sociedade curiosamente mesclada, composta de aristocratas, boêmios, capitalistas, aventureiros e legitimistas espanhóis. Os estertores da vida cavalheiresca unem-se às maquinações mais inescrupulosas, intrigas complexas são tramadas, sindicatos de contrabandistas fundados e negócios duvidosos fechados. Korzeniowski envolve-se em várias coisas, gasta muito mais do que tem e sucumbe aos encantos de uma senhora misteriosa que, embora quase da mesma idade, já era viúva. Essa senhora, cuja verdadeira identidade jamais pôde ser estabelecida com segurança, era conhecida pelo nome de Rita nos círculos legitimistas, onde desempenhava um papel de destaque, e afirmou-se que havia sido amante de don Carlos, o príncipe Bourbon que se queria instalar, por bem ou por mal, no trono espanhol. Mais tarde, correu de diversas partes o boato de que doña Rita, residente numa vila na rue Sylvabelle, e uma certa Paula de Somogy eram a mesma pessoa. Diz essa história que em novembro de 1877, quando retornou a Viena após passar em revista as linhas de frente da guerra russo-turca, don Carlos pediu a uma sra. Hannover que lhe conduzisse uma jovem corista de Pest chamada Paula Horváth, cuja beleza, supõe-se, atraíra seus olhos. De Viena, com sua nova conquista como companheira, don Carlos viajou primeiro até a casa do irmão em Graz e de lá seguiu para Veneza, Modena e Milão, onde a introduziu à sociedade como a baronesa de Somogy. O boato sobre a identidade de ambas amantes originou-se provavelmente no fato de que Rita desapareceu de Marselha na exata época em que a baronesa, talvez por causa de uma crise de consciência de don Carlos desencadeada pela iminente primeira comunhão de seu filho Jaime, foi abandonada por ele ou oferecida em casamento ao tenor Angel de Trabadelo, com quem aparentemente viveu feliz e satisfeita em Londres, até sua morte em 1917. Embora permaneça em aberto se Rita e Paula eram de fato a mesma pessoa, não resta dúvida de que o jovem Korzeniowski procurou obter os favores de uma dessas senhoras, tivesse ela sido criada como pastora de cabras no planalto catalão ou como guardadora de gansos nas margens do lago Balaton, assim como também está fora de questão que essa história de amor, que em alguns aspectos beira o fantástico, alcançou seu ponto culminante no final de fevereiro de 1877, quando Korzeniowski atirou em si mesmo no peito ou recebeu um tiro no peito disparado por um rival. É que até hoje não está claro se o ferimento, que felizmente não pôs sua vida em risco, resultou de um duelo, como Korzeniowski afirmou mais tarde, ou, como suspeitava tio Tadeusz, de uma tentativa de suicídio. Seja como for, o gesto dramático pelo qual o jovem, que se via como stendhaliano, queria claramente cortar o nó górdio, foi inspirado na ópera, que na época definia os costumes sociais e sobretudo as manifestações de amor e anseio, em Marselha tanto quanto nas demais cidades europeias. Korzeniowski conhecera as criações musicais de Rossini e Meyerbeer no Théâtre de Marseille e ficara extasiado acima de tudo com as operetas de Jacques Offenbach, que na época se achavam tão em moda quanto antes e que um libreto com o título *Konrad Korzeniowski e a conspiração dos carlistas em Marselha* poderia muito bem ter servido como base para mais uma outra. Na verdade, porém, os anos de aprendizado franceses de Korzeniowski tiveram outro desfecho, quando ele deixou Marselha rumo a Constantinopla em 24 de abril de 1878 a bordo do vapor *Mavis*. A guerra russo-turca terminara, mas do navio, como ele relatou mais tarde, Korzeniowski pôde ver o acampamento militar de San Stefano, uma cidade de tendas brancas onde o tratado de paz fora assinado, passando feito uma miragem. De Constantinopla o vapor seguiu para Yeysk, nos confins do mar de Azov, onde foi embarcado um carregamento de óleo de linhaça com que o SS. *Mavis*, como está consignado nos registros do porto de Lowestoft, chegou à costa leste da Inglaterra em 18 de junho de 1878, uma terça-feira.

De julho a início de setembro, época em que partiu para Londres, Korzeniowski faz uma meia dúzia de viagens como marinheiro a bordo do *Skimmer of the Seas,* um cargueiro que fazia o trajeto entre Lowestoft e Newcastle. Pouco se sabe como ele passou a segunda metade de junho no porto e balneário de Lowestoft, que não poderia oferecer contraste maior com a cidade de Marselha. Terá alugado um quarto e colhido as informações necessárias para seus planos. À noite, quando a escuridão baixava sobre o mar, terá passeado pela esplanada, um estrangeiro de vinte e um anos sozinho entre ingleses e inglesas. Vejo-o, por exemplo, lá fora, parado no píer, onde uma banda está tocando a abertura do *Tannhäuser* nos moldes de uma serenata. E quando vai lentamente para casa entre os demais espectadores, em meio à brisa suave que sopra sobre a água, admira-se da facilidade com que assimila o inglês, uma língua que até então não lhe era nada familiar e que mais tarde usará para escrever os romances que lhe darão fama, e de como ela começa a enchê-lo de uma confiança e resolução inteiramente novas. As primeiras leituras inglesas de Korzeniowski, segundo sua própria informação, foram o *Lowestoft Standard* e o *Lowestoft Journal,* nos quais, na semana de sua chegada, as seguintes notícias sortidas, típicas desses dois órgãos, foram levadas ao conhecimento do público: uma terrível explosão numa mina em Wigan custou duzentas vidas; na Rumélia, há um levante dos maometanos; na África do Sul, insurreições dos cafires têm de ser abafadas; lord Grenville discorre sobre a educação do sexo feminino; um *despatch boat* zarpa para Marselha a fim de levar o duque de Cambridge para Malta, onde inspecionará as tropas indianas; uma empregada doméstica em Whitby é queimada viva porque seu vestido, sobre o qual derramara inadvertidamente parafina, pega fogo numa fogueira ao ar livre; o vapor *Largo Bay* deixou o Clyde com 352 emigrantes escoceses a bordo; uma mrs. Dixon de Silsden teve um enfarto de tanta felicidade quando seu filho Thomas, após quase dez anos na América, apareceu de repente em sua porta;

a jovem rainha da Espanha fica mais fraca dia após dia; os trabalhos nas fortificações de Hong Kong, onde se ocupam mais de dois mil *coolies, rapidly approach completion and in Bosnia all highways are infested with bands of robbers, some of them mounted. Even the forests around Sarajevo are swarming with marauders, deserters and franc-tireurs of all kinds. Travelling is, therefore, at a standstill.*

Em fevereiro de 1890, portanto doze anos após a chegada a Lowestoft e quinze anos após a despedida na estação de Cracóvia, Korzeniowski, que nesse meio tempo adquirira a cidadania britânica e a patente de capitão e estivera nas regiões mais remotas do globo, retorna pela primeira vez à casa de seu tio Tadeusz em Kazimierowska. Numa nota escrita muito mais tarde, descreve que, após breves paradas em Berlim, Varsóvia e Lublin, chega finalmente à estação ucraniana, onde o cocheiro e o mordomo de seu tio o aguardam num trenó com quatro cavalos baios atrelados, mas que é tão pequeno que quase parece um brinquedo. São mais oito horas de viagem até Kazimierowska. O mordomo, escreve Korzeniowski, enrolou-me solícito numa pele de urso que chegava até a ponta dos pés e pôs em minha cabeça, um enorme gorro de pele provido de orelheiras antes de tomar assento a meu lado. Quando o trenó partiu, teve início para mim, ao ruído suave e uniforme dos sinos, uma viagem de inverno de volta para a infância. O jovem cocheiro, de talvez dezesseis anos, encontrava o caminho pelos infindáveis campos cobertos de neve com instinto seguro. A uma observação de minha parte, prossegue Korzeniowski, sobre o espantoso senso de direção de nosso cocheiro, que nunca hesitava e não errara o caminho nem uma única vez, o mordomo respondeu que ele, o jovem cocheiro, era filho de Joseph, o velho cocheiro que sempre conduzira minha avó Bobrowska, seja abençoada a sua memória, e mais tarde servira Pan Tadeusz com igual fidelidade, até que o cólera lhe pôs fim aos dias. Sua mulher também, disse o mordomo, morreu da doença que sobreveio com o degelo, e o mesmo ocorreu com uma casa inteira cheia de crianças, e o único que sobreviveu foi esse jovem surdo-mudo sentado na boleia à nossa frente. Nunca fora mandado à escola e não contavam que pudesse ser de algum préstimo, até que se reparou que os cavalos eram mais obedientes a ele que a qualquer outro criado. E quando tinha cerca de onze anos, ficou evidente em dada ocasião que ele tinha o mapa do distrito inteiro na cabeça, com todas as curvas, de maneira tão precisa como se tivesse nascido com ele. Jamais, escreve Korzeniowski na sequência da história por ele transmitida de seu acompanhante, viajei tão bem quanto naquele dia, enquanto rumávamos para dentro do crepúsculo que se difundia à nossa volta. Como antigamente, muito tempo atrás, vi o sol se pôr sobre a planície. Um grande disco vermelho se pôs na neve como se mergulhasse no mar. Avançávamos rápido para dentro da escuridão que rompia, para dentro do infinito deserto branco que confinava com o céu estrelado e onde vilarejos entre árvores flutuavam como ilhas de sombras.

Antes mesmo de sua viagem à Polônia e à Ucrânia, Korzeniowski candidatara-se a um emprego na Société Anonyme pour le Commerce du Haut-Congo. Logo após regressar de Kazimierowska, falou outra vez pessoalmente com o gerente administrativo, Albert Thys, na sede principal da sociedade em Bruxelas, situada na rue de Brederode. Thys, cujo corpo gelatinoso fora metido à força dentro de uma sobrecasaca apertada demais, estava sentado num escritório sombrio sob um mapa da África que cobria toda a extensão da parede e, mal Korzeniowski apresentara seu pedido, ofereceu-lhe sem mais o comando de um vapor que singrava os confins setentrionais do Congo, provavelmente porque seu capitão, um alemão ou dinamarquês chamado Freiesleben, acabara de ser morto pelos nativos. Após duas semanas de preparativos apressados e um exame médio sumário de aptidão aos trópicos, a cargo de um médico de confiança da Société que parecia a morte encarnada, Korzeniowski segue de trem para Bordeaux e embarca em meados de maio no *Ville de Maceió* com destino a Boma. Em Tenerife já é afligido por maus presságios. A vida, escreve à sua bela e recém-viúva tia Marguerite Poradowska em Bruxelas, é uma tragicomédia — *beaucoup de rêves, un rare éclair de bonheur, un peu de colère, puis le désillusionnement, des années de souffrance et la fin* — na qual a pessoa tem de desempenhar seu papel quer queira, quer não. Nesse estado de espírito abatido, Korzeniowski reconhece progressivamente, no curso da longa viagem marítima, a loucura de todo o empreendimento colonial. Dia após dia, a costa permanece igual, como se o navio não avançasse. E no entanto, escreve Korzeniowski, passamos por vários desembarcadouros e feitorias com nomes como Gran' Bassam ou Little Popo, que parecem provir todos eles de alguma farsa grotesca. Certa vez passamos por um navio de guerra ancorado diante de uma praia desolada, onde não havia o menor sinal de povoamento. Até onde alcançava a vista, não havia mais que o oceano e o céu e a faixa verde da vegetação rasteira, fina como um fio de cabelo. A bandeira pendia frouxa do mastro, o pesado barco de ferro subia e descia pachorrento no movimento viscoso das ondas, e a intervalos regulares os canhões de seis polegadas de comprimento disparavam contra o desconhecido continente africano, sem nenhum alvo nem propósito.

Bordeaux, Tenerife, Dacar, Conacri, Serra Leoa, Cotonou, Libreville, Luango, Banane, Boma — depois de quatro semanas no mar, Korzeniowski finalmente chegou ao Congo, um dos destinos mais remotos de seus sonhos de infância. Na época, o Congo não passava de uma mancha branca no mapa da África sobre o qual ele costumava se debruçar durante horas a fio, mur-

murando os nomes coloridos. Quase nada estava marcado no interior dessa parte do mundo, nenhuma ferrovia, nenhuma estrada, nenhuma cidade, e, como os cartógrafos gostavam de inscrever em tais espaços vazios o desenho de algum animal exótico, um leão rugindo ou um crocodilo com mandíbulas abertas, retrataram o Congo, do qual sabiam apenas que era um rio cuja nascente ficava a centenas de quilômetros da costa, como uma cobra que serpenteava pelo país imenso. Desde então, é claro, o mapa havia sido preenchido. *The white patch had become a place of darkness.* De fato, em toda a história do colonialismo, grande parte da qual ainda não foi escrita, é difícil haver um capítulo mais sombrio que o do chamado desbravamento do Congo. Em setembro de 1876, em meio à proclamação das melhores intenções possíveis e da suposta isenção de interesses nacionais e particulares, foi fundada a Association Internationale pour l'Exploration et la Civilisation en Afrique. Personalidades de vulto de todas as esferas da sociedade, representantes da aristocracia, das igrejas, da ciência, da indústria e das finanças participam do encontro inaugural, no qual o rei Leopoldo, patrono do empreendimento exemplar, declara que os amigos da humanidade não poderiam buscar objetivo mais nobre do que aquele que os reunia naquele dia: abrir a última parte de nossa terra que até ali permanecera intocada pelas bênçãos da civilização. Tratava-se, disse o rei Leopoldo, de romper as trevas em que povos inteiros ainda estavam presos, tratava-se de uma cruzada talhada como nenhuma outra a conduzir o século do progresso à sua perfeição. Como é natural, o espírito elevado expresso nessa declaração dissipou-se em seguida. Já em 1885, Leopoldo, que agora ostenta o título de Souverain de l'État Indépendant du Congo, é o único governante (sem ser obrigado a prestar contas a ninguém) do território que continha o segundo rio mais longo do mundo, dois milhões e meio de quilômetros quadrados e portanto cem vezes a área da própria pátria — um território cujas riquezas inesgotáveis ele começa então a explorar sem nenhum escrúpulo. O instrumento da exploração são companhias comerciais como a Société Anonyme pour le Commerce du Haut-Congo, cujos lucros daí a pouco lendários baseiam-se num sistema de trabalho escravo sancionado por todos os acionistas e todos os europeus contratados para trabalhar no Congo. Em muitas regiões do país, a população nativa é quase dizimada pelo trabalho forçado, e também os que para lá são levados de outras partes da África ou de além-mar morrem aos montes de disenteria, de malária, de varíola, de beribéri, escorbuto, fome e exaustão física. Entre 1890 e 1900, um número estimado de quinhentas mil dessas vítimas anônimas, não mencionadas nos relatórios anuais, perdem suas vidas a cada ano. No mesmo período, as ações da Compagnie du Chemin de Fer du Congo sobem de 320 para 2850 francos belgas.

Após chegar a Boma, Korzeniowski transfere-se do *Ville de Maceió* para um pequeno vapor de rio, com o qual chega a Matadi em 13 de junho. Dali em diante, precisa seguir por terra, pois entre Matadi e Stanley Pool o Congo não é navegável devido a inúmeras quedas-d'água e cachoeiras. Matadi é um lugarejo desolado, chamado por seus habitantes de cidade das pedras, que supura feito uma chaga sobre o cascalho expelido durante séculos pelo caldeirão infernal ao fim desse trecho de quatrocentos quilômetros do rio, que permanece indomado até hoje. Entre encostas de detritos e as cabanas cobertas com chapa corrugada desfeita em ferrugem, dispostas aleatoriamente na paisagem, sob os penhascos escarpados pelos quais força caminho a torrente, e também nas vertentes íngremes das margens — por toda a parte se veem figuras negras trabalhando em grupos ou em colunas de carregadores que avançam pelo terreno intransitável. Somente aqui e ali surge entre eles um capataz com um terno claro e um capacete branco na cabeça. Korzeniowski já está faz dois ou três dias nessa arena repleta de um ruído incessante, que lhe lembra uma enorme pedreira, quando então (como Marlow, seu duplo, descreve mais tarde em *Heart of Darkness*) topa com um lugar um pouco afastado do povoamento, para onde os torturados pela doença ou consumidos pela fome e pelo trabalho retiram-se para morrer. Como após um massacre, acham-se ali deitados no crepúsculo cinzento no fundo do precipício. Obviamente ninguém faz menção de deter esses seres de sombra quando se esgueiram para dentro dos arbustos. Agora estão livres, livres como o vento que os envolve e no qual irão se dissolver aos poucos. Gradualmente, relata Marlow, emerge da escuridão o brilho de alguns olhos do outro mundo que se dirigem a mim. Debruço-me e vejo um rosto ao lado de minha mão. Devagar, as pálpebras se erguem. Em algum lugar nas profundezas do olhar vazio, agita-se após um instante um lampejo cego, que logo torna a se apagar. E enquanto essa pessoa, que mal passa de um garoto, exala seu último alento, aqueles que ainda não estão no fim carregam sacos de cinquenta quilos com provisões, caixas de ferramentas, explosivos, equipamentos de todo tipo, peças de máquinas e partes desmontadas de cascos de navio através de pântanos e florestas e do planalto crestado pelo sol, ou trabalham na montanha Palaballa e às margens do rio M'Pozo, construindo a estrada de ferro que ligará Matadi ao curso superior do Congo. Korzeniowski faz a duras penas esse trajeto de volta, por onde em breve surgirão as colônias de Songolo, Thumba e Thysville. Tem consigo trinta e um carregadores e, como indesejado companheiro de viagem, um francês obeso chamado Harou, que sempre desmaia quando estão justamente a quilômetros da sombra mais próxima, de modo que precisa ser transportado numa rede por longas distâncias. A marcha dura quase quarenta dias, e durante esse tempo Korzeniowski começa a compreender que as fadigas que é obrigado a padecer não o isentam da culpa na qual incorre por sua simples presença no Congo. Embora de Léopoldville a Stanley Falls siga viagem rio acima num vapor, o *Roi des Belges*, o plano que concebera originalmente de assumir ali um comando para a Société Anonyme agora só lhe enche de repulsa. A umidade corrosiva do ar, a luz do sol pulsante junto com as batidas do coração, a névoa sempre igual que pendia nas distâncias sobre o leito do rio, o convívio com as pessoas a bordo do *Roi des Belges*, que a cada dia lhe pareciam mais sem juízo — ele sabe que tem de regressar. *Tout m'est antipathique ici,* escreve a Marguerite Poradowska, *les hommes et les choses, mais sourtout les hommes. Tous ces boutiquiers africains et marchands d'ivoire aux instincts sordides. Je regrette d'être venu ici. Je le regrette même amèrement.* De volta a Léopoldville, Korzeniowski está com corpo e mente tão doentes que deseja a própria morte. Mas levará ainda quatro meses até que ele, cujos acessos de desespero alternam de agora em diante com seu trabalho de escritor, possa fazer a viagem de volta para Boma. Em meados de janeiro de 1891 chega a Ostende, o mesmo porto que um certo Joseph Loewy deixou dias mais tarde, rumo a Boma a bordo do vapor *Belgian Prince*. Loewy, um tio de Franz Kafka, que na época tinha sete anos, sabe exatamente o que o aguarda, veterano do Panamá que era. Terá ao todo doze anos pela frente (incluindo cinco temporadas de vários meses em sanatórios e clínicas de repouso na Europa), tempo durante o qual ocupará diversos cargos importantes em Matadi, onde a vida para pessoas como ele se torna aos poucos mais tolerável. Em julho de 1896, por exemplo, por ocasião de um banquete para inaugurar a estação de Thumba, a meio caminho da ferrovia, ofereceram-se aos convidados não só iguarias locais, mas também comidas e vinhos europeus. Dois anos depois desse acontecimento memorável, Loewy (no canto esquerdo da fotografia), que nesse meio-tempo

ascendera a chefe de todo setor comercial, foi condecorado pessoalmente pelo rei Leopoldo com a Medalha de Ouro da Ordre du Lion Royal na cerimônia de inauguração do último trecho da ferrovia do Congo.

Korzeniowski, que logo após chegar a Ostende segue para Bruxelas a fim de visitar Marguerite Podarowska, agora vê a capital do reino da Bélgica, com seus edifícios cada vez mais bombásticos, como uma sepultura erguida sobre uma hecatombe de corpos negros, e os transeuntes nas ruas lhe parecem carregar, todos, o sombrio segredo congolês dentro de si. De fato, existe até hoje na Bélgica uma feiura peculiar que raramente se encontra em outra parte, uma feiura que remonta à época de exploração desenfreada da colônia do Congo e se manifesta na atmosfera macabra de certos salões e numa notável atrofia da população. Seja como for, lembro-me bem que em minha primeira visita a Bruxelas, em dezembro de 1964, topei com mais corcundas e lunáticos do que normalmente encontro num ano inteiro. Certa noite, num bar em Rhode St. Genèse, observei até um jogador de bilhar deformado, sacudido por contorções espasmódicas, que, quando chegava a vez de jogar, conseguia por alguns instantes ficar num estado de perfeita paz e executar com precisão infalível as mais difíceis carambolas. O hotel junto ao Bois de La Cambre onde fiquei então hospedado por alguns dias estava tão atulhado de pesados móveis de mogno, de todo tipo de troféus africanos e de inúmeras plantas de vaso, algumas delas enormes, como aspidistras, monsteras e seringueiras, que chegavam quase até o teto de quatro metros de altura, que mesmo à luz do dia se tinha a impressão de que o interior fora escurecido com tons chocolate. Ainda vejo com clareza um aparador robusto, decorado com vários entalhes, num dos lados do qual havia, sob uma redoma de vidro, um arranjo composto de galhos artificiais, tecidos de seda coloridos e minúsculos colibris empalhados, e no outro, uma pilha cônica de frutas de porcelana. Mas desde minha primeira visita a Bruxelas, o auge da feiura belga é para mim o Monumento do Leão e todo o chamado memorial histórico da

batalha de Waterloo. Por que fui então a Waterloo, não sei mais dizer. Mas me lembro que desci no ponto de ônibus e passei por um descampado e por um conjunto de casas precárias que, no entanto, se erguiam altas até chegar ao vilarejo, que consistia exclusivamente de lojas de suvenir e restaurantes baratos. Não havia sinal de visitantes naquele dia cinzento de vésperas de

Natal. Não se via sequer uma excursão escolar. Mas, como que a despeito desse completo abandono, uma pequena tropa com trajes napoleônicos marchava ao som de tambores e pífanos pelas duas ou três ruas, e atrás de todos seguia uma vivandeira desleixada, com maquiagem extravagante, puxando um curioso carrinho de mão com um ganso metido numa gaiola. Observei por uns instantes essas figuras aparentemente em perpétuo movimento, que ora sumiam entre as casas, ora tornavam a emergir em outro lugar. Por fim, comprei ainda um ingresso para o panorama de Waterloo, situado numa imensa rotunda em cúpula onde, de uma plataforma erguida no centro, se pode avistar a batalha — um tema predileto, como se sabe, dos pintores de panorama — em todas as direções. É como estar no centro imaginário dos acontecimentos. Numa espécie de paisagem de cenário, logo abaixo da balaustrada de madeira entre tocos de árvore e a vegetação rasteira, jazem cavalos de tamanho real na areia salpicada de manchas de sangue, e também soldados da infantaria, hussardos e *chevaux-légers* abatidos, os olhos revirados em dor ou já extintos, os rostos de cera, mas as botas, as armas, as couraças e os uniformes de cor suntuosa, provavelmente enchidos com zostera, retalho e coisas do tipo, são autênticos, ao que tudo indica. Sobre a cena de horror tridimensional, coberta pelo pó frio do tempo, o olhar se ergue para o horizonte, em direção ao enorme mural circular, cento e dez metros por doze, executado pelo pintor marinho francês Louis Dumontin em 1912 na parede interna da rotunda, cuja estrutura se parece com um circo. É essa então, imagina-se ao correr o olhar à volta, a arte da representação da história. Ela se baseia numa falsificação da perspectiva. Nós, os sobreviventes, vemos tudo de cima para baixo, vemos tudo de uma só vez e ainda assim não sabemos como foi. O campo arrasado estende-se ao redor, onde certo dia cinquenta mil soldados e dez mil cavalos morreram no intervalo de poucas horas. Na noite depois da batalha, o ar deve ter se enchido de gemidos e estertores. Agora não há mais nada além de terra marrom. Que terá sido feito de todos os corpos e dos restos mortais? Estão enterrados sob o obelisco do monumento? Estamos de pé sobre uma montanha de mortos? É esse, afinal, o nosso ponto de observação? Será que de tal ponto temos de fato a famigerada sinopse histórica? Perto de Brighton, assim me contaram, perto da costa, há dois pequenos bosques plantados após a Batalha de Waterloo, em lembrança daquela memorável vitória. Um deles tem a forma de um tricorne napoleônico, o outro a da bota de Wellington. Os contornos, é claro, não podem ser reconhecidos do chão. Ou seja, as imagens foram concebidas para balonistas futuros. Naquela tarde no panorama, inseri ainda algumas moedas numa máquina e escutei a descrição da batalha em flamengo. Dos diversos episódios, entendi quando muito a metade. *De holle weg van Ohain, de Hertog van Wellington, de rook van de pruisische batterijen, tegenaanval van de nederlandse cavalerie* — os combates terão oscilado longamente de cá para lá, como ocorre a maioria das vezes. Não emergiu uma imagem clara. Nem

antes nem agora. Só quando fechei os olhos, disso me lembro exatamente, vi uma bala de canhão atravessar em linha oblíqua uma fileira de choupos, fazendo os galhos verdes voar longe em pedaços. E depois vi ainda Fabrizio, o jovem herói de Stendhal, vagando pela batalha, pálido e com olhos incandescentes, e um coronel desmontado que acaba de se pôr de pé e diz a seu sargento: Não sinto nada a não ser a velha ferida em minha mão direita. — Antes de retornar a Bruxelas, esquentei-me um pouco num dos restaurantes. No outro extremo do recinto, na luz baça que entrava por uma das claraboias belgas, estava sentada uma aposentada corcunda. Usava um gorro de lã, um casaco de inverno de grosso material mechado e luvas sem dedos. A garçonete lhe serviu um prato com um grande pedaço de carne. A velha fitou-o por um instante, depois tirou da bolsa uma faquinha afiada de cabo de madeira e começou a cortá-lo. Ela haveria de ter nascido, ocorre-me agora, mais ou menos na mesma época em que a ferrovia do Congo ficou pronta.

As primeiras notícias sobre a natureza e a dimensão dos crimes cometidos contra os povos nativos no curso da exploração do Congo vieram a público em 1903, por meio de Roger Casement, que na época exercia o cargo de cônsul britânico em Boma. Num memorando ao Foreign Secretary Lord Lansdowne, Casement, de quem Korzeniowski disse a um conhecido de Londres poder relatar coisas que ele, Korzeniowski, há muito tentava esquecer, deu informações precisas sobre a exploração absolutamente inescrupulosa dos negros, que eram obrigados a trabalhar em todas as obras da colônia sem salário, alimentados apenas com o mínimo para a sobrevivência e muitas vezes acorrentados e num ritmo predeterminado desde o amanhecer até o pôr do sol, ou seja, até literalmente caírem mortos. Quem viaja pelo curso superior do Congo e não está cego pela cobiça, escreveu Casement, vê diante dos olhos a agonia de um povo inteiro em todos os seus detalhes dilacerantes, que eclipsam até mesmo as mais funestas histórias bíblicas. Casement deixou perfeitamente claro que, ano após ano, centenas de milhares de trabalhadores escravos eram lançados à morte por seus capatazes e que mutilações, tais como decepar pés e mãos, e execuções com revólver estavam entre as medidas punitivas praticadas diariamente para manter a disciplina no Congo. O rei Leopoldo convidou Casement para conversar pessoalmente em Bruxelas, o que serviria para dissipar a tensão causada pela intervenção de Casement ou para avaliar a ameaça que suas atividades representavam para o empreendimento colonial belga. Leopoldo disse que considerava o trabalho prestado pelos negros uma alternativa perfeitamente legítima ao pagamento de impostos, e se os supervisores brancos às vezes cometiam abusos preocupantes, como ele não negava, isso se devia ao fato lamentável (mas que era difícil poder mudar) de que o clima do Congo desencadeava uma espécie de demência nas cabeças de alguns brancos, que infelizmente nem sempre podia ser remediada a tempo. Como Casement não se dobrava a tais argumentos, Leopoldo valeu-se do privilégio de sua influência real em Londres, resultando daí que, com duplicidade diplomática, Casement foi de um lado elogiado por seu relatório exemplar e condecorado com o título de Commander of the Order of St. Michael and St. George, mas, de outro, nada foi feito que pudesse prejudicar os interesses belgas. Quando foi transferido anos mais tarde para a América do Sul — provavelmente com a intenção velada de afastarem por algum tempo sua pessoa incômoda —, Casement detectou nas selvas do Peru, Colômbia e Brasil condições que em muitos aspectos se assemelhavam às do Congo, com a diferença de que ali não atuavam sociedades comerciais belgas, mas a Amazon Company, cujo escritório central ficava na City de Londres. Também na América do Sul, tribos inteiras estavam sendo aniquiladas naquela época, e regiões inteiras consumidas pelo fogo. O relatório de Casement e sua defesa incondicional dos perseguidos e despidos de direito acarretaram-lhe sem dúvida certa consideração no Foreign Office, mas ao mesmo tempo vários funcionários graduados sacudiam a cabeça para o que lhes parecia um zelo quixotesco, certamente incompatível com a promoção profissional de um enviado tão promissor. Tentaram dar um jeito na situação tornando Casement um cavaleiro, em reconhecimento expresso pelos méritos alcançados na luta pelos povos oprimidos dessa Terra. Mas Casement não estava preparado para mudar para o lado do poder; ao contrário, preocupavam-no cada vez mais a natureza e a origem desse poder e a mentalidade imperialista que dele resultava. Era de esperar que, seguindo essa linha, ele desse finalmente com a questão irlandesa, ou seja, a sua própria. Casement crescera em County Antrim, filho de pai protestante e mãe católica, e toda a sua educação o predestinava a ser um daqueles cuja missão de vida era manter a hegemonia inglesa sobre a Irlanda. Nos anos precedentes à Primeira Guerra Mundial, quando a questão irlandesa tornou-se aguda, Casement começou a abraçar a causa dos "índios brancos da Irlanda". A injustiça cometida contra os irlandeses ao longo dos séculos enchia cada vez mais sua consciência, impregnada de compaixão mais do que qualquer outro sentimento. Que quase metade da população irlandesa tenha sido assassinada pelos soldados de Cromwell, que milhares de homens e mulheres tenham sido mais tarde enviados como escravos brancos às Índias Ocidentais, que em épocas recentes mais de um milhão de irlandeses tenham morrido de fome e que, tal como antes, boa parte da jovem geração ainda fosse obrigada a emigrar da pátria — tudo isso não lhe saía da cabeça. O momento decisivo para Casement veio em 1914, quando o programa Home Rule proposto pelo governo liberal para solucionar a questão irlandesa foi derrotado pela resistência fanática dos protestantes norte-irlandeses com o apoio, tanto aberto quando velado, de diversos grupos de interesse ingleses. *We will not shrink from Ulster's resistance to home rule for Ireland, even if the British Commonwealth is convulsed*, declarou Frederick Smith, um dos representantes mais ilustres da minoria protestante, cujo chamado legalismo consistia na predisposição de defender seus privilégios contra as próprias tropas do governo pela força das armas, se necessário. Foram fundados os Ulster Volunteers, com seus cem mil homens, e no sul também formou-se um exército de voluntários. Casement tomou parte no recrutamento e ajudou a armar os contingentes. Suas insígnias de ordem, ele as enviou de volta para Londres. Abriu mão da pensão que lhe havia sido oferecida. No início de 1915, partiu para Berlim em missão secreta, a fim de mover o Reich alemão a fornecer armas ao exército de libertação irlandês e de convencer prisioneiros de guerra irlandeses na Alemanha a formar uma brigada irlandesa. Ambos propósitos foram mal-sucedidos, e Casement foi levado de volta para a Irlanda num submarino alemão. Morto de cansaço e tiritando de frio pela água gelada, desembarcou nadando na baía de Banna Strand, perto de Tralee. Tinha então cinquenta e um anos. Sua prisão era iminente. Tudo que conseguiu foi enviar a mensagem *No German help available* através de um padre, para evitar o levante de Páscoa planejado para toda a Irlanda e agora condenado ao fracasso. Que os idealistas, os poetas, sindicalistas e professores que carregavam a responsabilidade em Dublin tenham ainda assim sacrificado a si próprios e aqueles que lhes davam ouvidos em sete dias de lutas de rua, isso é outra história. Quando o levante foi abafado, Casement já estava numa cela na Torre de Londres. Não tinha auxí-

lio jurídico. Como advogado de acusação foi nomeado Frederick Smith, que nesse meio tempo ascendera a promotor-geral, com o que o desfecho do processo já estava decidido desde o início. Para impedir eventuais pedidos de indulgência por parte de pessoas influentes, trechos do que ficou conhecido como Diário Negro, uma espécie de crônica das relações homossexuais do réu encontrada quando o apartamento de Casement foi revistado, foram encaminhados ao rei da Inglaterra, ao presidente dos Estados Unidos e ao Papa. A autenticidade desse Diário Negro, mantido até recentemente a sete chaves no Public Records Office em Kew, no sudoeste de Londres, foi considerada durante muito tempo altamente duvidosa, sobretudo em razão do fato de que os órgãos executivos e judiciais do Estado incumbidos de fornecer as provas e elaborar a acusação contra supostos terroristas irlandeses foram repetidas vezes considerados culpados, até pouco tempo atrás, não só de levantar suspeitas e insinuações infundadas, mas de falsificação deliberada dos fatos.

17 51 Lauro of | Manuel Violetta 19
March 29 **Sunday**—5 in Lent [88–277] 3rd Mo **1903**
Santa Cruz | gone to Los Palmas

● 1h 26m A.M. (Greenwich)

Pepe & Juan again – Stayed in cabin. Feeling
very seedy. Bleeding badly aft going Santa
Cruz. Ran 372 miles from S/
Leone 39°3. Will not get in until
about 7 pm Tomorrow – so I
will probably be kept all
night there. I rather hope so
as it will give more time make
Enquiry for basket. Hope
to find it or hear of it.
Feeling very seedy indeed.
Turned in 10.30 after talk with Bb

Much hotter today. Busy writing in
Cabin in morning. Wrote many
letters Borrowed £20 from Ship
for JB. Ran 32 miles –
S/Leone 66 off. arr. there about
5.15. "Tenerife" is nosing
basket Wrote JB with £15 to
go by "Jebba" tomorrow + other
letters about basket.
On shore to agents with Captain
Left at 8.35 pm.

Ran 201 miles to noon. Splendid.
286 left to Cape Palmas & total from
S/Leone to Axim 845. Recd Letter
"Mon frère Yves". B boy — on board
Read "Smart Set". Very Hot indeed

"Mon frère Yves" is peculiar

"John" not very well —
poor old soul with the
heat.

1 April WEDNESDAY [91-274]

Very hot
Only did 286 — 1 mile
Short of Cape Palmas.
Passed along near it —
a steamer there. 344 to
Axim. Passed Cavally &
Dabu & then to sea.
Recd "Les Caprices du Roi"
Stupid Exposition of a
Brutal King.

Para os veteranos do movimento de libertação irlandês, em todo caso, era inconcebível que um de seus mártires tivesse carregado o peso do vício inglês. Mas desde que os diários foram franqueados ao exame público no início de 1994, não resta mais dúvida de que foram escritos com a letra de Casement. A única

conclusão que se pode tirar disso é que foi talvez justamente a homossexualidade de Casement que o habilitou a reconhecer, para além das fronteiras de raça e classe social, a contínua opressão, exploração, escravização e destruição daqueles que estavam mais afastados dos centros do poder. Como não podia deixar de ser, Casement foi considerado culpado de alta traição ao fim do julgamento em Old Bailey. O juiz que presidiu ao caso, Lord Reading, outrora Rufus Isaacs, comunicou a Casement sua sentença. *You will be taken hence*, disse-lhe, *to a lawful prison and thence to a place of execution and will be there hanged by the neck until you be dead*. Somente em 1965 o governo britânico permitiu a exumação dos restos de Roger Casement, provavelmente já quase impossíveis de identificar, da fossa de cal no pátio da prisão de Pentonville na qual haviam lançado seu corpo.

VI

Perto da costa entre Southwold e a vila de Walberswick, uma estreita ponte de ferro atravessa o Blyth, onde antigamente na-

vios carregados de algodão seguiam em direção ao mar. Hoje quase não há mais tráfego no rio, que está em boa parte assoreado.

O máximo que se vê é um ou outro veleiro atracado na margem inferior, em meio a uma quantidade de barcaças que apodrecem. Em direção à terra, não há nada senão água cinzenta, lezíria e

vazio. A ponte sobre o Blyth foi construída em 1875 para uma ferrovia de bitola estreita que ligava Halesworth a Southwold e cujos vagões, como afirmam vários historiadores locais, eram destinados originalmente ao imperador da China. Precisamente qual imperador da China fizera a suposta encomenda, isso não consegui descobrir, apesar de longas pesquisas, nem fui capaz de decifrar por que a encomenda não foi entregue e por que esse diminuto trem imperial, que talvez se destinasse a ligar o palácio em Pequim, na época ainda rodeado de pinheiros, a uma das residências de verão, acabara operando numa linha vicinal da Great Eastern Railway. A única coisa em que as fontes incertas estão de acordo é que os contornos do caudado dragão heráldico imperial, cercado pela nuvem de seu próprio hálito, podiam ser identificados claramente abaixo da pintura preta da locomotiva, usada principalmente por turistas em férias na costa e que alcançava uma velocidade máxima de vinte e cinco quilômetros por hora. Quanto à própria criatura heráldica, o *Libro de los seres imaginarios*, a que já fiz referência no início deste relato, contém uma taxonomia e descrição bastante completa dos dragões orientais, daqueles que habitam os céus bem como daqueles que habitam a terra e o mar. Carregam nas costas, diz-se de uns deles, os palácios dos deuses, enquanto outros, supõe-se, determinam o curso de rios e riachos e guardam tesouros subterrâneos. Estão armados com uma couraça de escamas amarelas. Embaixo do focinho, usam barba, a testa é abaulada sobre os olhos flamejantes, as orelhas são curtas e gordas, a boca está sempre aberta e alimentam-se de opalas e pérolas. Alguns têm cinco a seis quilômetros de comprimento. Quando se ajeitam no sono, as montanhas vêm abaixo. Se voam pelo ar, causam tempestades terríveis que destelham as casas nas cidades e devastam as plantações. Quando sobem das profundezas do mar, surgem redemoinhos e tufões. Na China, aplacar esses elementos sempre esteve intimamente ligado ao cerimonial que cercava o governante no trono do dragão e que guiava os menores afazeres tanto quanto as maiores ações de estado, servindo ao mesmo tempo para legitimar e para perpetuar o imenso poder profano reunido na pessoa do imperador. A todo minuto do dia e da noite, os mais de seis mil membros da casa real, que consistiam exclusivamente em eunucos e mulheres, gravitavam em órbitas precisamente definidas ao redor do único habitante masculino da Cidade Proibida, oculta atrás de muros de cor púrpura. Na segunda metade do século XIX, o mais alto grau de ritualização do poder imperial coincidiu com o mais alto grau de seu esvaziamento. Enquanto cada um dos cargos estritamente hierarquizados da corte continuava a ser exercido em seus mínimos detalhes, o império estava à beira do colapso sob a crescente pressão de inimigos internos e externos. Nas décadas de 1850 e 1860, a rebelião Taiping, um movimento messiânico de inspiração cristã-confuciana, alastrou-se como fogo selvagem por quase todo o Sul da China. Afligido por pobreza e privações, o povo — os camponeses famintos, os soldados dispensados após a guerra do ópio, os *coolies*, marinheiros, atores e prostitutas — afluiu em números inimagináveis até o autoproclamado rei celestial Hong Xiuquan, que num delírio febril vislumbrara um futuro glorioso e justo. Dali a pouco, um exército de guerreiros sagrados que crescia constantemente rumou de Guangxi para o norte, inundou as províncias de Hunan, Hupé e Anhui e, no início de 1853, chegou aos portões da poderosa cidade de Nanquim, que foi tomada após dois dias de cerco e declarada capital celestial do movimento. Inflamada agora pela perspectiva de êxito, a rebelião avançou em ondas pelo gigantesco país. Mais de seis mil cidadelas foram conquistadas pelos rebeldes e mantidas por algum tempo, cinco províncias foram reduzidas a pó devido às sucessivas batalhas, mais de vinte milhões de pessoas morreram em menos de quinze anos. Não há dúvida de que o horror sangrento que prevaleceu então no Império do Meio vai além de toda a imaginação. No alto verão de 1864, após sete anos de cerco pelas tropas imperiais, Nanquim caiu. Os defensores haviam esgotado fazia muito os últimos suprimentos, fazia muito haviam abandonado a esperança de realizar nessa terra o paraíso que parecera ao alcance da mão no início do movimento. Devorados pela fome e pela droga, seu fim estava próximo. Em 30 de junho, o rei celestial suicidou-se. Milhares de partidários seguiram seu exemplo, seja por fidelidade a ele ou por medo de vingança dos conquistadores. Deram cabo de si mesmos de todas as formas imagináveis, com a espada e a faca, com o fogo e a corda, ou então pulando das ameias e dos telhados das casas. Dizem que muitos chegaram até a se enterrar vivos. A autodestruição de Taiping é quase sem precedentes na história. Quando os inimigos invadiram a cidade na manhã de 19 de julho, não encontraram uma alma viva, mas em toda a parte um grande zum-zum de moscas. O rei do império celestial da paz eterna, segundo um despacho enviado a Pequim, jazia de bruços com o rosto numa sarjeta, seu corpo intumescido praticamente desintegrado, não fosse pela veste de seda imperial amarela ornada com a imagem do dragão, que, com blasfêmia, sempre usara.

A repressão da rebelião Taiping teria sido provavelmente impossível se os contingentes militares britânicos estacionados na China não tivessem unido forças ao exército imperial, após a resolução de seus próprios conflitos com o imperador. A presença armada do poder britânico na China remonta a 1840, quando foi declarada a chamada guerra do ópio. Em razão das medidas adotadas pelo governo chinês a partir de 1837 para conter o comércio de ópio, a East India Company — que cultivava papoulas nos campos de Bengala e embarcava a droga obtida das sementes sobretudo para o Cantão, Xiamen e Xangai — previa que um de seus empreendimentos mais lucrativos estava ameaçado. A subsequente declaração de guerra marcou o início da abertura à força do império chinês, que durante duzentos anos se mantivera fechado a bárbaros estrangeiros. Em nome da propagação da fé cristã e do livre-comércio, tido como precondição básica de todo progresso civilizatório, a superioridade da artilharia ocidental foi demonstrada, uma série de cidades foram tomadas de assalto e foi arrancada uma paz entre cujas condições estavam incluídas certas garantias para as feitorias britânicas na costa, a cessão de Hong Kong e, não menos relevante, pagamentos reparatórios de proporções verdadeiramente astronômicas. Como esse arranjo, que desde o início os britânicos consideravam somente provisório, não previa o acesso a centros de comércio no interior do país, a necessidade de outras campanhas militares não era de se descartar a longo prazo, sobretudo em vista dos quatrocentos milhões de chineses, a quem se poderia vender os tecidos de algodão fabricados nas fiações de Lancashire. Mas foi apenas em 1856 que um pretexto adequado para uma nova expedição punitiva ofereceu-se, quando oficiais chineses no porto de Cantão abordaram um cargueiro para deter alguns membros da tripulação (composta exclusivamente de chineses) que eram suspeitos de pirataria. No curso dessa operação, o comando de abordagem arriou a Union Jack que tremulava no mastro principal, provavelmente porque na época não era raro que a insígnia britânica fosse hasteada para acobertar o tráfico ilegal. Mas como o navio abordado estava registrado em Hong Kong, e portanto ostentava corretamente a bandeira britânica, o incidente, em si mesmo ridículo, forneceu aos representantes dos interesses britânicos no Cantão uma oportunidade para um confronto proposital com as autoridades chinesas, que foi acirrado a ponto de se julgar não haver outra alternativa além de ocupar o porto e bombardear a residência oficial do prefeito. Por volta da mesma época, oportunamente, circulou na imprensa francesa a notícia da execução, a mando de oficiais da província de Guangxi, de um missionário francês chamado Chapdelaine. A descrição do doloroso procedimento culminou na afirmação de que os algozes haviam cortado o coração do peito do abade já morto e a seguir o tinham cozinhado e saboreado. Os gritos de retaliação e vingança que se ergueram então na França casaram perfeitamente com os esforços dos partidários da guerra em Westminster, de modo que, feitos os preparativos necessários, pôde-se desenrolar o espetáculo de uma campanha conjunta anglo-francesa, um fenômeno raro na era da rivalidade imperialista. O auge dessa empreitada, obstada por enormes dificuldades logísticas, ocorreu em agosto de 1860, quando dezoito mil tropas britânicas e francesas desembarcaram na baía de Pechili, a menos de duzentos e cinquenta quilômetros de Pequim, e, respaldados por uma força auxiliar chinesa recrutada no Cantão, capturaram os fortes de Taku na boca do rio Peiho, que eram rodeados de pântanos salobros, fossos profundos e enormes trincheiras e paliçadas. Nas tentativas que se seguiram, após a capitulação incondicional da guarnição fortificada, de pôr um fim conciliador, pela negociação, a uma campanha que já fora concluída com sucesso do ponto de vista militar, os delegados dos aliados, a despeito do fato de levarem nítida vantagem, viram-se metidos cada vez mais fundo no pesadelo labiríntico da diplomacia dilatória chinesa, ditada em parte pelas complexas exigências de etiqueta do império do dragão e em parte pelo medo e pela perplexidade do imperador. No final das contas, as tratativas goraram, provavelmente pela incompreensão mútua de emissários vindos de dois mundos absolutamente diferentes, algo que nenhum intérprete seria capaz de atalhar. Se da parte de franceses e britânicos a paz a ser imposta era vista como a primeira etapa na colonização de um império moribundo, intocado pelas conquistas intelectuais e materiais da civilização, os delegados do imperador, por sua vez, estavam empenhados em deixar patente aos estrangeiros, que pareciam não estar nem um pouco habituados às maneiras chinesas, a obrigação imemorial para com o Filho do Céu de enviados de poderes satélites, sujeitos a lhe renderem tributo. No final, não restou outra coisa a não ser subir o Peiho com canhoneiras e ao mesmo tempo avançar sobre Pequim por terra. O imperador Hsien-feng, que apesar de sua pouca idade tinha saúde extremamente debilitada e sofria de hidropisia, esquivou-se do confronto iminente partindo em 22 de setembro para seu retiro em Jehol, do outro lado da Grande Muralha, em meio a uma desordenada multidão de eunucos áulicos, mulas, carroças de bagagem, liteiras e palanquins. A notícia transmitida aos comandantes das forças inimigas dizia que sua majestade, o imperador, estava obrigado por lei a sair para caçar no outono. No início de outubro, as tropas aliadas, elas próprias agora em dúvida sobre como proceder, toparam aparentemente por acaso com o jardim mágico de Yuan Ming Yuan, perto de Pequim, com seus inúmeros palácios, pavilhões e passeios cobertos, seus templos, pérgulas e torres fantásticos, onde, nas encostas de montanhas artificiais, entre ladeiras e arvoredos, pastavam cervos com galhadas fabulosas e toda a inconcebível glória da natureza e das maravilhas nela introduzidas pela mão humana refletia-se nas águas escuras, intocadas pela menor brisa. A terrível destruição levada a cabo nesses lendários jardins de paisagem no curso dos dias seguintes, que zombou da disciplina militar ou mesmo de toda a razão, só em parte pode ser entendida como resultado da fúria pelo contínuo atraso em alcançar uma decisão. O verdadeiro motivo para se atear fogo ao Yuan Ming Yuan, somos obrigados a supor, era que esse paraíso mundano — que de pronto aniquilou toda ideia dos chineses como uma raça incivilizada — representava uma provocação inaudita aos olhos de soldados que, muito longe de casa, não estavam habituados a outra coisa senão força, privação e supressão de sua nostalgia. Embora os relatos do que aconteceu naqueles dias de outubro sejam pouco confiáveis, o simples fato de que o butim tenha sido mais tarde leiloado no campo britânico, sugere que boa parte das joias e dos ornamentos deixados para trás pela corte em fuga, tudo lavorado em jade ou ouro, em prata ou seda, caiu nas mãos dos saqueadores. Reduzir a cinzas as casas de veraneio, os pavilhões de caça e os santuários nas extensas áreas ajardinadas e nos terrenos adjacentes ao palácio, mais de duzentos em número, foi uma ordem que partiu, dizem, dos comandantes em represália pelos maus-tratos dos emissários britânicos Loch e Parkes, mas que na verdade foi concebida antes de tudo para dissimular a devastação já ocorrida anteriormente. Os templos, palácios e eremitérios, a maioria feitos de cedro, pegaram fogo um após o outro com velocidade incrível, escreveu Charles George Gordon, o capitão dos pioneiros, e a chama se alastrou crepitando e pulando por entre os arbustos e bosques verdes. Exceto algumas pontes de pedra e os pagodes de mármore, tudo foi logo destruído. A fumaça pairou ainda durante muito tempo sobre toda a região, e uma grande nuvem de cinzas que encobriu o sol foi levada pelo vento oeste até Pequim, onde depois de algum tempo depositou-se nas cabeças e nas casas dos habitantes que haviam sido visitados, supunham, pelo castigo dos céus. No final do mês, com o exemplo de Yuan Ming Yuan diante dos olhos, os oficiais do imperador se viram obrigados a assinar sem demora o tratado de paz de Tientsin, tantas vezes postergado, cujas cláusulas principais, sem contar as novas exigências de reparação que mal podiam ser atendidas, diziam respeito ao direito de ir e vir e da atividade missionária desimpedida no interior do país, bem como à negociação de tarifas alfandegárias no objetivo de legalizar o tráfico de ópio. Em contrapartida, as potências ocidentais declararam-se dispostas a apoiar a dinastia, ou seja, a debelar a revolta de Taiping e sufocar os movimentos sectários da população islâmica nos vales de Shensi, Yunnan e Kansu, no curso de cuja ação entre seis e dez milhões de pessoas foram expulsas de suas casas ou mortas, segundo diferentes estimativas. Na época com trinta anos de idade, o capitão dos Royal Engineers, o já mencionado Charles George Gordon — um sujeito tímido por natureza e de espírito cristão, mas ao mesmo tempo irascível e profundamente melancólico, que teria mais tarde uma morte gloriosa no cerco a Cartum —, assumiu o comando do desmoralizado exército imperial e em pouco tempo o transformou em tropas de batalha tão poderosas que, ao deixar o país, foi agraciado com a mais alta condecoração do Império do Meio em reconhecimento por seus serviços, a capa amarela.

Em agosto de 1861, após meses de irresolução, o imperador Hsien-feng aproximou-se do fim de sua vida breve e dissipada no exílio de Jehol. A água já lhe subira do abdômen até o coração, e as células de seu corpo que se dissolvia aos poucos flutuavam como peixes no líquido salgado que vazava da corrente sanguínea e infiltrava em todos os interstícios do tecido. Com consciência tremeluzente, Hsien-feng experimentou de maneira exemplar nos próprios membros moribundos e nos órgãos inundados de toxinas a invasão por potências estrangeiras das províncias de seu império. Ele próprio era agora o campo de batalha no qual se dava a ruína da China, até que no dia 22 do mês as sombras da noite caíram sobre ele e o imperador mergulhou de vez no delírio da morte. Por causa dos procedimentos ligados a complicados cálculos astrológicos a que se devia submeter o cadáver do líder imperial antes de ser depositado no caixão, o traslado para Pequim não pôde ser marcado para antes de 5 de outubro. Com mais de um quilômetro e meio de extensão, o cortejo fúnebre avançou então durante três semanas pela chuva outonal que caía sem parar, montanha acima e montanha abaixo, por vales e precipícios negros e através de desfiladeiros desertos, ocultos sob o turbilhão cinza-gelo da neve com o catafalco vacilante, que sempre ameaçava cair, assentado num enorme féretro dourado sobre os ombros de cento e vinte e quatro carregadores escolhidos a dedo. Na manhã de 1º de novembro, quando finalmente o cortejo chegou a seu destino, as ruas que levam aos portões da Cidade Proibida haviam sido polvilhadas com areia amarela e véus de seda nanquim-azul foram dispostos dos dois lados para impedir que o povo dirigisse a vista ao semblante do mini-imperador de cinco anos T'ung-chih, que Hsien-feng nomeara seu sucessor ao trono do dragão em seus últimos dias de vida e que agora, atrás dos restos mortais de seu pai, era levado para casa num palanquim acolchoado junto com sua mãe, Tz'u-hsi, que ascendera do concubinato e já ostentava o ilustre título de imperatriz viúva. As batalhas para assumir a regência no interregno até a maioridade do governante, deflagradas obviamente após o regresso da corte a Pequim, foram logo resolvidas em favor da viúva, cuja sede de poder era insaciável. Os príncipes que haviam atuado como vice-reis durante a ausência de Hsien-feng foram acusados de conspiração contra a soberania legítima, um crime imperdoável, e condenados a serem desmembrados e cortados em pedaços. A comutação dessa sentença na permissão, oferecida na forma de uma corda de seda, de que os traidores se enforcassem, foi vista como um sinal de misericordiosa indulgência do novo regime. Depois que os príncipes Cheng, Su-shun e Yi, aparentemente sem hesitar, valeram-se da prerrogativa que lhes foi concedida, a imperatriz viúva passou a ser a regente incontestável do império chinês, pelo menos até a época em que seu próprio filho alcançou a idade para governar e começou a tomar medidas que contrariavam os planos por ela acalentados e em boa parte já implementados de estender e aperfeiçoar cada vez mais seu poder. Tendo os fatos assumido essa nova feição, foi quase providencial, do ponto de vista de Tz'u-hsi, que, nem bem transcorrido um ano desde sua ascensão ao trono, T'ung-chih estivesse tão fraco — fosse por causa de uma infecção de varíola ou por outra doença que contraíra, como dizia o boato, de dançarinos e travestis nos inferninhos de Pequim — que quando o planeta Vênus cruzou com o Sol no outono de 1874 — um presságio sinistro —, alguns previram seu fim prematuro com pouco mais de dezenove anos. E de fato T'ung-chih morreu poucas semanas mais tarde, em 12 de janeiro de 1875. Seu rosto foi virado para o sul e, para a viagem ao além, vestiram-no com os trajes da vida eterna. As cerimônias fúnebres mal haviam sido concluídas segundo o rito, quando a esposa do finado imperador, na época com dezessete anos de idade e grávida de vários meses, como afirmam diversas fontes, envenenou-se com uma dose cavalar de ópio. Os comunicados oficiais atribuíram sua morte, ocorrida em circunstâncias misteriosas, ao desgosto implacável que a subjugara, mas não foram capazes de dissipar inteiramente a suspeita de que a jovem imperatriz fora posta de lado a fim de prolongar a regência da imperatriz viúva Tz'u-hsi, que agora consolidara sua posição ao fazer com que Kuang-hsu, seu sobrinho de dois anos, fosse proclamado sucessor ao trono numa manobra que violava toda a tradição, pois Kuang-hsu pertencia à mesma geração que T'ung-chih em linha de descendência e portanto, segundo o preceito irrefutável do culto confuciano, não estava habilitado a prestar-lhe os indispensáveis serviços de reverência e luto. A maneira como a imperatriz viúva, de resto extremamente conservadora em suas opiniões, podia fazer pouco das tradições mais veneráveis em caso de necessidade, era um sinal de sua sede de poder absoluto, que crescia ano após ano de forma cada vez mais inescrupulosa. E como todos aqueles que detêm poder absoluto, ela também se empenhava em exibir sua posição sublime ao mundo e a si própria através de um luxo que ia além de toda comparação.

Somente seus gastos domésticos, administrados pelo eunuco-mor Li Lien-ying, que aparece de pé à direita na fotografia, consumiam por ano a quantia verdadeiramente monstruosa de seis milhões de libras esterlinas. Porém, quanto mais ostentatórios se tornavam os meios de demonstrar sua autoridade, mais crescia dentro dela o medo de perder o poderio que adquirira com tamanha circunspeção. À noite, ela vagava insone pela estranha paisagem de sombras dos jardins do palácio, em meio a penhascos artificiais, vales de samambaia e tuias e ciprestes escuros. De manhã cedo, a primeira coisa que fazia era ingerir uma pérola socada a pó, como elixir para manter a invulnerabilidade, e durante o dia não era raro ela passar horas — ela, que tirava grande prazer de objetos sem vida — na frente da janela de seus aposentos, observando o lago silencioso ao norte, que parecia uma pintura. As figuras minúsculas dos jardineiros nos campos de lírios ao longe ou as dos cortesãos que no inverno patinavam na superfície azul do gelo não lhe serviam para lembrar as ocupações naturais do homem, mas antes já estavam, como moscas numa redoma, sob o domínio arbitrário da morte. De fato, viajantes que passaram pela China entre 1876 e 1879 relatam que, durante a seca que na época se prolongou por anos a fio, províncias inteiras davam a impressão de prisões muradas de vidro. Dizem que entre sete e vinte milhões de pessoas — estimativas exatas jamais foram calculadas — morreram de fome e exaustão, sobretudo em Shansi, Shensi e Shantung. O pregador batista Timothy Richard, por exemplo, descreve como a catástrofe se manifestava numa diminuição do ritmo de todos os movimentos, que ficava mais aparente a cada semana. Sozinhas, aos grupos e em fileiras estiradas, as pessoas oscilavam pelo país, e não era incomum um ligeiro sopro de ar prostrá-las para sempre na beira do caminho. O simples ato de erguer uma mão, baixar uma pálpebra ou exalar o último suspiro podia levar, parecia às vezes, meio século.

E com a dissolução do tempo dissolveram-se também todas as outras relações. Pais trocavam os filhos entre si, porque não suportavam ver os tormentos mortais de seus próprios. Aldeias e cidades foram cercadas de desertos de areia, sobre os quais costumavam aparecer miragens tremulantes de vales fluviais e lagos florestados. Na alvorada, quando o rumorejo das folhas secas nos galhos penetrava no sono leve, as pessoas às vezes imaginavam — por uma fração de segundo na qual o desejo era mais forte que a consciência dos fatos — que começara a chover. A capital e suas cercanias foram poupadas dos piores efeitos da seca, mas, quando as más notícias chegaram do Sul, a imperatriz viúva mandou oferecer, sempre na hora que se erguia a estrela vespertina, um sacrifício sangrento aos deuses da seda em seu templo, para que não faltassem folhas verdes aos bichos-da-seda. Entre todos os seres vivos, era exclusivamente por esses insetos admiráveis que ela sentia uma profunda inclinação. As casas de seda na qual eram criados estavam entre os edifícios mais belos do palácio de verão. Todos os dias, Tz'u-hsi caminhava pelos pátios vaporosos com as damas de seu séquito, vestidas com aventais brancos, para inspecionar o progresso dos trabalhos, e quando a noite caía ela gostava particularmente de sentar sozinha entre as treliças, escutando com abandono o som baixo, uniforme e intensamente tranquilizador dos incontáveis bichos-da-seda roendo a folhagem fresca da amora. Esses seres pálidos, quase transparentes, que em breve dariam a vida em prol do fio tênue que teciam, ela os considerava seus verdadeiros adeptos. Pareciam-lhe o povo ideal, diligentes no serviço, prontos para morrer, capazes de se multiplicar à vontade em curto espaço de tempo, voltados apenas ao único objetivo que lhes foi predeterminado, muito ao contrário dos seres humanos, em quem basicamente não se podia confiar, nem nas massas anônimas do império nem naqueles que compunham o círculo mais íntimo em torno dela e que, assim ela imaginava, eram capazes a qualquer instante de passar para o lado do segundo imperador júnior que ela instalara, o qual agora, para preocupação dela, manifestava com frequência cada vez maior sua vontade própria. Kuang-hsu, que era profundamente fascinado pelo mistério das máquinas modernas, passava a maior parte de seu tempo desmontando os brinquedos e relógios vendidos por um comerciante dinamarquês numa loja de Pequim, e ainda era possível demovê-lo de sua crescente ambição prometendo-lhe um autêntico trem de ferrovia no qual poderia viajar por seu país, mas já não ia longe o dia em que lhe caberia o poder de que ela, a imperatriz viúva, estava cada vez menos apta a abrir mão quanto mais o possuía. Imagino que o pequeno trem áulico com a imagem do dragão chinês que mais tarde passou a fazer o trajeto entre Halesworth e Southwold foi originalmente encomendado para Kuang-hsu e que essa encomenda foi cancelada por volta de meados de 1890, quando o jovem imperador começou a esposar cada vez mais, em oposição a Tz'u-hsi, as causas do movimento reformista pelo qual foi influenciado e cujos objetivos eram absolutamente contrários aos propósitos dela. Seja como for, o certo é que as tentativas de Kuang-hsu de chamar o poder para si levaram por fim a seu encarceramento num dos palácios cercados de fosso diante da Cidade Proibida, onde foi forçado a assinar um termo de abdicação que transferia o poder do governo, sem reservas, à imperatriz viúva. Durante dez anos Kuang-hsu definhou em seu exílio na ilha paradisíaca, até que no final do verão de 1908, os diversos achaques que o molestavam cada vez mais desde o dia de sua deposição — enxaquecas e dores crônicas na coluna, cólicas renais, hipersensibilidade a luz e ruído, astenia pulmonar e depressão profunda — acabaram por vencê-lo. Um certo dr. Chu, que era versado em medicina ocidental e foi o último a ser consultado, diagnosticou a doença de Bright, porém notou alguns sintomas inconsistentes — palpitações, tez arroxeada, língua amarela —, que sugeriam, como desde então se especulou, um prolongado envenenamento. Ao visitar o paciente nos aposentos imperiais, dr. Chu reparou, além disso, que o piso e toda a mobília estavam cobertos de uma grossa camada de pó, como se a casa tivesse sido abandonada havia tempo, um indício de que ninguém mais cuidava do bem-estar do imperador fazia anos. Em 14 de novembro de 1908, no crepúsculo ou, como diziam, na hora do galo, Kuang-hsu partiu dessa vida torturado por dores. Tinha trinta e sete anos quando morreu. Por estranho que pareça, a imperatriz viúva de setenta e três anos, que planejara com tanto empenho a destruição de seu corpo e seu espírito, não lhe sobreviveu nem um único dia. Na manhã de 15 de novembro, ainda com forças razoáveis, ela presidiu o grande conselho que deliberou sobre a nova situação, mas após o almoço, que apesar das advertências dos médicos pessoais ela rematara com uma porção dupla de sua sobremesa favorita — maçãs silvestres com nata —, sofreu um ataque parecido com disenteria, do qual não se recuperou mais. Morreu por volta das três horas. Já envolta em sua mortalha, ditou seu adeus ao império que, depois de quase meio século de sua regência, estava à beira da dissolução. Ao olhar agora para trás, disse, ela via que a história não era outra coisa senão infortúnio e os problemas que se abatem sobre nós, onda após onda como à beira-mar, de modo que nós, disse, no curso de todos os dias sobre a face da Terra, não vivemos um único momento que seja realmente livre de medo.

A negação do tempo, diz o escrito sobre o Orbis Tertius, é o princípio mais importante das escolas filosóficas de Tlön. Segundo esse princípio, o futuro existe apenas na forma de nossas apreensões e esperanças, e o passado somente como memória. De acordo com uma outra visão, o mundo e tudo o que nele agora vive foi criado minutos atrás, junto com sua pré-história tão completa quanto ilusória. Uma terceira doutrina descreve nossa Terra de várias formas, como um beco sem saída na metrópole de Deus, como uma caverna cheia de imagens incompreensíveis ou como um halo nevoento ao redor de um sol supremo. Os representantes de uma quarta escola filosófica afirmam, por sua vez, que todo o tempo já transcorreu e que nossa vida não passa de um reflexo opaco de um acontecimento irrecuperável. De fato, não sabemos por quantas de suas possíveis mutações o mundo já passou e quanto tempo — supondo que ele exista — ainda resta. O certo é apenas que a noite dura bem mais que o dia, quando se compara uma vida individual, a vida como um todo ou o próprio tempo com o respectivo sistema que lhe é superior. *The night of time*, escreve Thomas Browne em seu tratado de 1658, *The Garden of Cyrus, far surpasseth the day and who knows when was the Aequinox?* — Tais pensamentos também me passaram pela cabeça enquanto caminhei pela ferrovia desativada um pouco além da ponte sobre o Blyth e depois desci do terreno elevado para o nível do pântano que se estende a sul, de Walberswick até Dunwich, agora um vilarejo formado de poucas casas. Essa região é tão vazia e deserta que, se alguém fosse abandonado ali, mal saberia dizer se estava na costa do mar do Norte ou talvez às margens do mar Cáspio ou no golfo de Lian-tung. Com os juncos oscilantes à minha direita e a praia cinza à esquerda, segui para Dunwich, que parecia tão distante como se estivesse além do meu alcance. Foi como se tivesse caminhado durante horas antes de começarem a se delinear aos poucos, em cores pálidas, os telhados de lousa e o cume florestado de uma colina. A Dunwich de hoje é o que restou de uma

cidade que foi um dos portos mais importantes da Europa na Idade Média. Um dia houve ali mais de cinquenta igrejas, monastérios e hospitais, havia estaleiros e praças fortes, uma frota pesqueira e mercante com oitenta navios e dezenas de moinhos de vento. Tudo isso foi a pique e agora se encontra debaixo do mar, sob areia aluvial e cascalho, espalhado por uma área de seis ou sete quilômetros quadrados. As igrejas paroquiais de St. James, St. Leonard, St. Martin, St. Bartholomew, St. Michael, St. Patrick, St. Mary, St. John, St. Peter, St. Nicholas e St. Felix vieram abaixo, uma após a outra, tragadas pelo constante recuo do penhasco, e afundaram pouco a pouco nas profundezas, junto com a terra e a pedra sobre as quais a cidade fora construída. Restaram apenas, por estranho que pareça, os poços murados que, libertos de tudo aquilo que antes os circundara, se ergueram durante séculos como as chaminés de uma fundição subterrânea, como relatam vários cronistas, até que também esses símbolos da cidade desaparecida finalmente ruíram. Até por volta de 1890, porém, a chamada Eccles Church Tower ainda podia

ser vista na praia de Dunwich, e ninguém sabia dizer como ela, sem pender da perpendicular, chegara até o nível do mar, vinda da altura considerável na qual antes certamente se encontrava. O enigma não foi solucionado até hoje, mas um experimento recente realizado com um modelo sugere que a enigmática Eccles Tower foi construída sobre areia e afundou sob seu próprio peso, tão lentamente que a alvenaria quase não sofreu danos. Por volta de 1900, depois que a Eccles Tower também desabou, a única igreja de Dunwich que restou foram as ruínas de All Saints.

Já em 1919 ela deslizou ladeira abaixo, junto com as ossadas dos que foram enterrados no campo-santo, e apenas a torre quadrada ocidental ergueu-se por um tempo sobre a região fantasmagórica. O auge da evolução de Dunwich ocorreu no século XIII. Naqueles dias, chegavam e partiam diariamente navios para Londres, Stavoren, Straslund, Danzig, Bruges, Bayonne e Bordeaux. Um quarto da grande frota que zarpou de Portsmouth em maio de 1230, transportando para Poitou centenas de cavaleiros com seus cavalos, vários milhares de soldados de infantaria e toda a comitiva do rei, veio de Dunwich. A construção naval e o comércio de madeira, trigo, sal, arenque, algodão e peles eram tão rentáveis que em breve foi possível tomar todas as precauções possíveis contra os ataques terrestres e contra o poder do mar, que erodia sem descanso a costa. Hoje não se pode mais dizer como era alta a confiança que os habitantes de Dunwich depositavam então nos trabalhos dessas fortificações. O certo é apenas que, no final das contas, elas se revelaram insuficientes, quando na noite de ano-novo de 1285 para 1286 uma inundação devastou a cidade baixa e a região do porto de forma tão terrível que, durante meses, ninguém foi capaz de dizer onde terminava o mar e começava a terra. Em toda parte muros caídos, entulho, escombros, vigas partidas, cascos de navio destroçados, massas encharcadas de lodo, cascalho, areia e água. E então, em 14 de janeiro de 1328, poucas décadas após a reconstrução, depois de um período de outono e Natal extraordinariamente tranquilos, ocorreu um desastre ainda mais aterrador, se é que isso era possível. Mais uma vez, uma tempestade vinda do nordeste com força de furacão coincide com a maré cheia do mês. Ao cair da noite, os habitantes do bairro portuário fogem para a cidade alta com os pertences que podem carregar. Durante a noite inteira as ondas rasgam uma fileira de casas após a outra. Como poderosos aríetes, as vigas de telhado e de sustentação à deriva golpeiam os muros e as paredes ainda de pé. Quando amanhece, a multidão dos sobreviventes — que chega a cerca de duas ou três mil pessoas, entre elas gente nobre como os FitzRichart, os FitzMaurice, os Valein e os De la Falaise, assim como gente do povo — encontra-se de pé lá no alto à beira do abismo, inclinada contra o vento, fitando horrorizada através das nuvens de espuma salgada as profundezas, onde fardos e barris, guindastes estilhaçados, velas de moinhos rasgadas, arcas e mesas, caixotes, camas de pluma, lenha, palha e gado afogado revolvem nas águas marrom-esbranquiçadas como num redemoinho da destruição. Nos séculos seguintes, tais incursões catastróficas do mar sobre a terra ocorreram repetidamente, e, mesmo durante os intervalos de calma, a erosão da costa continuou a seguir seu curso natural. Aos poucos, a população de Dunwich resignou-se à inevitabilidade desse processo. Abandonaram a batalha inútil, voltaram as costas ao mar e, sempre que os meios em declínio permitiam, construíram a oeste uma fuga protelada que se estendeu por gerações, de modo que a cidade que morria lentamente descreveu — por reflexo, digamos — um dos movimentos básicos da vida humana sobre a Terra. Um número notavelmente elevado de nossas povoações está voltado para o oeste e, onde as circunstâncias permitem, deslocam-se nessa mesma direção. O leste equivale a ausência de perspectiva. Sobretudo na época da colonização do continente americano, era de notar como as cidades se desdobravam para o oeste enquanto seus próprios distritos orientais se reduziam a ruínas. No Brasil, até hoje províncias inteiras se extinguem como fogo quando a terra se esgota por excesso de cultivo e novas áreas a oeste são abertas. Na América do Norte, também, inúmeros povoados difusos de vários tipos, com seus postos de gasolina, motéis e shopping centers, mudam-se para oeste ao longo das *turnpikes*, e nesse eixo se polarizam infalivelmente bem-estar e miséria. A fuga de Dunwich me fez lembrar disso. Depois da primeira calamidade séria, começou-se a construir na fronteira ocidental da cidade, mas, mesmo do monastério dos franciscanos que surgiu ali, restam hoje somente alguns poucos fragmentos. Dunwich, com suas torres e vários milhares de almas, dissolveu-se em água, areia e cascalho e no ar tênue. Quando se olha o mar do topo da colina, na direção de onde deve ter sido um dia a cidade, sente-se o poderoso sorvo do vazio. Talvez seja por isso que Dunwich virou uma espécie de centro de peregrinação para escritores melancólicos na era vitoriana. Algernon Swinburne, por exemplo, veio para cá diversas vezes na década de 1870 com seu assistente Theodore Watts-Dunton, quando a excitação da vida literária londrina ameaçava sobrecarregar seus nervos, hipersensíveis desde a mais tenra infância. Ele alcançara fama lendária na juventude, e repetidas vezes fora levado a tais paroxismos de paixão pelas fantásticas conversas sobre arte nos salões dos pré-rafaelitas ou pelo esforço mental de compor seus próprios versos e tragédias, ornados com linguagem poética maravilhosamente bombástica, que perdeu o controle da voz e dos membros. Após esses ataques quase epilépticos, costumava ficar prostrado durante semanas, e dali a pouco, *unfitted for general society*, passou a suportar apenas a companhia de pessoas próximas. No início, passava os períodos de convalescença na fazenda da família, depois cada vez mais com o fiel Watts-Dunton, no litoral. As caminhadas entre Southwold e Dunwich pelos campos de junco curvados pelo vento, a desértica paisagem aquática, tinham sobre ele o efeito de um sedativo. Um longo poema intitulado *By the North Sea* é seu tributo à progressiva dissolução da vida. *Like ashes the low cliffs crumble and the banks drop down into dust.* Lembro de ter lido num estudo sobre Swinburne que, numa tarde de verão, ao visitar o campo-santo de All Saints com Watts-Dunton, ele imaginou ver um clarão esverdeado na superfície do mar. Esse clarão, ele terá dito, o lembrava do palácio de

Kublai Khan, que foi construído no local depois ocupado por Pequim na mesma época em que Dunwich era uma das maiores comunidades do reino da Inglaterra. Se não me engano, o estudo em questão relatava como Swinburne descreveu nos mínimos detalhes o fabuloso palácio a Watts-Dunton naquela noite: o muro branco como neve com mais de seis quilômetros de extensão, os arsenais cheios de rédeas, selas e armaduras de todo tipo, os armazéns e os tesouros, os estábulos onde havia fileiras infindáveis dos mais belos cavalos, os salões de festa que tinham lugar para mais de seis mil convidados, os aposentos, o zoológico com cercado para o unicórnio e o belvedere com cem metros de altura que o Khan mandara erguer na face norte. No espaço de um ano, Swinburne terá dito, as encostas íngremes desse marco na paisagem recoberto com lápis-lazúli verde foram guarnecidas com os mais raros e suntuosos exemplares de árvores perenes em pleno viço, que, após arrancadas com raiz e terra de seus locais de origem, tiveram de ser transportadas, muitas vezes em trechos extensos, por elefantes especialmente treinados para tanto. Nunca antes, terá dito Swinburne naquela tarde em Dunwich, e nunca desde então, algo mais belo foi criado na Terra do que aquela colina artificial, que era verde mesmo no inverno e coroada por um palácio da paz, também ele de coloração verde. — Algernon Charles Swinburne, cujos anos de existência quase coincidiram com os da imperatriz viúva Tz'u-hsi, nasceu em 5 de abril de 1837, o mais velho de seis filhos do almirante Charles Henry Swinburne e sua esposa Lady Jane Henrietta, filha do terceiro conde de Ashburnham. Ambas as famílias remontam ao tempo longínquo em que Kublai Khan construía seu palácio e Dunwich comerciava com todos os países que podiam ser alcançados por mar. Até onde recuava a memória, os Swinburne e os Ashburnham haviam sido membros do séquito real, guerreiros e militares importantes, senhores de terras extensas e exploradores. Curiosamente, um tio-avô de Algernon Swinburne, o general Robert Swinburne, tornou-se súdito de Sua Majestade Apostólica e foi investido barão do Sacro Império Romano, supostamente devido a suas pronunciadas inclinações ultramontanas. Morreu como governador de Milão, e seu filho, até sua morte em 1907, ocorrida em idade avançada, exerceu o posto de camareiro do imperador Francisco José. Essa forma extrema de catolicismo político num ramo da família foi provavelmente um primeiro sinal de decadência. Fora isso, porém, permanece a questão de como uma linhagem tão hábil no trato com a vida pudesse produzir uma criatura na eterna iminência de um colapso nervoso, um paradoxo que durante muito tempo intrigou os biógrafos de Swinburne, às voltas com sua ascendência e com traços hereditários, até que por fim concordaram em descrever o poeta de *Atalanta* como um fenômeno epigenético surgido do nada, por assim dizer, para além de toda a possibilidade natural. Swinburne, de fato, já pela sua própria aparência física, deve ter parecido

uma perfeita aberração. De estatura muito baixa, em cada estágio do desenvolvimento bastante aquém do tamanho normal e com membros de compleição assustadoramente frágil, o garoto já carregava, no entanto, uma cabeça singularmente grande, fora do tamanho comum mesmo, sobre seus ombros fracos e caídos. Essa cabeça verdadeiramente extraordinária, acentuada ainda mais por uma cabeleira vermelho-fogo eriçada e olhos verde-água fulgurantes, era *an object of amazement at Eton*, como relata um dos colegas de Swinburne. Logo em seu primeiro dia de escola — era no verão de 1849, Swinburne acabara de completar doze anos —, seu chapéu era o maior de todos em Eton. E um certo Lindo Myers, com quem mais tarde Swinburne cruzou o canal da Mancha partindo de Le Havre no outono de 1868 — ocasião em que o chapéu de Swinburne lhe foi arrancado da cabeça por uma rajada de vento e atirado ao mar —, descreve que, chegando a Southampton, só conseguiram arranjar um chapéu de seu tamanho na terceira chapelaria, e mesmo então, acrescenta Myers, a fita de couro e o forro precisaram ainda ser retirados. A despeito de seu físico extremamente desproporcional, Swinburne sonhava desde pequeno, e sobretudo depois de ler nos jornais descrições do ataque a Balaclava, ingressar num regimento de cavalaria e perder a vida como *beau sabreur* em alguma batalha igualmente absurda. Ainda quando estudante em Oxford, essa visão ofuscou todas as outras ideias que ele pudesse ter de seu próprio futuro, e somente quando perdeu de vez a esperança numa morte heroica, devido a seu corpo subdesenvolvido, atirou-se plenamente à literatura e assim, talvez, a uma forma menos radical de autodestruição. Swinburne provavelmente não teria resistido às crises nervosas, que ficavam cada vez mais sérias à medida que o tempo passava, se não tivesse se submetido mais e mais ao regime de Watts-Dunton, seu companheiro de vida. Watts-Dunton logo passou a cuidar de toda a correspondência, tratava de todos os pequenos assuntos que levavam constantemente Swinburne ao pânico extremo, e com isso propiciou ao poeta uma pálida sobrevida de quase três décadas. Em 1879, mais morto que vivo depois de um ataque nervoso,

Swinburne foi levado num chamado *four-wheeler* a Putney Hill, no sudoeste de Londres, e ali, numa modesta vila de subúrbio cujo endereço era Nr. 2, The Pines, os dois solteirões passaram a

morar, evitando deliberadamente qualquer agitação. Os dias seguiam sempre uma rotina traçada com rigor por Watts-Dunton. Swinburne, terá dito Watts-Dunton com certo orgulho da comprovada eficácia de seu sistema, *always walks in the morning, writes in the afternoon and reads in the evening. And, what is more, at meal times he eats like a caterpillar and at night he sleeps like a dormouse.* De vez em quando, um hóspede que quisesse ver o prodigioso poeta em seu exílio suburbano era convidado para o almoço. Os três sentavam-se então à mesa na escura sala de jantar. Watts-Dunton, que escutava mal, sustentava a conversa em tons trovejantes, enquanto Swinburne, como uma criança bem-educada, mantinha a cabeça curvada sobre o prato e devorava uma senhora porção de carne em silêncio. Um dos hóspedes que visitou Putney na virada do século escreve que os dois senhores idosos lhe lembravam dois insetos estranhos numa garrafa de Leiden. Várias vezes, olhando para Swinburne, prossegue a visita, não pôde deixar de pensar no bicho-da-seda cinzento, *Bombyx mori*, fosse pela maneira como mascava pedacinho por pedacinho sua comida, fosse porque, da modorra em que caíra depois de terminar o almoço, ele despertou abruptamente para uma nova vida, galvanizada por energia elétrica, e, agitando as mãos como uma borboleta assustada, adejou por sua biblioteca, subindo e descendo nas banquetas e escadas para apanhar esse ou aquele tesouro das estantes. O entusiasmo que o arrebatou ao fazê-lo expressava-se em observações rapsódicas de seus poetas preferidos, Marlowe, Landor e Hugo, mas não raro também em reminiscências de sua infância na Ilha de Wight e em Northumberland. Em tais momentos, num estado de perfeito êxtase, dizia por exemplo lembrar de sentar-se quando menino aos pés de sua velha tia Ashburnham e ouvi-la contar do primeiro grande baile a que foi como jovem senhorita, na companhia de sua mãe. Depois desse baile, viajaram vários quilômetros de volta para casa numa fria noite de inverno, cristalina como a neve, quando de repente a carruagem parou ao lado de um grupo de figuras negras, que, soube-se, estavam enterrando um suicida numa encruzilhada. Ao anotar por escrito essa memória, que remonta a um século e meio no passado, diz o hóspede, morto ele próprio há tempos, ele tornava a ver com perfeita nitidez a horripilante cena noturna hogarthiana, tal como Swinburne a pintara, e via ao mesmo tempo o garotinho com cabeça grande e cabelo eriçado e chamejante torcendo as mãos e implorando: *Tell me more, aunt Ashburnham, please tell me more.*

VII

Ficara extraordinariamente escuro e abafado quando, ao meio-dia, depois de descansar na praia, subi à charneca de Dunwich, situada solitária sobre o mar. A história de como surgiu essa região melancólica está intimamente ligada não apenas à natureza do solo e à influência do clima oceânico, mas, de forma muito mais decisiva, à constante retração e destruição, ao longo de vários séculos ou mesmo milênios, das florestas cerradas que se difundiram por toda a região das ilhas britânicas após a última era do gelo. Em Norfolk e Suffolk, foram principalmente carvalhos e olmos que cresceram nas planícies, espalhando-se em ondas ininterruptas pelas ligeiras elevações até as depressões da costa. A evolução contrária teve início com o surgimento dos primeiros colonizadores, que atearam fogo a faixas da costa leste carentes de chuva, onde desejavam se estabelecer. Assim como antes as florestas haviam colonizado a Terra em padrões aleatórios, crescendo juntas gradualmente, assim também agora campos de cinzas devoravam o mundo de folhagem verde de maneira igualmente aleatória. Quando hoje sobrevoamos de avião a

Amazônia ou Bornéu e vemos as enormes montanhas de fumaça, aparentemente imóveis sobre a cobertura da floresta, que de cima parece um macio chão de musgo, temos então uma ideia mais clara dos possíveis efeitos de tais queimadas, que às vezes duravam meses a fio. O que na Europa pré-histórica foi poupado ao fogo mais tarde foi abatido para a construção civil e naval e para obter o carvão necessário para fundir o ferro em vastas quantidades. Já no século XVII, existem apenas resquícios insignificantes das antigas florestas em todo o reino insular, a maioria delas negligenciadas. As grandes queimadas são agora feitas do outro lado do oceano. Não é à toa que o Brasil, país quase imensurável, deve seu nome à palavra francesa para carvão. Reduzir a carvão espécies vegetais elevadas e queimar de forma incessante toda substância combustível foram o impulso para nossa disseminação pela Terra. Da primeira lanterna até os revérberos do século XVIII e do brilho dos revérberos até o fulgor pálido das lâmpadas de arco voltaico sobre as rodovias belgas: tudo é combustão, e combustão é o princípio mais recôndito de cada objeto que produzimos. A fatura de um anzol, a manufatura de uma xícara de porcelana e a produção de um programa de televisão fundam-se em última instância no mesmo processo de combustão. Tal como nossos corpos e nossos desejos, as máquinas que idealizamos têm um coração cujas brasas se extinguem lentamente. Desde o início, toda civilização humana não foi mais que uma incandescência que cresce hora a hora de intensidade, da qual ninguém sabe dizer até que grau aumentará e quando começará a minguar progressivamente. Por enquanto, nossas cidades ainda brilham, ainda se espalham os fogos a seu redor. Na Itália, França e Espanha, na Hungria, Polônia e Lituânia, no Canadá e na Califórnia, as florestas queimam no verão, para não falar das imensas conflagrações nos trópicos, que nunca são extintas. Na Grécia, numa ilha que por volta de 1900 ainda era florestada, vi alguns anos atrás a velocidade com que o fogo grassa numa vegetação esturricada. Achava-me então a pequena distância da cidade portuária onde estava hospedado, no meio de um grupo de homens agitados à beira da estrada, às nossas costas a noite fechada e à nossa frente, lá embaixo, no fundo de um abismo, o fogo que corria, que pulava, e já subia as vertentes íngremes impelido pelo vento. E jamais esquecerei como os zimbros, negros contra clarão, pegavam fogo um após o outro mal eram lambidos pelas primeiras chamas, com um golpe surdo feito uma explosão, como se fossem de espoleta, e logo depois vinham abaixo numa silenciosa chuva de centelhas.

Meu caminho após Dunwich me fez passar primeiro pelas ruínas do monastério dos franciscanos, ao longo de vários campos e por um bosque descuidado, de formação bem recente, onde pinheiros-musgos, bétulas e giestas cresciam tão densos uns sobre os outros que só avancei a muito custo. Já pensava em dar meia-volta quando, súbito, a charneca abriu-se à minha frente. Estendia-se a oeste matizada de lilás-pálido a roxo-vivo, e uma trilha branca serpenteava entre ela em curvas suaves. Perdido em pensamentos que me passavam pela cabeça sem parar e como entorpecido por essa floração alucinada, segui pela clara trilha de areia até que, para meu espanto, para não dizer assombro, me encontrei novamente diante do mesmo bosque emaranhado do qual emergira uma hora antes ou, assim me parecia agora, num passado distante. Como só então me dei conta, o único ponto de orientação dessa charneca sem árvores, uma vila bastante estranha com uma torre de observação envidraçada, que me lembrava absurdamente Ostende, mostrara-se cada vez de uma perspectiva totalmente inesperada enquanto eu avançava distraído, ora próxima, ora distante, ora à minha esquerda, ora à direita, e realmente a certa altura a torre de observação, como se por assim dizer tivesse sido rocada, mudou num piscar de olhos de um lado do prédio para o outro, fazendo com que eu visse, digamos, não a vila verdadeira, mas sua imagem especular. Além disso, minha confusão só fez aumentar pelo fato de que as placas nas bifurcações e encruzilhadas nunca davam uma informação escrita do lugar e da distância, mas indicavam apenas, como constatei para minha crescente irritação à medida que avançava, essa ou aquela direção com uma flecha muda. Se a pessoa seguisse seu instinto, cedo ou tarde ficava patente que o caminho se afastava cada vez mais do rumo que pretendia manter. Simplesmente caminhar em linha reta pelo campo estava fora de cogitação por causa da charneca, um brejo de paus com urze pelos joelhos, de modo que eu não tinha outra alternativa senão permanecer na tortuosa trilha de areia e atentar aos sinais mais ínfimos, às alterações mais insignificantes de perspectiva. Várias vezes também retrilhei longos trechos naquele terreno, do qual talvez só do púlpito de vidro da vila belga se pudesse ter uma visão de conjunto, e no final das contas fui tomado por uma crescente sensação de pânico. O céu plúmbeo carregado, o violeta malsão da charneca, que turvava a vista, o silêncio que zumbia nos ouvidos como o mar numa concha, as moscas que enxameavam à minha volta — tudo isso me era opressivo e enervante. Não sei dizer por quanto tempo vaguei nesse estado de espírito e de que modo encontrei enfim uma saída. Só sei que de repente me vi numa estrada vicinal, sob um grande carvalho, e que o horizonte à volta rodopiava como se eu tivesse acabado de pular de um carrossel. Meses após essa experiência, que até hoje não posso explicar, estive outra vez em sonho na charneca de Dunwich, caminhei pelas trilhas infinitamente intrincadas e de novo fui incapaz de encontrar uma saída do labirinto que, supunha, fora criado exclusivamente para mim. Exausto e já disposto a me deitar em algum lugar, cheguei ao cair da noite numa área algo elevada, onde fora erguido um pequeno pavilhão chinês tal como no meio do labirinto de teixo de Somerleyton. E quando olhei lá de cima desse posto de observação, vi esse mesmo labirinto, o chão claro de areia, os contornos precisamente delineados das sebes mais altas que um homem e agora quase escuras como breu — um padrão simples em comparação às sendas retorcidas que eu trilhara, um padrão do qual, no sonho, eu sabia com absoluta certeza que representava um corte transversal de meu cérebro.

Do outro lado do labirinto, as sombras baixavam sobre a bruma da charneca, e então as estrelas emergiram das profundezas do espaço, uma a uma. *Night, the astonishing, the stranger to all that is human, over the mountain-tops mournful and gleaming draws on.* Era como se me encontrasse no ponto mais alto da Terra, onde o faiscante céu de inverno é para sempre imutável; como se a charneca estivesse rígida à força da geada, e como se serpentes, víboras e lagartos de gelo transparente cochilassem em suas tocas na areia. Do banquinho de descanso no pavilhão, observei a noite que se estendia para além da charneca. E vi que, ao sul, promontórios inteiros haviam se fendido da costa e afundado sob as ondas. O palacete belga já oscilava sobre o abismo, enquanto no púlpito de vidro da torre de observação, uma figura corpulenta com uniforme de capitão ainda manejava com movimentos apressados um holofote cujo feixe de luz fortemente centrado, tateando a escuridão, lembrou-me da guerra. Embora em meu sonho da charneca eu estivesse sentado no pavilhão chinês, paralisado de espanto, estava ao mesmo tempo lá fora, a um passo da borda extrema, e fiquei sabendo como é assustador olhar tão para baixo. Os corvos e as gralhas que rodeavam à meia altura mal pareciam ter o tamanho de besouros; os pescadores na praia davam a impressão de ratos, a rebentação surda que tritura os incontáveis seixos não subia até mim. Mas logo abaixo do penhasco, sobre um monte negro de terra, jaziam as ruínas de uma casa destroçada. Entremeados a fragmentos de muro, cômodas despedaçadas, balaústres, banheiras emborcadas e canos de aquecimento retortos, havia os corpos estranhamente contorcidos dos moradores, que momentos antes ainda dormiam em suas camas, olhavam pelas janelas ou partiam um linguado com faca de peixe. Um pouco à parte dessa cena de destruição, a figura solitária de um homem velho com uma cabeleira desgrenhada estava de joelhos ao lado de sua filha morta, ambos minúsculos como num palco a quilômetros de distância. Não se ouvia qualquer último suspiro, qualquer última palavra, nem o último pedido desesperado: *Lend me a looking glass; if that her breath will mist or stain the stone, why, then she lives*. Não, nada. Tudo mudo e em silêncio. Então baixinho, apenas audível, o som de uma marcha fúnebre. A noite chega a seu fim, rompe a alvorada. A silhueta da usina elétrica de Sizewell, seu reator magnox parecido com um mausoléu ganham vulto numa ilha lá no meio das águas pálidas, onde se supõe que ficava o Dogger Bank, onde um dia os cardumes de arenque desovavam e onde antes ainda, muito tempo atrás, o delta do Reno desaguava e onde cresciam várzeas verdes na areia aluvial.

Cerca de duas horas após minha prodigiosa libertação do labirinto da charneca, cheguei finalmente ao vilarejo de Middleton, onde planejava visitar o escritor Michael Hamburger, que morava ali fazia quase vinte anos. Era por volta das quatro horas. Não havia uma alma viva nem na rua do vilarejo nem nos jardins, as casas transmitiam uma impressão pouco amistosa, e, com o chapéu na mão e a mochila no ombro, sentia-me um viajante de algum século passado, tão deslocado que não teria ficado surpreso se um bando de crianças travessas pulasse de repente no meu encalço ou um dos proprietários de Middleton surgisse em seu umbral e bradasse para mim: "Anda, vá embora daqui!". Afinal ainda hoje, ou particularmente hoje, toda pessoa que viaja a pé logo incorre na suspeita dos locais, sobretudo se ela não corresponde à imagem do turista de lazer. Talvez por isso a moça do mercadinho tenha me dirigido tão pasma seus olhos azuis. A sineta da porta parara de soar fazia tempo, e eu já estava havia alguns instantes na pequena mercearia, cheia até o teto de latas de conserva e outros produtos imperecíveis, quando ela emergiu de um quarto ao lado, onde tremeluzia a luz de uma televisão, e fitou-me com boca entreaberta como a um ser de outro planeta. Depois de se recompor um pouco, mediu-me com um olhar de desaprovação, que se deteve por fim em meu calçado coberto de pó, e quando lhe desejei uma boa-tarde, tornou a fitar-me no rosto absolutamente perplexa. Já reparei várias vezes que o medo corre pelos membros da gente do interior quando põe os olhos num estrangeiro e que, em geral, mesmo se ele tem bom domínio da língua, só a custo consegue entendê-lo, se é que consegue. A garota do mercadinho de Middleton também só reagiu abanando a cabeça, desnorteada, quando lhe pedi água mineral. Vendeu-me por fim uma lata gelada de Cherry Coke, que sorvi de um só gole como um cálice de cicuta, apoiado contra o muro do cemitério, antes de cobrir as últimas centenas de metros até a casa de Michael.

Michael tinha nove anos e meio quando, em novembro de 1933, junto com seus irmãos, sua mãe e os pais dela, veio para a Inglaterra. O pai deixara Berlim vários meses antes, já estava instalado numa daquelas casas de pedra de Edimburgo que são praticamente impossíveis de aquecer, enfiado até tarde da noite em dicionários e compêndios, pois embora tivesse sido professor de pediatria na Charité, precisava agora, com mais de cinquenta anos, prestar de novo os exames de medicina em inglês, uma língua que não lhe era familiar, se quisesse continuar a exercer a clínica médica. Nas notas autobiográficas que Michael escreveu mais tarde, relata-se como os receios e temores da família que viajava sem o pai rumo ao desconhecido alcançaram seu auge no pátio da alfândega em Dover, quando tiveram de presenciar calados como os dois periquitos do avô, que até então haviam sobrevivido incólumes à jornada, foram apreendidos. A perda dessas aves de estimação, o fato de assistir à cena impotentes e ter de vê-los desaparecer atrás de uma espécie de para-vento, escreve Michael, deixou mais patente que qualquer outra coisa a monstruosidade que é mudar para um novo país naquelas circunstâncias. O sumiço dos periquitos no pátio da alfândega de Dover marcou o início do sumiço de sua infância berlinense atrás da nova identidade que assumiu pouco a pouco no curso das décadas seguintes. *How little there has remained in me of my native country*, constata o cronista ao repassar as poucas memórias que lhe ficaram, apenas suficientes para um obituário de um garoto desaparecido. A juba de um leão prussiano, uma babá prussiana, cariátides que carregavam o globo terrestre nos ombros, os misteriosos ruídos do tráfego e das buzinas que subiam da Lietzenburgerstrasse até o apartamento, os estalos do encanamento central atrás do papel de parede no canto escuro, onde se ficava de castigo com o rosto contra a parede, o cheiro nauseante de lixívia na lavanderia, uma partida de bolinha de gude num parque de Charlottenburg, café de malte, açúcar de beterraba, óleo de fígado de bacalhau e os proibidos bombons de framboesa da lata prateada da vovó Antonina — não eram esses meros fantasmas, miragens que se dissolveram no ar? Os assentos de couro no Buick do vovô, a parada de bonde Hasensprung em Grunewald, a costa do mar Báltico, Heringsdorf, uma duna de areia cercada de puro vazio, *the sunlight and how it fell*... Sempre que tais fragmentos emergem devido a alguma mudança em nossa vida espiritual, acreditamos que podemos lembrar. Mas na verdade, é claro, não lembramos. Prédios demais desabaram, entulho demais foi amontoado, os detritos e as morainas são insuperáveis. Se hoje olho em retrospecto para Berlim, escreve Michael, não vejo mais que um pano de fundo preto-azulado e sobre ele uma mancha cinza, um desenho em lápis de ardósia, números e letras indecifráveis em alfabeto gótico, borrados e apagados com um trapo de lousa. Talvez esse ponto cego seja também uma pós-imagem das ruínas pelas quais vaguei em 1947, quando retornei pela primeira vez a minha cidade natal para procurar pistas do tempo que me fugira. Na época, vaguei alguns dias num estado que beirava o sonambulismo, ao longo de fachadas ocas, muros crestados e campos de escombros pelas ruas infindáveis de Charlottenburg, até que numa tarde me encontrei de repente diante do prédio onde ficava nosso apartamento e que escapara — absurdamente, pareceu-me — à destruição. Ainda posso sentir o hálito frio que me roçou a testa ao entrar no saguão, e recordo que a balaustrada de ferro fundido, as guirlandas de estuque nas paredes, o lugar onde o carrinho de bebê sempre ficava e os nomes em boa parte inalterados dos moradores nas caixas postais de metal me pareciam elementos de um rébus que eu só precisava solucionar corretamente a fim de suprimir os acontecimentos inauditos que haviam ocorrido desde que emigramos. Era como se agora coubesse exclusivamente a mim, como se por meio de um insignificante esforço mental toda a história pudesse voltar atrás, como se — bastava eu querer — vovó Antonina ainda morasse na Kantstrasse como antes, ela que se recusara a ir conosco para a Inglaterra, como se ela não tivesse partido em viagem, tal como fomos informados logo após a chamada eclosão da guerra pelo cartão-postal da Cruz Vermelha, mas cuidasse como antes do bem-estar de seus peixinhos dourados, que ela lavava todos os dias na torneira da cozinha e punha no parapeito da janela quando fazia tempo bom, para apanhar um pouco de ar puro. Bastava apenas um instante de alta concentração, reunindo sílaba por sílaba da palavra oculta na advinha, e tudo seria novamente como antes. Mas não atinei com essa palavra nem reuni forças para subir as escadas e tocar a campainha de nosso apartamento. Em vez disso, deixei o prédio com uma sensação de enjoo na boca do estômago e segui adiante, sem rumo e sem poder formar o mais simples pensamento, até passar a Westkreuz ou o Hallesches Tor ou o Tiergarten, não me lembro; só sei que cheguei por fim a um terreno vazio, disso me lembro, e que lá os tijolos recuperados às ruínas haviam sido empilhados em fileiras longas e exatas, sempre dez por dez por dez, mil em cada cubo, ou antes novecentos e noventa e nove, pois o milésimo tijolo em cada pilha achava-se a prumo no topo, seja como um sinal de penitência, seja para facilitar a contagem. Quando hoje lembro daquele armazém, não vejo um único ser humano, vejo apenas tijolos, milhões de tijolos, um sistema de tijolos de certo modo perfeito que se estendia até o horizonte, e acima dele o céu de novembro de Berlim, do qual em breve a neve desceria em rodopios — uma imagem de silêncio sepulcral como prenúncio do inverno, da qual às vezes me pergunto se não teve origem numa alucinação, sobretudo quando imagino que, daquele vazio absolutamente inconcebível, escuto os últimos compassos da abertura de *Freischütz* e depois, sem parar, durante dias e semanas a fio, o rascar da agulha de um gramofone. Minhas alucinações e meus sonhos, escreve Michael em outra parte, muitas vezes se desenrolam num cenário cujos marcos remetem em parte à metrópole Berlim, em parte à Suffolk rural. Estou, por exemplo, na frente de uma janela no andar de cima de nossa casa, mas o que vejo não são os pântanos familiares e os salgueiros que não param de se mexer, mas antes, de uma altura de várias centenas de metros, uma colônia de hortas urbanas tão grande quanto um país inteiro, cortada por uma estrada retilínea onde táxis pretos aceleram para fora da cidade, em direção ao Wannsee. Ou retorno no crepúsculo de uma longa viagem. Com a mochila nas costas, caminho o último trecho até nossa casa, diante da qual, inexplicavelmente, os mais diversos veículos estão estacionados, poderosas limusines, cadeiras de rodas motorizadas com enormes freios de mão e buzinas bojudas na lateral e uma agourenta ambulância cor de marfim, na qual duas diaconisas estão sentadas. Sob o olhar delas, piso hesitante no umbral, e já não sei mais onde estou. Os aposentos estão banhados numa luz baça, as paredes estão nuas, a mobília desapareceu. Utensílios de prata estão dispostos no chão de parquete, pesadas facas, colheres e garfos trabalhados e talheres de peixe para inúmeras pessoas, para jantar o leviatã. Dois homens de sobrecasaca cinza estão retirando uma tapeçaria. Dos caixotes de porcelana, brotam lascas de madeira. No sonho, levo mais de uma hora para me dar conta de que não me encontro na casa de Middleton, mas no amplo apartamento dos pais de minha mãe na Bleibtreustrasse, cujos aposentos de museu, em minhas visitas de criança, impressionavam-me quase tanto quanto as suítes do palácio de Sanssouci. E agora estão todos reunidos ali, meus parentes de Berlim, meus amigos alemães e ingleses, meus parentes afins, meus filhos, os vivos e os mortos. Caminho por eles sem ser visto, de um salão para o outro, *through galleries, halls and passages thronged with guests until, at the far end of an imperceptibly sloping corridor, I come to the unheated drawing room that used to be known, in our house in Edinburgh, as the Cold Glory*. Lá está sentado meu pai, numa banqueta baixa demais, exercitando-se ao violoncelo, enquanto vovó está deitada numa mesa alta, vestida a caráter. As pontas reluzentes de seus sapatos de laca apontam para o teto, ela estendeu um lenço de seda cinza sobre o rosto e, como sempre durante seus acessos de melancolia, que recorrem regularmente, não fala uma palavra já faz dias. Da janela, avisto ao longe uma paisagem silesiana. Uma cúpula dourada refulge do fundo de um vale cercado de montanhas azuis florestadas. *This is Myslowitz, a place somewhere in Poland*, ouço meu pai dizer, e quando me viro, vejo o hálito branco que carregou suas palavras tardar no ar gelado.

A tarde já ia avançada quando cheguei à casa de Michael, nas campinas alagadiças dos arredores de Middleton. Estava grato por poder descansar no jardim tranquilo depois de meus zigue-zagues pela charneca, que agora, ao lhe falar deles, pareciam assumir um ar de irrealidade. Michael trouxera um bule de chá do qual subia de vez em quando um bafo de vapor como de uma locomotiva de brinquedo. De resto, nada se mexia, nem as folhas cinza dos salgueiros na campina além do jardim. Conversamos sobre o mês vazio e silencioso de agosto. *For weeks*, disse Michael, *there is not a bird to be seen. It is as if everything was somehow hollowed out*. Tudo está à beira do declínio, só as ervas daninhas continuam a crescer, trepadeiras estrangulam os arbustos, as raízes amarelas das urtigas seguem rastejando sob a terra, as bardanas se erguem uma cabeça acima das pessoas, o fungo marrom e os pulgões se alastram, e mesmo o papel no qual alinhamos a custo palavras e frases parece coberto de mofo. Quebramos a cabeça em vão, dias e semanas a fio, e, se nos perguntassem, não saberíamos dizer se continuamos a escrever por hábito ou por vaidade, ou porque não sabemos fazer outra coisa da vida, ou por espanto, por amor à verdade, por desespero ou indignação, e tampouco seríamos capazes de dizer se a escrita nos torna mais perceptivos ou mais loucos. Talvez cada um de nós perca o bom-senso na exata medida em que se absorve no próprio trabalho, e talvez seja por isso que tendemos a confundir a crescente complexidade de nossas elucubrações com um avanço em conhecimento, enquanto ao mesmo tempo intuímos que nunca conseguiremos compreender o imponderável, que na verdade determina nossa carreira. Seguimos a vida inteira os passos de Hölderlin simplesmente porque fazemos aniversário dois dias depois dele? Será por isso que, vez por outra, ficamos tentados a deixar a razão de lado como um casaco velho, a assinar cartas e poemas como "seu humilde servidor Scardanelli", e manter a distância hóspedes indesejados que vêm nos ver dirigindo-lhes a palavra como Sua Excelência e Majestade? Começamos a traduzir elegias aos quinze ou dezesseis anos porque fomos exilados de nossa pátria? Será possível que, mais tarde, tenhamos nos instalado nessa casa em Suffolk somente porque no jardim há uma bomba-d'água de ferro com o número 1770, o ano de nascimento de Hölderlin? *For when I heard that one of the near islands was Patmos, I greatly desired there to be lodged, and there to approach the dark grotto.* E Hölderlin não dedicou seu hino de Patmos ao landegrave de Homburg, e Homburg não era o nome de solteira de minha mãe? Ao longo de que distâncias no tempo vigoram as afinidades eletivas e as correspondências? Como é que vemos a nós mesmos numa outra pessoa, ou, se não nós mesmos, então nosso precursor? Que eu tenha passado pela alfândega inglesa trinta e três anos depois de Michael, que eu agora pense em desistir de meu ofício de professor tal como ele fez, que ele se esfalfe escrevendo em Suffolk e eu em Norfolk, que nós dois tenhamos dúvidas sobre o sentido de nosso trabalho e nós dois soframos de uma alergia ao álcool: nada disso é particularmente estranho. Mas por que logo em minha primeira visita a Michael tive a sensação de que vivia ou vivera um dia em sua casa, tal e qual ele próprio vivia, isso eu não consigo explicar. Só sei que, em seu gabinete de pé-direito alto, cujas janelas dão para o norte, fiquei fascinado em frente da pesada secretária de mogno que viera do apartamento de Berlim e da qual Michael abrira mão como local de trabalho, disse-me, por causa do frio que imperava no gabinete mesmo no alto verão; só sei que, enquanto falávamos da

dificuldade de aquecer casas velhas, tive cada vez mais a sensação de que não tinha sido ele que abandonara esse local de trabalho, mas eu, como se o estojo de óculos, a correspondência e os materiais de escrita que, na suave luz do norte, se achavam claramente intocados sobre a mesa fazia longos meses, tivessem sido um dia meu estojo de óculos, minha correspondência e meus materiais de escrita. No vestíbulo que abria para o jardim, também me pareceu que eu ou alguém como eu tinha lá seus afazeres havia tempo. Os cestos de vime cheios de minúsculos gravetos para o fogo da lareira, as polidas pedras brancas e cinza-claras, conchas e outros achados litorâneos em silenciosa coleção sobre a cômoda encostada na parede azul-pálida, os envelopes e pacotes empilhados num canto ao lado da porta da despensa e à espera de serem reutilizados pareciam-me naturezas-mortas criadas por minha própria mão, que adora conservar coisas sem valor. E ao espiar dentro da despensa, que exercia um particular fascínio sobre mim, e onde nas prateleiras, em boa parte vazias, alguns

vidros de conserva descoloriam e algumas dezenas de maçãs vermelho-douradas brilhavam no parapeito da janela escurecida por um teixo — brilhavam não, irradiavam como as maçãs do símile bíblico —, tomou posse de mim a ideia totalmente contrária à razão, confesso, que essas coisas — os gravetos para a lareira, os envelopes, as frutas em conservas, as conchas do mar e o som do mar dentro delas — haviam sobrevivido a mim e que Michael me conduzia por uma casa na qual eu próprio morara muito tempo antes. Mas tais pensamentos se desfazem tão rápido, em geral, quanto nascem. Seja como for, não os levei adiante nos anos que se passaram desde então, talvez porque não seja possível levá-los adiante sem ficar louco. Depois de tudo isso, fiquei ainda mais surpreso quando, ao reler recentemente as memórias de Michael, topei com o nome de um conhecido de minha época em Manchester, Stanley Kerry, que desde então me saíra da memória e por algum motivo me escapara na primeira leitura. Michael relata no trecho em questão que, em abril de 1944, nove meses após ingressar no Queen's Own Royal West Kent Regiment, foi transferido de Maidstone para um batalhão estacionado em Blackburn, nas vizinhanças de Manchester, e aquartelado numa algodoaria abandonada. Logo depois de chegar a Blackburn, foi convidado por um de seus camaradas a passar a segunda-feira de Páscoa em Burnley, uma cidade cujas ruas de calçamento preto no brilho da chuva, cujas tecelagens desativadas e cujo zigue-zague dos telhados das casas operárias recortados contra o céu como dentes de dragão davam-lhe uma impressão mais desoladora do que tudo o que ele vira até então na Inglaterra. Curiosamente, vinte e dois anos mais tarde, quando no outono de 1966 vim da Suíça para a Inglaterra, o destino de minha primeira excursão, no dia de finados, junto com um futuro professor primário, foi também Burnley, ou as charnecas acima de Burnley. Ainda lembro com nitidez como voltamos da charneca na pequena caminhonete vermelha do professor, via Burnley e Blackburn até Manchester, em meio à noite que já caía naquelas latitudes por volta das quatro da tarde em novembro. E não apenas minha primeira excursão partindo de Manchester me levou até Burnley, tal como ocorrera com Michael em 1944, mas também uma das primeiras pessoas com quem travei contato em Manchester foi aquele Stanley Kerry, que, na época, acompanhou Michael de Blackburn a Burnley. Quando assumi meu cargo de docente na Universidade de Manchester, Stanley Kerry devia ser, sem contar os dois catedráticos, um dos professores mais antigos do departamento. Tinha fama de certa excentricidade, pelo hábito de manter distância de seus colegas e dedicar a maior parte de seu tempo de trabalho e lazer não tanto à ampliação de seu campo de estudo, o alemão, mas ao aprendizado do japonês, área na qual fazia um progresso estarrecedor. Quando cheguei a Manchester, ele já estava ocupado em exercitar-se na arte da escrita japonesa. Passava horas e horas diante de grandes folhas de papel, nas quais desenhava com o pincel um símbolo após o outro, em profunda concentração. Lembro agora que ele me disse certa vez que uma das maiores dificuldades de escrever consistia em pensar, com a ponta da pena, única e exclusivamente na palavra a ser escrita e expulsar da mente aquilo que se quer descrever. E recordo também que, quando Stanley fez essa observação, que vale tanto para escritores como para alunos de escola primária, estávamos no jardim japonês que ele criara nos fundos de seu bangalô em Wythenshaw. A noite caía. Os bancos de musgo e as pedras começaram a escurecer, mas nos últimos raios de sol que penetravam pelas folhas dos bordos ainda era possível ver os rastros de ancinho no cascalho fino sob nossos pés. Stanley vestia como sempre um terno algo amarrotado e sapatos de suede marrom, e como sempre quando conversávamos, inclinava-se para mim o mais que podia com todo o corpo, para mostrar seu interesse e também por irrestrita cortesia. A postura que assumia ao fazê-lo lembrava a de uma pessoa que caminha contra o vento, ou um saltador de esqui que acaba de se lançar da plataforma. Ao conversar com Stanley, de fato, não era raro ter a impressão de que ele chegava planando do alto. Quando escutava, pendia a cabeça para o lado com um sorriso de bem-aventurança, mas quando ele próprio falava era como se buscasse fôlego desesperadamente. Era comum seu rosto contorcer-se numa careta, o esforço fazia brotar pérolas de suor na testa, e as palavras lhe saíam de maneira espasmódica e precipitada, que traía uma profunda inibição e já pressagiava que seu coração logo pararia de bater. Quando hoje me lembro de Stanley Kerry, parece inconcebível que os caminhos da vida de Michael e os meus tenham cruzado na pessoa desse homem extraordinariamente tímido, e que quando o conhecemos, em 1944 e 1966 respectivamente, tivéssemos ambos vinte e dois anos. Por mais que eu me diga que acasos como esses acontecem com muito mais frequência do que imaginamos, já que nós todos, um atrás do outro, nos movemos ao longo das mesmas veredas traçadas para nós por nossas origens e expectativas, minha razão nada pode contra os fantasmas da repetição, que me assombram de forma cada vez mais assídua. Basta me encontrar em companhia de outros, parece que já fui testemunha da mesma cena em algum lugar antes, que as mesmas opiniões foram expressas pelas mesmas pessoas de modo exatamente igual, com as mesmas palavras, expressões e gestos. A sensação física que melhor se pode comparar a esse estado extremamente incômodo, que às vezes se prolonga bastante, é a de um entorpecimento causado por uma grave perda de sangue, capaz de se desdobrar numa momentânea paralisia do raciocínio, dos órgãos da fala e dos membros, como é sentido talvez por quem, sem sabê-lo, acaba de sofrer um enfarto. Há provavelmente nesse fenômeno, para o qual até hoje não há explicação convincente, algo como uma antecipação do fim, um passo no vazio ou uma espécie de libertação, que, como um gramofone que soa repetidamente a mesma sequência de notas, tem menos a ver com um dano da máquina que com um defeito irreparável em seu programa. Seja como for, naquela tarde de agosto na casa de Michael, senti várias vezes, quer por exaustão ou por algum outro motivo, que o chão me fugia debaixo dos pés. Quando chegou finalmente a hora de me despedir, Anne, que estava descansando fazia algumas horas, entrou no quarto e sentou-se conosco. Não consigo me lembrar se foi ela quem comentou que hoje ninguém veste mais luto, nem mesmo uma faixa preta no braço ou um botão preto na lapela. De todo modo, acerca disso, ela contou a história de um certo mr. Squirrel de Middleton, que estava quase para se aposentar e que, até onde se sabia, jamais vestira outra coisa senão luto, mesmo em sua juventude, antes de ingressar como aprendiz de agente funerário em Westleton. Ao contrário do que seu nome pode sugerir, disse Anne, mr. Squirrel não era particularmente ágil e lépido, mas um gigante sombrio e pesadão, que o agente funerário provavelmente empregara como carregador de caixão mais por sua enorme força física do que por sua mania de luto. No vilarejo, disse Anne, as pessoas afirmavam que Squirrel não tinha memória nenhuma, que não era capaz de lembrar nada do que acontecera em sua infância, no ano anterior, no mês anterior ou mesmo na semana anterior. Como então ele podia chorar pelos mortos, era um enigma para o qual ninguém tinha resposta. Era estranho também que Squirrel, a despeito de sua falta de memória, nutria desde pequeno o desejo de ser ator, e que buzinou tanto esse seu desejo no ouvido das pessoas de Middleton e das vilas da redondeza que às vezes participavam de peças de teatro, que, no fim, quando houve uma apresentação ao ar livre do *Rei Lear* no charco de Westleton, deram-lhe o papel do nobre que aparece somente na sétima cena do quarto ato, acompanha calado os eventos e só no final profere uma ou duas frases. Durante um ano inteiro, disse Anne, Squirrel estudou essas duas frases, recitadas efetivamente na noite decisiva de modo marcante, e que ele aliás repete até hoje, uma ou outra, seja a ocasião propícia ou não, como eu mesma, disse Anne, já tive oportunidade de verificar certa vez, quando lhe disse bom-dia e ele me respondeu do outro lado da rua com um sonoro: *They say his banished son is with the Earl of Kent in Germany*. Logo depois que Anne terminou sua história, pedi-lhe que me chamasse um táxi. Quando retornou da ligação, disse que, ao pôr o telefone no gancho, se lembrara do sonho que tivera pouco antes de acordar de sua sesta. Estávamos os três em Norfolk, disse, e como Michael ainda tivesse alguns compromissos, eu pedia um táxi para ela. Quando chegava, era uma grande limusine cintilante. Eu lhe segurava a porta e ela sentava no banco de trás. A limusine se punha em movimento sem um ruído, e antes que ela pudesse reclinar, já havia saído da cidade e estava imersa numa floresta incrivelmente profunda, cortada por raios de sol esparsos, que se estendia até a porta da casa de Middleton. Avançamos numa velocidade que não podia ser determinada como rápida ou lenta, mas íamos não por uma estrada, e sim por uma trilha maravilhosamente suave, às vezes em ligeira curva. A atmosfera pela qual o carro se movia era mais densa que o ar e tinha um quê de água fluindo calmamente. Eu via a floresta com absoluta clareza e nos mínimos detalhes, impossíveis de ser reproduzidos, à medida que ela deslizava lá fora — as minúsculas inflorescências das almofadas de musgo, as hastes capilares da grama, as samambaias tremulantes e os troncos lisos e cascudos, cinza e marrom de árvores que acabavam de se erguer e que na altura de alguns metros desapareciam na folhagem impenetrável de plantas perenes que cresciam entre elas. Ainda mais no alto, alastrava-se um mar de mimosas e malvas no qual caíam em cascata do andar seguinte desse luxuriante reino florestal, em nuvens brancas como a neve ou cor-de-rosa, centenas de trepadeiras pendentes dos galhos semelhantes a laises de verga de barcos a vela, pejados de orquídeas e bromélias. E acima deles, numa altura que o olho mal podia alcançar, oscilavam as copas das palmeiras, cujas frondes de fina plumagem em formato de leque eram de um verde-escuro aparentemente reforçado com ouro ou latão, no qual são pintadas as copas das árvores nos quadros de Leonardo, por exemplo na *Anunciação*, ou no retrato de Ginevra de Benci. Agora não tenho mais que uma vaga noção de como tudo isso era incrivelmente belo, disse

Anne, e também não posso mais descrever direito a sensação de viajar naquela limusine que parecia não ter ninguém ao volante. Não foi realmente como se viajasse, foi como se flutuasse, de um modo que eu não sentia desde a minha infância, quando era capaz de correr flutuando alguns centímetros acima do chão. Enquanto Anne falava, saímos juntos ao jardim, onde a noite já caíra. Aguardávamos a chegada do táxi ao lado da bomba de Hölderlin, e na luz fraca que incidia de uma das janelas da sala sobre o buraco murado do poço, vi com um arrepio que me subiu à raiz dos cabelos um besouro aquático na superfície da água, remando de uma margem escura para a outra.

VIII

No dia após minha visita a Middleton, travei conversa com um holandês chamado Cornelis de Jong no bar do Crown Hotel em Southwold. Ele estivera em Suffolk em diversas ocasiões e agora pensava em comprar uma das propriedades enormes, em geral com mais de mil hectares, que não raro são oferecidas aqui pelas corretoras de imóveis. De Jong contou-me que crescera numa plantação de açúcar perto de Surabaya e mais tarde, após estudar na Academia Agrícola de Wageningen, dera prosseguimento à tradição familiar em ponto menor, como plantador de beterraba na região de Deventer. A transferência de seus interesses para a Inglaterra, disse De Jong, tinha sobretudo razões econômicas. Propriedades fundiárias do tamanho que costumavam aparecer no mercado de East Anglia jamais eram postas à venda na Holanda, e os casarões do tipo que eram dados praticamente de graça junto com o negócio também não podiam ser encontrados no país dele. Em sua época de ouro, disse De Jong, os holandeses investiram principalmente nas cidades, ao passo que os ingleses, no campo. Naquela noite, conversamos até o bar fechar sobre a ascensão e a queda das duas nações e sobre as relações curiosamente próximas, vigentes até bem avançado o século XX, entre a história do açúcar e a história da arte, uma vez que durante muito tempo, devido às possibilidades limitadas de ostentar a riqueza acumulada, os enormes ganhos nas mãos de poucas famílias que detinham o plantio e o comércio da cana-de--açúcar foram empregados em boa parte na edificação, decoração e manutenção de suntuosas quintas e palácios urbanos. Foi Cornelis de Jong que me chamou a atenção para o fato de que muitos museus importantes como o Mauritshuis em Haia ou a Tate Gallery de Londres remontam a dotações das dinastias açucareiras ou estavam ligados, de um modo ou de outro, ao comércio de açúcar. O capital acumulado nos séculos XVIII e XIX através de várias formas de economia escravocrata ainda está em circulação, disse De Jong, ainda rende juros, cresce e multiplica-se e, por força própria, lança novos rebentos. Um dos meios mais comprovados de legitimar esse tipo de dinheiro, sempre foi o patrocínio das artes, a aquisição e exibição de objetos de arte e, como se observa hoje, a inflação inexorável dos preços, ridícula mesmo, nos grandes leilões, disse De Jong. Em poucos anos, a fronteira das centenas dos milhões para meio metro de tela pintada será ultrapassada. Às vezes me parece, disse De Jong, que todas as obras de arte estão cobertas de uma camada de açúcar ou são feitas inteiramente de açúcar, tal como o modelo da batalha de Esztergom criado por um confeiteiro real de Viena, que a imperatriz Maria Teresa, assim dizem, devorou num de seus pavorosos ataques de melancolia. Na manhã seguinte à nossa conversa sobre o açúcar, que versou entre outras coisas sobre os métodos de plantio e produção utilizados nas Índias Orientais holandesas, fui de carro a Woodbridge com De Jong, pois as terras aráveis nas quais ele queria dar uma olhada estendiam-se a oeste das cercanias dessa pequena cidade e confinavam a norte

com o abandonado parque de Boulge, que de todo modo era meu propósito visitar. Pois foi em Boulge que há quase duzentos anos cresceu o escritor Edward FitzGerald, de quem se tratará no que segue, e lá também ele foi enterrado, no verão de 1883. Após me despedir de Cornelis de Jong com certa cordialidade que me pareceu recíproca, atravessei primeiro os campos da A 12 rumo a Bredfield, onde FitzGerald veio ao mundo em 31 de março de 1809, na chamada Casa Branca, da qual hoje existe apenas a *orangerie*. O corpo principal do edifício erguido em meados do século XVIII, que oferecia espaço suficiente para acomodar uma família numerosa e uma criadagem não menos numerosa, foi arrasado em maio de 1944 por uma bomba provavelmente endereçada a Londres, que, como tantas das armas de retaliação alemãs apelidadas de *doodle bugs* pelos ingleses, desviou subitamente de seu curso e causou na remota Bredfield um dano, digamos, totalmente desnecessário. Nada mais resta também de Boulge Hall, o casarão vizinho para onde os FitzGerald se mudaram em 1825. Após consumir-se em chamas em 1926, as fachadas chamuscadas permaneceram durante muito tempo no meio do parque. Só após a Segunda Guerra Mundial as ruínas foram totalmente demolidas, provavelmente para obter material de construção. O próprio parque está hoje abandonado, a grama não é cortada há anos. Os grandes carvalhos morrem galho por galho, as trilhas remendadas aqui e ali com fragmentos de tijolo estão cheias de buracos com água preta estagnada. Abandonado está igualmente o bosquezinho que rodeia a pequena igreja de Boulge, restaurada pelos FitzGerald de maneira algo infeliz. Madeira podre, ferro enferrujado e entulhos do tipo estão por toda parte. Os túmulos estão meio afundados no solo, sombreados pelos áceres que não param de avançar. Não admira, pensamos involuntariamente, que FitzGerald, que abominava os funerais bem como toda outra forma de cerimônia, não quisesse ser enterrado nesse local sombrio e tenha ordenado expressamente que suas cinzas fossem espalhadas sobre a superfície cintilante do mar. Que ainda assim ele repouse aqui, num túmulo ao lado do pavoroso mausoléu da família, é uma daquelas ironias perversas contra as quais

nada podem nem mesmo as disposições de última vontade. — O clã dos FitzGerald era de origem anglo-normanda e residira na Irlanda por mais de seiscentos anos, antes de os pais de Edward FitzGerald decidirem se estabelecer no condado de Suffolk. A fortuna da família, amealhada ao longo de gerações por meio de contendas armadas com outros senhores feudais, de impiedosa sujeição do povo local e uma não menos impiedosa política de alianças conjugais, era lendária mesmo numa época em que a riqueza da camada mais alta da sociedade começava a exceder todos os limites tradicionais e consistia principalmente, fora as propriedades na Inglaterra, nas incomensuráveis terras irlandesas, em todos os bens móveis e imóveis encontrados nessas terras bem como num exército de camponeses que montavam aos milhares e, pelo menos na prática, não eram mais que seus servos. Mary Frances FitzGerald, a mãe de Edward FitzGerald e única herdeira dessa fortuna, era sem dúvida uma das mulheres mais ricas do reino, e seu primo, John Purcell, com quem se casara, ciente do lema familiar *stesso sangue, stessa sorte*, abriu mão do próprio nome em favor do dos FitzGerald, em reconhecimento da posição superior de sua esposa. De sua parte, escusa dizer, Mary Frances FitzGerald tomou providências para que seu direito à fortuna não fosse cingido de maneira alguma pelo casamento com John Purcell. Retratos que chegaram até nós mostram-na como uma senhora de formas poderosas, com ombros fortes e descaídos, e um busto que realmente inspirava reverência, guardando para muitos contemporâneos uma notável semelhança em sua aparência geral com o duque de Wellington. Como não podia ser diferente, o primo com quem casara logo empalideceu ao seu lado até se tornar uma figura insignificante, se não desprezível, sobretudo porque todas as suas tentativas de garantir para si uma posição independente como empresário no setor de mineração, e através de diversos outros projetos especulativos na indústria que proliferava com velocidade inaudita, fracassaram uma após a outra, até que finalmente ele dissipou toda sua fortuna própria, que não era desprezível, assim como o dinheiro que sua esposa lhe destinava, e, depois de um processo de falência perante um tribunal londrino, não lhe restou mais nada senão a fama de um contumaz falido, mantido pela misericórdia da mulher. Como resultado dessas circunstâncias, passava a maior parte do tempo na casa da família em Suffolk, ocupado em caçar codornas e narcejas e com outras coisas do tipo, enquanto Mary Frances mantinha corte em sua residência londrina. Uma ou outra vez chegava a Bredfield numa carruagem amarelo-canário puxada por quatro cavalos pretos, com uma carroça de carga e uma multidão de lacaios e criadas no séquito, para ver como andavam as crianças e afirmar, através de uma breve temporada na casa, seu direito ao domínio desse local que lhe era muitíssimo remoto. Sempre que chegava ou partia, Edward e seus irmãos ficavam petrificados atrás das janelas do quarto das crianças no andar de cima ou se escondiam nos arbustos junto à entrada, intimidados demais com seu esplendor para se atrever a correr a seu encontro ou lhe acenar adeus. Já com mais de sessenta anos, FitzGerald ainda lembra que nas visitas a Bredfield sua mãe às vezes subia ao quarto das crianças e lá, envolta em suas roupas que farfalhavam e numa grande nuvem de perfume, andava de lá para cá como uma giganta estranha, observando isso ou aquilo, para logo após desaparecer novamente escada abaixo, *leaving us children not much comforted*. Como também o pai estava cada vez mais absorto em seu próprio mundo, as crianças foram deixadas inteiramente aos cuidados da governanta e do tutor, cujos aposentos também ficavam no andar de cima e que tendiam naturalmente a descontar em seus pupilos a raiva reprimida pelo desprezo com que muitas vezes eram tratados pelos patrões. O medo dessas reprimendas e das humilhações ligadas a elas, os eternos exercícios de aritmética e redação, dos quais o mais odioso era redigir um relatório semanal à senhora mamãe, e as refeições conjuntas nada agradáveis feitas com o tutor e a senhorita determinavam assim a rotina das crianças; e, fora esse regime, padeciam de um tédio imenso, pois como não tinham praticamente contato nenhum com gente da mesma idade, não sabiam o que fazer com seu tempo livre, a não ser ficar deitados durante horas, alheios, no piso de tábuas azuis de seu quarto ou olhar o parque pela janela, onde muito raramente se via uma alma viva. Quando muito, um dos jardineiros empurrava um carrinho de mão pelo gramado ou o pai retornava da caça com o couteiro. Somente em raros dias cristalinos, como FitzGerald lembra mais tarde, às vezes era possível estender a vista além de Bredfield e entrever indistintamente, sobre a copa das árvores, as velas brancas dos barcos a quinze quilômetros da costa, e então sonhava-se vagamente com a libertação desse calabouço infantil. Mais tarde, ao concluir seus estudos em Cambridge, o horror de FitzGerald ao lar de família guarnecido de tapetes pesados e atulhado de mobília dourada, obras de arte e troféus de viagem foi tão grande que se recusou a pôr novamente os pés naquele lugar; em vez de fixar residência ali, como convinha à sua posição, mudou-se para uma minúscula cabana de dois quartos na orla da propriedade, onde passou os quinze anos seguintes, de 1837 a 1853, levando uma vida de solteiro que em muitos aspectos antecipava seus ulteriores hábitos excêntricos. Na maior parte do tempo, ocupava-se nesse ermitério em ler nas mais diversas línguas, em escrever inúmeras cartas, em tomar notas para um léxico dos lugares-comuns, em compilar palavras e expressões para um glossário completo da linguagem náutica e da vida no mar, bem como em coligir *scrap-books* dos mais variados tipos. Entranhava-se com particular predileção na correspondência de eras passadas, por exemplo na de Madame de Sévigné, que para ele era muito mais real que seus próprios amigos ainda vivos. Lia com frequência o que ela escrevera, citava-a em suas próprias cartas, ampliava sem parar referências a seu respeito e esboçava planos para um "Dictionnaire Sévigné", que serviria não apenas de comentário sobre todos seus correspondentes e o conjunto das pessoas e dos locais mencionados, mas forneceria ainda como que uma chave para entender a evolução de sua arte da escrita. FitzGerald não concluiu o projeto Sévigné, como também não concluiu seus demais projetos literários, e provavelmente nunca quis fazê-lo. Somente em 1914, quando a era chegou ao fim, uma de suas sobrinhas-netas editou dois volumes, agora quase impossíveis de serem encontrados, daquele volumoso material que hoje ainda se acha preservado em algumas caixas de papelão na biblioteca do Trinity College. O único trabalho que FitzGerald levou a cabo e publicou em vida foi sua maravilhosa tradução do *Rubāiyat* do poeta persa Omar Khayyām, com quem descobriu uma afinidade das mais próximas, apesar dos oito séculos que os separavam. FitzGerald descreveu as horas infindas que passou traduzindo esse poema de duzentos e vinte e quatro versos como um colóquio com o morto, do qual tentava nos dar notícia. Os versos ingleses que concebeu para tal fim simulam, em sua beleza aparentemente fortuita, uma anonimidade que desdenha toda e qualquer pretensão à autoria e remetem, palavra por palavra, a um ponto invisível onde o oriente medieval e o ocidente crepuscular podem se encontrar de um modo diverso ao que ocorreu no curso calamitoso de nossa história. *For in and out, above, about, below, 'T is nothing but a Magic Shadow-Show, Play'd in a Box whose Candle is the Sun, Round which the Phantom Figures come and go.* O *Rubāiyat* foi publicado em 1859, e foi também nesse ano que William Browne, que provavelmente significava mais para FitzGerald do que qualquer outra pessoa na Terra, morreu afligido por dores causadas por ferimentos graves sofridos acidentalmente numa caçada. Os caminhos de ambos haviam se cruzado pela primeira vez numa excursão de férias ao País de Gales, quando FitzGerald tinha vinte e três anos e Browne acabara de completar dezesseis. Logo depois da morte de Browne, FitzGerald se recorda ainda numa carta como ficara emocionado quando, na manhã após ter conversado um pouco com Browne no vapor de Bristol, tornou a vê-lo na *boarding house* em Tenby, onde ambos estavam hospedados, e como Browne — com uma marca de giz do jogo de bilhar na face — lhe parecera alguém de quem ele sentia falta, sabe Deus há quanto tempo. Nos anos que se seguiram ao primeiro encontro no País de Gales, Browne e FitzGerald se visitaram várias vezes em Suffolk ou Bedfordshire, rodando pelo campo num cabriolé, percorrendo os campos, almoçando perto do meio-dia numa estalagem, observando as nuvens que rumavam sempre para o leste e quem sabe sentindo às vezes o fluxo do tempo na fronte. *A little riding, driving, eating, drinking etc. (not forgetting smoke) fill up the day*, escreveu FitzGerald. Browne tinha quase sempre a vara de pescar à mão, sua espingarda e apetrechos para a aquarela, FitzGerald algum livro que pouco lia, porque não conseguia desgrudar os olhos de seu amigo. Não está claro se ele se deu conta, então ou em qualquer outra época, do desejo que o movia, mas apenas os cuidados constantes que o estado de saúde de Browne lhe inspirava eram um indício de sua profunda paixão. Browne sem dúvida corporificava para FitzGerald uma espécie de ideal, mas justamente por isso ele lhe parecera desde o início sob as sombras da transitoriedade, fazendo-o temer *that perhaps he will not be long to be looked at. For there are*, notou FitzGerald, *signs of decay about him*. O posterior casamento de Browne não alterou em nada os sentimentos que FitzGerald nutria por ele, apenas confirmou seu presságio obscuro de que não seria capaz de preservá-lo e que o amigo estava predestinado a uma morte prematura. A declaração de amor que FitzGerald provavelmente nunca ousou fazer encontra-se apenas na carta de condolências à viúva, que com certeza terá posto de lado esse estranho comunicado com espanto, quando não com certa consternação. FitzGerald tinha cinquenta anos quando perdeu William Browne. Dali em diante, recolheu-se cada vez mais em si mesmo. Se já fazia tempo que recusava os convites regulares da mãe para participar dos jantares pomposos em Londres, porque o ritual da refeição comum era a seu ver o mais abominável dos abomináveis hábitos da alta sociedade, agora abriu mão também de suas visitas ocasionais às galerias e casas de concerto da capital, aventurando-se além de seu círculo mais restrito apenas em casos excepcionais. *I think I shall shut myself up in the remotest nook of Suffolk and let my beard grow*, escreveu, e teria sem dúvida feito isso, caso não tivesse se desencantado também com essa região, onde uma nova leva de proprietários trabalhava a terra para dela tirar o máximo que podia. Derrubam todas as árvores, queixou-se, e arrancam as sebes. Os pássaros logo não saberão mais para onde ir. Um bosque atrás do outro desaparece, as orlas das estradas, onde na primavera cresciam prímulas e violetas, foram aradas e niveladas, e quando hoje vamos de Bredfield a Hasketon, por uma trilha antes tão bela, é como se atravessássemos um deserto. Por causa da aversão que FitzGerald sentira desde a infância por sua própria classe, a exploração cada vez mais impiedosa da terra, ano após ano, a multiplicação da propriedade privada obtida através de meios cada vez mais duvidosos e a restrição cada vez mais radical dos direitos comuns lhe eram profundamente repulsivas. *And so*, ele disse, *I get to the water: where no friends are buried nor Pathways stopt up*. De fato, após 1860, FitzGerald passou boa parte de seu tempo à beira-mar ou a bordo do iate oceânico que mandara construir e batizara de *Scandal*. De Woodbridge ele descia o Deben e subia a costa até Lowestoft, onde recrutava sua tripulação entre os pescadores de arenque e procurava um rosto que o lembrasse de William Browne. FitzGerald velejava ainda mais além, até o Mar do Norte, e assim como sempre se recusara a vestir-se para ocasiões especiais, assim também vestia agora não um dos trajes de iate em moda, mas uma

sobrecasaca velha e uma cartola bem presa à cabeça. Sua única concessão à elegância da aparência esperada de um proprietário de iate era o longo boá branco que, dizem, gostava de ostentar no convés e que tremulava atrás dele no vento, visível de longe. No final do verão de 1863, FitzGerald decidiu velejar com o *Scandal* até a Holanda para ver no museu de Haia o retrato do jovem Louis Trip pintado por Ferdinand Bol em 1652. Após chegar a Rotterdam, seu companheiro de viagem, um certo George Manby de Woodbridge, convenceu-o a visitar primeiro a grande cidade portuária. E assim, escreveu FitzGerald, rodamos o dia inteiro numa carruagem aberta, ora numa direção, ora noutra, até que perdi a noção de onde estava, e de noite caí na cama exausto. Passamos o dia seguinte em Amsterdam de maneira igualmente desagradável, e só no terceiro dia chegamos finalmente a Haia, após todo tipo de contratempo fútil, bem na hora em que o museu estava sendo fechado até o início da semana seguinte. FitzGerald, seu humor já abalado pelos transtornos da viagem por terra, interpretou essa medida incompreensível como uma infâmia cunhada pelos holandeses contra sua própria pessoa, teve um pavoroso acesso de raiva e desespero, insultando alternadamente os holandeses obtusos, seu companheiro George Manby e a si próprio, e insistiu em regressar imediatamente a Rotterdam e içar velas para casa. — Naqueles anos, FitzGerald passava os meses de inverno em Woodbridge, onde alugava alguns aposentos na casa de um espingardeiro no mercado. Era comum vê-lo perambulando pela cidade perdido em pensamentos, com sua capa irlandesa e em geral, mesmo com tempo ruim, de pantufas. Atrás dele seguia seu labrador preto, Bletsoe, que fora um presente de Browne. Em 1869, depois de uma discussão com a mulher do espingardeiro, que considerava uma impertinência os hábitos de seu excêntrico inquilino, FitzGerald mudou-se para seu último domicílio, uma casa de fazenda um tanto dilapidada nos arredores do vilarejo, e lá, como ele disse, instalou-se à espera do último ato. Suas necessidades, sempre extremamente modestas, tornaram-se ainda menores com o passar do tempo. Se fazia décadas que sua dieta era composta somente de vegetais, pois tinha horror ao consumo de grandes quantidades de carne malpassada que seus contemporâneos consideravam necessário para manter o vigor, agora prescindia quase totalmente da faina da cozinha, que lhe parecia absurda, e ingeria pouco mais que pão, manteiga e chá. Nos dias bonitos, sentava-se cercado de pombas brancas no jardim, do contrário costumava passar longos períodos na frente da janela, da qual descortinava uma pastagem de gansos debruada de árvores podadas. E nessa solidão, como se infere das cartas, permaneceu de admirável bom humor, ainda que fosse assaltado às vezes pelo que chamava de diabo azul da melancolia, que arruinara anos antes sua bela irmã Andalusia. No outono de 1877, viajou outra vez a Londres para assistir a uma apresentação de A *flauta mágica*. Mas no último instante, deprimido com a bruma de novembro, com a umidade e a sujeira nas ruas, decidiu-se contra a planejada visita à ópera no Covent Garden, que, escreveu, só teriam mesmo estragado suas caras lembranças de Malibran e Sontag. *I think it is now best,* escreveu, *to attend these Operas as given in the Theatre of one's own Recollections*. FitzGerald, porém, teria pouco tempo para encenar tais espetáculos de memória, pois a música em sua cabeça foi abafada por um zunido incessante nos ouvidos. Além disso, sua visão ficava cada vez mais fraca. Agora era quase sempre obrigado a usar óculos com lentes azuis e cinza, e fazia com que o filho de sua governanta lesse para ele. Uma fotografia da década de 1870, a única que jamais permitiu tirarem, mostra-o de cabeça virada, porque seus olhos doentes, escreveu desculpando-se às suas sobrinhas, piscavam muito quando fitava diretamente a câmera. — FitzGerald costumava fazer quase todo verão uma visita de alguns dias a seu amigo George Crabbe, que era vigário em Merton, Norfolk. Em junho de 1883, fez a viagem

pela última vez. Merton fica a cerca de cem quilômetros de Woodbridge, mas a viagem de trem pela complicada rede de trilhos, que se difundira por toda a parte durante a vida de FitzGerald, exigia cinco baldeações e levava um dia inteiro. O que terá animado o peito de FitzGerald enquanto sentava reclinado em seu vagão, observando as sebes e os campos de trigo que passavam lá fora, não está registrado, mas talvez tenha sido algo parecido com o que ocorreu certa vez no carro-correio de Leicester a Cambridge, quando a vista da paisagem de verão o fez sentir como um anjo, pois de repente, sem que soubesse por quê, subiram-lhe aos olhos lágrimas de felicidade. Em Merton, Crabbe o apanhou no trem com a *dogcart*. Fora um dia longo, extraordinariamente quente, mas FitzGerald disse algo sobre o ar fresco e manteve-se bem enrolado em seu manto irlandês enquanto avançavam. À mesa, bebeu um pouco de chá, mas recusou comer algo. Por volta das nove, pediu um copo de conhaque e água e recolheu-se à cama no andar de cima. De manhã cedo, Crabbe ouviu-o andar de lá para cá no quarto, mas quando foi chamá-lo mais tarde para o café da manhã, encontrou-o estirado na cama e já sem vida.

As sombras já iam compridas quando caminhei de Boulge Park a Woodbridge, onde pernoitei no Bull Inn. O quarto que me foi destinado pelo dono ficava logo abaixo do telhado. Pela escada, subia o tilintar de copos vindo do bar e o burburinho surdo dos hóspedes; às vezes também uma exclamação ou uma risada. Encerrado o serviço, ficou cada vez mais quieto. Eu ouvia as vigas do velho madeirame, que distendera no calor do dia e agora encolhia milímetro por milímetro, estalando e rangendo nas juntas. Na escuridão do recinto estranho, meus olhos se viravam involuntariamente na direção de onde vinham os ruídos, procurando a fenda que talvez corresse pelo teto baixo, o lugar onde o reboco escamava da parede ou a argamassa esfarelava por trás do apainelamento. E se eu fechava os olhos por um instante, era como se me achasse numa cabine a bordo de um navio, como se estivéssemos em alto-mar, como se todo o edifício se erguesse na crista de uma onda, como se tremesse um pouco ali em cima e então, com um suspiro, despencasse nas profundezas. Só adormeci quando o dia amanhecia, com o canto de um melro no ouvido, e logo em seguida tornei a acordar de um sonho no qual via FitzGerald, meu companheiro do dia anterior, sentado com mangas de camisa a uma mesinha azul de metal em seu jardim, com um jabô de seda preta e uma cartola na cabeça. Malvas-rosa mais altas que um homem floresciam à sua volta, galinhas ciscavam numa cavidade de areia sob um sabugueiro, e seu cão preto, Bletsoe, refestelava-se na sombra. Mas eu, embora no sonho não conseguisse me ver e fosse portanto como um fantasma, estava sentado na frente de FitzGerald e jogava com ele uma partida de dominó. Mais além do jardim florido, um parque de verde uniforme e totalmente deserto estendia-se até as fímbrias do mundo, onde avultavam os minaretes de Khorasan. Não era, porém, o parque dos FitzGerald em Boulge, mas o de uma propriedade situada no pé das Slieve Bloom Mountains na Irlanda, onde me hospedei por breve período alguns anos atrás. No sonho, podia distinguir ao longe o prédio de três andares coberto de heras onde os Ashbury levam provavelmente até hoje sua vida reclusa. Pelo menos era uma vida extremamente reclusa, para não dizer bizarra, na época que os conheci. Vindo das montanhas, informara-me sobre uma acomodação numa pequena loja sombria em Clarahill e lá fora envolvido pelo proprietário, um certo mr. O'Hare, que vestia uma curiosa sobrecasaca de calico cor de canela, numa longa conversa que girava em torno, ainda me lembro, da teoria da gravitação de Newton. A certa altura dessa conversa, mr. O'Hare interrompeu-se de repente e exclamou: *The Ashburys might put you up. One of the daughters came in here some years ago with a note offering Bed and Breakfast. I was supposed to display it in the shop window. I can't think what became of it or whether they ever had any guests. Perhaps I removed it when it had faded. Or perhaps they came and removed it themselves.* Mr. O'Hare me levou então em sua caminhonete de entregas até os Ashbury e aguardou no átrio tomado pela grama até que me convidaram a entrar. Só depois de bater várias vezes a porta se abriu e Catherine apareceu à minha frente com seu desbotado vestido de verão vermelho, tão peculiarmente retesada que parecia ter congelado no meio do movimento ao ver o estranho que chegava sem ser anunciado. Olhou-me de olhos bem abertos, ou melhor, transpassou-me com o olhar. Depois que expliquei por que estava ali, levou um bom tempo para que ela despertasse de seu espanto e desse um passo de lado, para, com um gesto quase imperceptível de sua mão esquerda, deixar-me entrar e tomar assento numa poltrona no saguão. Quando então se afastou sem palavra pelas lajes de pedra, notei que estava descalça. Desapareceu sem ruído no escuro dos fundos, e igualmente sem ruído tornou a surgir da escuridão alguns minutos depois, que pareciam não ter mais fim, acenou-me com a cabeça, acompanhou-me ao primeiro andar por uma escada larga, que tornava a subida notavelmente fácil, e por vários corredores até um quarto grande, de cujas janelas altas se avistava, para além dos telhados de estábulos e anexos e da horta, um belo pedaço da campina, roçada pelo vento. Mais ao longe, num cotovelo de rio, reluzia a água que fluía ao lado da margem profunda. Atrás havia árvores em vários matizes de verde e, acima delas, a tênue linha das montanhas, que mal se distinguia do azul homogêneo do céu. Hoje não sei mais dizer quanto tempo fiquei no nicho central das três janelas, absorto nessa visão, só me lembro de ouvir Catherine, que aguardava no vão da porta, perguntando: *Will this be all right?*, e que, ao me virar para ela, balbuciei alguma frase incoerente. Só me dei conta da amplidão do quarto depois de Catherine ir embora. O piso de tábuas estava coberto por uma camada aveludada de pó. As cortinas e o papel de parede haviam sido retirados. As paredes de cal branca, injetadas de filões azulados como a pele de um corpo moribundo, lembravam-me um daqueles admiráveis mapas do extremo norte, no qual quase nada aparece marcado. E a mobília do quarto não passava de uma mesa e uma cadeira e uma estreita cama de ferro desmontável dotada de algumas alças, dessas que antigamente altos oficiais levavam consigo em campanha. Sempre que me deitava nessa cama no curso dos dias seguintes, minha consciência começava a se dissolver nas bordas, de modo que às vezes eu mal era capaz de dizer como chegara ali ou mesmo onde estava. Mais de uma vez me pareceu estar deitado com febre traumática numa espécie de hospital de campanha. Ouvia lá fora os gritos dos pavões, que me corriam pelos ossos, mas em minha imaginação não via o pátio onde se empoleiravam no alto do entulho que se acumulava ali fazia anos, mas um campo de batalha em alguma parte da Lombardia, sobre o qual os abutres circundavam, e, ao redor, uma paisagem devastada pela guerra. Os exércitos haviam marchado adiante fazia tempo. Apenas eu, caindo de desmaio em desmaio, permanecia na casa que fora saqueada até a última peça. Essas imagens eram tão presentes em minha cabeça pelo fato de os Ashbury viverem sobre o próprio teto como refugiados que haviam passado maus bocados e não se atreviam a se estabelecer no lugar onde foram parar. Chamava a atenção que todos os membros da família caminhavam de lá para cá sem parar pelos corredores e pelas escadas. Era raro vê-los sentados calmamente, sozinhos ou em grupo. As próprias refeições, eles costumavam fazê-las de pé. Suas ocupações tinham sempre um quê de aleatório e absurdo, pareciam menos a expressão de uma rotina inveterada do que uma obsessão extravagante ou um profundo distúrbio crônico. Desde que deixara a escola, em 1974, Edmund, o caçula, trabalhava num barco de casco bojudo de uns bons dez metros de comprimento, embora, como me informou de passagem, não entendesse nada de construção naval nem tivesse a menor intenção de fazer-se ao mar nessa barcaça disforme. *It's not going to be launched. It's just something I do. I have to have something to do.* Mrs. Ashbury juntava sementes de flores em sacos de papel; depois de registrar neles por escrito o nome, a data, o local, a cor e outros detalhes, ela os despejava cuidadosamente sobre as corolas mortas das flores, nos canteiros malcuidados ou às vezes mais além nos campos, e os amarrava com um barbante. Então ela cortava as hastes, levava-as para dentro de casa e as pendurava num fio de muitos nós estendido em zigue-zague pela antiga biblioteca. Havia um número tão grande dessas hastes em envelopes brancos penduradas sob o teto da biblioteca que chegavam a lembrar uma espécie de nuvens de papel, e quando mrs. Ashbury subia nas escadas da biblioteca para pendurar ou retirar os envelopes de sementes farfalhantes, ela desaparecia neles pela metade como uma santa ascendendo ao céu. Os sacos de semente recolhidos eram armazenados de acordo com um sistema inescrutável nas prateleiras que, evidentemente, há muito tinham sido desoneradas do fardo dos livros. Não creio que mrs. Ashbury soubesse em quais campos distantes as sementes que colhia brotariam um dia, tampouco como Catherine e suas duas irmãs Clarissa e Christina sabiam por que passavam algumas horas todos os dias num dos quartos que davam para o norte, onde haviam armazenado grandes quantidades de retalhos, costurando fronhas e colchas coloridas e outras coisas do tipo. Como crianças gigantes atingidas por um feitiço, as três irmãs solteiras, quase da mesma idade, sentavam-se no chão em meio às montanhas desse material e trabalhavam sem parar, raramente trocando uma palavra entre si.

O movimento que faziam ao erguer a agulha para o lado a cada ponto lembrava-me de coisas tão distantes no passado que eu sentia um aperto no coração pelo pouco tempo que ainda restava. Clarissa contou-me de passagem que ela e as irmãs tinham certa vez aventado a ideia de abrir um negócio de decoração, mas esse plano não dera em nada, ela disse, tanto por causa da inexperiência delas quanto porque não havia nas redondezas clientela para tal serviço. Talvez seja por isso que elas em geral desfizessem no dia seguinte ou dois dias depois o que haviam costurado num dia. É possível ainda que, em sua imaginação, concebiam algo de beleza tão extraordinária que suas obras completas as decepcionavam infalivelmente, pensei, quando numa de minhas visitas ao ateliê elas me mostraram algumas peças que haviam escapado à tesoura, pois ao menos uma delas, um vestido de noiva feito de centenas de tiras de seda bordadas com fio de seda, ou antes urdido ao redor à maneira de teia de aranha, que se encontrava exposto num manequim sem cabeça, era uma obra de arte colorida de tal perfeição e suntuosidade que parecia quase ter vida própria, tanto que na época mal pude acreditar em meus olhos, como agora mal posso acreditar em minha memória.

Na tarde anterior a minha partida, eu estava no terraço com Edmund, apoiado na balaustrada de pedra. Estava tão quieto que eu imaginava ouvir os guinchos dos morcegos que cortavam o ar em zigue-zague. O parque afundava na escuridão quando Edmund, após longo silêncio, disse de repente: *I have set up the projector in the library. Mother was wondering whether you might want to see what things used to be like here.* Lá dentro, mrs. Ashbury já aguardava o início da apresentação. Sentei-me ao lado dela sob o firmamento de sacos de papel, as luzes se apagaram, o aparelho começou a ronronar, e na parede nua sobre a lareira apareceram as imagens mudas do passado, às vezes em ângulos quase imóveis, às vezes se alternando aos solavancos, de ponta-cabeça ou irreconhecíveis por profundos arranhões. Eram exclusivamente tomadas externas. De uma janela no andar de cima, tinha-se a vista em semicírculo da paisagem adjacente, os capões de árvores, os campos e prados, e vice-versa, chegando ao átrio pelo parque, via-se a fachada da casa, primeiro parecendo um simples brinquedo a distância, depois cada vez mais alta até por fim quase romper as molduras. Não havia em parte alguma sinais de negligência. As trilhas estavam cobertas de areia, as sebes podadas, os canteiros do pomar cultivados com esmero, os anexos agora semidestruídos ainda bem conservados. Adiante, via-se os Ashbury à mesa do chá, sentados numa espécie de tenda aberta num dia claro de verão. Fazia um dia lindo, disse mrs. Ashbury, a festa de batizado de Edmund. Clarissa e Christina jogavam badminton. Catherine segurava um terrier escocês preto nos braços. No pano de fundo, um velho mordomo se dirigia à entrada com uma bandeja pesada. Uma criada com uma touca na cabeça apareceu no vão da porta, erguendo contra o Sol uma mão diante dos olhos. Edmund pôs um novo rolo. Muito do que se seguiu tinha a ver com o trabalho nos jardins e na propriedade. Lembro-me de um jovem magricela empurrando um enorme e antiquado carrinho de mão, de uma ceifadeira puxada por um pônei minúsculo e guiada por um homem nanico, que cortava a grama de lá para cá em faixas retas, de uma rápida visão de uma estufa escura onde cresciam pepinos e de um campo com luz estourada, quase tão branco como a neve, onde dezenas de trabalhadores rurais se ocupavam em cortar o trigo e amarrar os feixes. Quando o último rolo terminou, fez-se um longo silêncio na biblioteca, agora iluminada apenas debilmente pela luz do saguão de entrada. Somente após Edmund ter guardado o projetor no estojo e ter deixado o recinto, mrs. Ashbury começou a falar. Contou que se casara em 1946, logo após seu marido ter baixa do exército, e que alguns meses mais tarde, depois da morte repentina de seu sogro, eles chegaram à Irlanda, frustrando as expectativas que ambos tinham de sua vida futura, para tomar posse da propriedade por ele herdada, que então era praticamente invendável. Na época, disse mrs. Ashbury, ela não tinha a menor ideia dos conflitos irlandeses, e até hoje eles permaneciam alheios a ela. Lembro de acordar a primeira noite nessa casa com a sensação de estar completamente fora desse mundo. A lua brilhava pela janela adentro, e sua luz pousava tão estranhamente sobre a camada de cera deixada sobre o piso por mais de um século de velas gotejantes que imaginei estar à deriva num mar de mercúrio. Meu marido, disse mrs. Ashbury, nunca disse uma palavra sobre os conflitos irlandeses, por questão de princípio, embora deva ter testemunhado coisas terríveis durante a guerra civil, ou talvez por causa disso. Só aos poucos, das respostas lacônicas que dava a minhas perguntas a respeito, consegui juntar essa ou aquela peça da história de sua família e da história da classe proprietária de terras que empobreceu irremediavelmente nas décadas posteriores à guerra civil. Mas a imagem que pude formar nunca passou de um esboço tosco. Além de meu marido extremamente reticente, disse mrs. Ashbury, minha única fonte de informação eram as lendas sobre os conflitos, em parte trágicas, em parte cômicas, que haviam se formado no curso dos longos anos de declínio nas cabeças de nossos criados, que havíamos herdado junto com o resto da mobília e que eram eles próprios, por assim dizer, parte da história. Só anos depois de nos mudarmos para cá, por exemplo, fiquei sabendo um pouco pelo nosso mordomo Quincey sobre aquela terrível noite de verão em 1920, quando a casa dos Randolph, que ficava a cerca de dez quilômetros, foi incendiada enquanto eles próprios jantavam com meus futuros sogros. Segundo Quincey, os republicanos rebeldes haviam primeiro reunido os criados no saguão de entrada e lhes dito sem rodeios que tinham uma hora para arrumar suas coisas e fazer um pouco de chá para si próprios e para os libertários, e então se ergueria um grande incêndio de represália. Primeiro, disse mrs. Ashbury, as crianças foram acordadas, e os cães e os gatos, que já estavam totalmente fora de si prevendo o desastre, foram presos. Mais tarde, segundo o relato de Quincey, que na época era camareiro do coronel Randolph, todos os moradores da casa se achavam lá fora no gramado no meio de malas e móveis e todo tipo de coisas absurdas que as pessoas pegam quando estão com medo. Quincey contou que, no último instante, teve de subir outra vez ao segundo andar para salvar a cacatua da velha mrs. Randolph, que por causa da catástrofe, como ficou claro no dia seguinte, perdeu a razão perfeitamente lúcida que tivera até então. Impotentes, todos foram obrigados a presenciar os republicanos rolarem um grande barril de gasolina da garagem através do pátio e então, com um grito de *Heave ho!*, arrastarem-no degraus acima para dentro do vestíbulo, onde despejaram seu conteúdo. Minutos após a primeira tocha ser lançada, as chamas já rompiam as janelas e o telhado, e dali a pouco era como se alguém olhasse para dentro de uma imensa fornalha cheia de brasa ardente e centelhas dardejantes. Não acho, disse mrs. Ashbury, que alguém seja sequer capaz de imaginar o que passou pela cabeça das vítimas diante de tal espetáculo. Os Randolph, pelo menos, que sempre esperavam pelo pior, mas nunca acreditaram que ele pudesse de fato acontecer, foram alertados por um jardineiro que escapara numa bicicleta, e, acompanhados pelos meus sogros, foram de carro até o fogo, que de noite era visível de bem longe. Quando chegaram à cena da destruição, aqueles que tinham ateado o fogo haviam desaparecido fazia tempo, e não lhes restou mais nada senão abraçar as crianças e se juntar aos outros, acocorados ali sem fala e paralisados de horror diante da conflagração, como náufragos numa jangada. Só lá pela alvorada o fogo amainou aos poucos e a silhueta negra das ruínas emergiu da fumaça. Mais tarde, disse mrs. Ashbury, essas ruínas foram então demolidas. Eu mesma nunca mais as vi. Ao todo, dizem que foram queimadas de duzentas a trezentas mansões na época da guerra civil, sem que fosse feita diferença entre propriedades relativamente modestas ou solares majestosos como Summerhill, onde antes a imperatriz austríaca Elisabeth passara dias tão felizes. Até onde sei, disse mrs. Ashbury, ninguém

foi atacado pelos rebeldes. Claro, queimar as casas era o meio mais eficaz de afugentar as famílias identificadas, corretamente ou não, com a execrada autoridade inglesa. Nos anos que se seguiram ao fim da guerra civil, mesmo aqueles que haviam sido poupados deixaram o país na primeira oportunidade. Ficaram apenas aqueles que não possuíam outra renda a não ser aquilo que tiravam de suas propriedades. Toda tentativa de vender as casas e as terras estava de antemão fadada ao fracasso, primeiro porque não havia nem cheiro de compradores, e segundo porque, mesmo se um comprador fosse encontrado, não teria sido possível viver mais do que um ou dois meses em Bournemouth ou Kensington com o dinheiro apurado na venda. Por outro lado, ninguém na própria Irlanda sabia como seguir em frente. As lavouras estavam dizimadas, os trabalhadores exigiam salários que ninguém estava em condições de pagar, plantava-se cada vez menos, a renda era cada vez menor. A situação se agravava ano após ano, e os sinais de pobreza, visíveis por toda parte, ficavam cada vez mais opressivos. Manter as casas, mesmo que sofrivelmente, era havia muito algo impossível. A pintura dos caixilhos e das portas descascava, as cortinas ficavam surradas, os papéis de parede desgrudavam, os móveis estofados estavam puídos, havia goteiras por todo lado, e por todo lado havia tinas de lata, travessas e panelas para apanhar a água. Em breve foi preciso abandonar os quartos nos andares de cima, ou mesmo alas inteiras da casa, e refugiar-se em recintos mais ou menos habitáveis no rés do chão. As vidraças nos andares fechados turvavam com as teias de aranha, os carunchos avançavam, as pragas levavam os esporos de bolor para os cantos mais recônditos, nas paredes e nos tetos surgiam monstruosas colônias de fungos pretos e marrom-violeta, muitas vezes do tamanho de uma cabeça de boi. As tábuas do piso começaram a ceder, o vigamento do telhado arqueou, o apainelamento e as escadas, há muito podres por dentro, se desfizeram em pó amarelo sulfuroso, muitas vezes da noite para o dia. Com frequência, em geral após um longo período de chuvas ou em época de estiagem, ou mesmo depois de qualquer mudança no tempo, ocorria um colapso súbito e desastroso em meio à crescente decadência que assumira ares de normalidade, um colapso que quase não se notava mais e quase não era notável no decurso dos dias. Bem quando se imaginava poder manter uma determinada linha, alguma deterioração dramática e imprevista obrigava a pessoa a evacuar novas áreas, até se ver sem saída e forçada ao último posto, como uma prisioneira em sua própria casa. Dizem que um tio-avô de meu marido em County Clare, disse mrs. Ashbury, acabou morando na cozinha da casa onde antes levava uma vida em grande estilo. Durante anos, dizem, tudo o que comia no jantar era um simples prato de batata preparado pelo mordomo, que agora também fazia as vezes de cozinheiro, embora ainda vestisse smoking preto e bebesse uma garrafa de bordô, pois a adega ainda não estava vazia. O tio-avô e o mordomo, que, como me contou Quincey, se chamavam ambos William e morreram no mesmo dia, ambos com bem mais de oitenta anos, tinham suas camas na cozinha, e quantas vezes não me peguei pensando, disse mrs. Ashbury, se foi o senso de dever que manteve o mordomo de pé até seu senhor não precisar mais dele, ou se foi o tio-avô que bateu as botas quando seu exausto criado deu o último suspiro, porque sabia que sem sua presença não seria capaz de sobreviver um único dia. Provavelmente eram os criados, que muitas vezes trabalhavam durante décadas por salários diminutos e que, em sua idade, eram tão pouco capazes como seus senhores de encontrar abrigo em outra parte, que mantinham as coisas minimamente nos trilhos. Quando se deitavam para morrer, o fim daqueles de quem haviam cuidado também era muitas vezes iminente. Em nosso caso não foi diverso, ainda que tenhamos compartilhado da decadência geral com certo atraso. Logo me dei conta de que, se os Ashbury haviam sido capazes de manter sua propriedade até depois da guerra, isso foi somente por causa do contínuo aporte de uma herança considerável deixada no início dos anos 30, que encolhera a um resto insignificante na época em que meu marido faleceu. Mesmo assim, sempre tive certeza de que as coisas melhorariam um dia. Simplesmente me recusava a acreditar que a sociedade da qual éramos parte havia desmoronado fazia tempo. Logo após chegarmos à Irlanda, Gormanston Castle foi leiloado, Staffan foi vendido em 1949, Carton em 1949, French Park em 1953, Killeen Rockingham em 1957, Powerscourt em 1961, isso sem falar das propriedades menores. A extensão do fiasco de nossa família só ficou clara para mim quando tive de me virar sozinha para tentar tocar a vida adiante. Como eu não tinha meios para pagar o salário dos trabalhadores, em breve não tive escolha a não ser desistir da lavoura. Vendemos as terras pedaço por pedaço, o que nos livrou do pior por alguns anos, e enquanto tínhamos um ou dois criados na casa, ainda era possível manter a aparência de respeitabilidade, tanto para fora quanto para nós mesmos. Só quando Quincey morreu fiquei realmente sem saber o que fazer. Primeiro levei a leilão a prataria e as porcelanas, e então, pouco a pouco, os quadros, a biblioteca e os móveis. Mas ninguém se mostrou disposto a comprar a casa, que estava cada vez mais abandonada, e assim ficamos presos a ela como almas penadas a seu local de suplício. Todas as nossas tentativas, o interminável trabalho de costura das meninas, a empresa de jardinagem que Edmund criou certa vez, o plano de hospedar turistas, tudo deu errado. Aliás, disse mrs. Ashbury, você é o primeiro hóspede que veio parar aqui desde que, quase dez anos atrás, penduramos o anúncio na vitrine da quitanda em Clarahill. Infelizmente, sou uma pessoa nada prática, que se embaralha em elucubrações sem fim. Todos nós somos fantasistas despreparados para a vida, as crianças tanto quanto eu. *It seems to me sometimes that we never got used to being on this earth and life is just one great, ongoing, incomprehensible blunder.* Quando mrs. Ashbury terminou sua história, fiquei com a impressão de que seu significado para mim estava no convite tácito de permanecer lá com eles e partilhar de sua vida que se tornava cada dia mais inocente. Que eu não tenha feito isso, essa (como direi?) falha ainda hoje atravessa às vezes minha alma como uma sombra. No dia seguinte, ao me despedir, tive de procurar bastante por Catherine. Por fim a encontrei no pomar, tomado por beladonas, valerianas, angélicas e ruibarbos raiados. Com o vestido de verão vermelho que usava no dia em que cheguei, ela se apoiava contra o tronco da amoreira que antes marcava o centro do jardim cercado por um muro alto de tijolo. Abri caminho por entre ervas e mato até a ilha de sombra da qual Catherine me observava. *I have come to say goodbye*, eu disse dando um passo para dentro do caramanchão formado pelos galhos espraiados. Ela segurava nas mãos uma espécie de chapéu de peregrino, vermelho como seu vestido, com abas largas, e agora que eu estava ao seu lado, parecia-me bastante alheia. Atravessou-me com a vista, os olhos vazios. *I have left my address and telephone number, so that if you ever want...* Interrompi a frase no meio, e também não teria sabido como concluí-la. Seja como for, notei que Catherine não ouvia. *At one point*, ela disse depois de certo tempo, *at one point we thought we might raise silkworms in one of the empty rooms. But then we never did. Oh, for the countless things one fails to do!* — Anos após essas últimas palavras trocadas com Catherine Ashbury, tornei a vê-la, ou imaginei tê-la visto, em Berlim em março de 1993. Eu tomara o metrô na direção de Schlesisches Tor e, depois de caminhar um pouco por aquela melancólica região da cidade, topei com um pequeno grupo de pessoas que aguardava ser admitido num prédio dilapidado que antes talvez tivesse sido uma oficina de carros de praça ou algo do tipo. Segundo um cartaz, uma peça inacabada que até então eu nunca ouvira falar, da autoria de Jakob Michael Reinhold Lenz, estava em cartaz no teatro, que obviamente ficava atrás dessa fachada nada teatral. No lúgubre recinto interno, os assentos se revelaram minúsculos tamboretes de madeira, o que logo punha a pessoa numa disposição de espírito pueril, ávida de maravilhas. E antes que me desse conta de tais pensamentos, lá estava ela no palco, incrivelmente com o mesmo vestido vermelho, com o mesmo cabelo claro, o mesmo chapéu de peregrino, ela ou sua própria imagem, Catarina de Siena, num quarto vazio, e então distante da casa de seu pai, cansada pelo calor do dia, pelos espinhos e pedras. No pano de fundo, como me lembro, havia uma pálida vista das montanhas, uma encosta talvez em Trentino, nos pés dos Alpes, verde-água como se tivesse acabado de emergir dos mares polares. E Catarina, à medida que a luz do sol esmaecia, deixou-se cair debaixo de uma árvore invisível e tirou os sapatos e pôs o chapéu de lado. Acho que vou dormir aqui, disse, ou pelo menos cochilar um pouco. Não se preocupe, meu coração. A noite serena cobre com seu manto nossos sentidos malsãos...

De Woodbridge até Orford, descendo em direção ao mar, são boas quatro horas de caminhada. As estradas e trilhas passam por uma região vazia e arenosa, que no final de um longo verão seco parece um deserto em vários trechos. Esse território de população extremamente escassa quase nunca foi cultivado e, através das épocas, nunca passou de um pasto de ovelhas que se estendia de horizonte a horizonte. Quando no início do século XIX os pastores e seus rebanhos desapareceram, urze e savana começaram a se alastrar. Esse processo foi tanto quanto possível favorecido pelos proprietários de Rendlesham Hall, Sudbourne Hall, Orwell Park e Ash High House, que eram detentores de quase toda a região dos chamados Sandlings, a fim de criar condições favoráveis para a caça de animais pequenos, que estava cada vez mais na moda na era vitoriana. Homens de classe média que haviam alcançado enormes fortunas através de seus empreendimentos industriais, vendo-se agora na necessidade de firmar uma posição legítima na alta sociedade, adquiriram grandes mansões e propriedades rurais, onde abandonaram os princípios utilitários que sempre haviam prezado tanto em benefício da caça, que, embora fosse totalmente inútil e voltada apenas à destruição, não era considerada por ninguém como uma aberração. Se no passado a caça fora um privilégio da nobreza e da aristocracia, sendo praticada em parques e campos abertos destinados especialmente para tanto, agora todos que quisessem converter seus ganhos na Bolsa em status e reputação organizavam as chamadas *hunting parties* em suas propriedades, várias vezes numa estação, com o máximo de ostentação possível. Fora os nomes e a posição dos convidados, o respeito que se podia obter como anfitrião de tais festas era diretamente proporcional ao número de vítimas abatidas. Assim, toda a administração da propriedade era definida por aquilo que era necessário para manter e multiplicar a quantidade de caça. Milhares e milhares de faisões eram criados todos os anos em cercados e depois soltos nas enormes áreas de caça, agora imprestáveis para a agricultura e de acesso restrito. À medida que seus direitos eram tolhidos, a população rural não empregada na criação de faisões, no treinamento de cães, no ofício de guarda-caça ou batedor ou em qualquer outra atividade vinculada à caça foi muitas vezes forçada a abandonar os locais onde haviam habitado durante gerações. De forma característica, no início do século xx em Hollesley Bay, bem próxima ao litoral, foi criada uma colônia de trabalho mais tarde conhecida como Colonial College, da qual aqueles que eram supérfluos emigravam depois de certo tempo para a Nova Zelândia ou para a Austrália. Hoje as instalações de Hollesley Bay abrigam um centro de detenção para jovens delinquentes, que podem ser vistos trabalhando nos campos adjacentes, sempre em grupo, com suas luminosas jaquetas laranja. O culto ao faisão atingiu seu apogeu nas décadas que precederam a Primeira Guerra Mundial. Somente Sudbourne Hall empregava duas dúzias de guarda-caças e um alfaiate próprio para talhar e manter em boas condições suas librés. Por vezes ali eram abatidos a tiros seis mil faisões num único dia, sem falar de outras aves e lebres e coelhos. As cifras estonteantes estão assentadas meticulosamente nos registros das casas que competiam entre si. Uma das mais destacadas propriedades de caça nos Sandlings era Bawdsey Estate, que se estendia por mais de oito mil acres na margem norte do Deben. No início dos anos 1880, sir Cuthbert Quilter, um empresário que ascendera das camadas sociais mais baixas, mandou construir uma sede familiar num local proeminente junto ao estuário, que lembrava em parte uma mansão elisabetana, em parte o palácio de um marajá indiano. Com a construção dessa maravi-

lha arquitetônica, Quilter acreditava demonstrar a justiça da posição que alcançara de modo tão irrevogável quanto através da divisa heráldica por ele escolhida, *plutôt mourir que changer*, que refutava toda transigência burguesa. Na época, a sede de poder de homens de seu tipo estava no auge. Da posição em que se achavam, não havia razão para supor que as coisas não seguiriam daquele modo para sempre, de um sucesso espetacular para o outro. Não por acaso a imperatriz alemã restabelecia-se do outro lado do rio, em Felixstowe, que se tornara um balneário ilustre em anos recentes. Durante semanas, o iate *Hohenzollern* ficou ancorado ali, um índice visível das possibilidades que agora se abriam ao espírito empresarial. Sob o patrocínio das majestades imperiais, a costa do Mar do Norte poderia se elevar a grande sanatório para as classes altas, equipado com todos os avanços da vida moderna. Em toda parte, hotéis medraram do solo pobre. Passeios e banhos foram construídos, píeres investiram mar adentro. Mesmo no lugar mais abandonado de toda a região, em Shingle Street, que hoje consiste apenas de uma triste fileira de casas e cabanas onde nunca vi um único ser humano, foi erguido en-

tão, se pudermos dar crédito às fontes, um sanatório com o nome grandioso *German Ocean Mansions*, planejado para duzentos hóspedes e que nesse meio tempo desapareceu sem deixar traços, mas cujos funcionários eram recrutados exclusivamente da Alemanha. De resto, parece ter havido naquele tempo todo tipo de laços através do Mar do Norte entre os impérios britânico e alemão, laços que eram expressos sobretudo nas colossais manifestações de mau gosto daqueles que queriam a todo custo assegurar um lugar ao sol. Sem dúvida o palácio encantado anglo-indiano de Cuthbert Quilter, erguido em meio às dunas, teria correspondido ao senso artístico do kaiser alemão, que era conhecido pela sua forte queda por extravagâncias de todo tipo. Do mesmo modo, pode-se imaginar Quilter, que acrescentava outra torre a seu castelo na praia a cada milhão que adicionava a sua fortuna, como um hóspede a bordo do *Hohenzollern*, ou por exemplo como os senhores do almirantado que também haviam sido convidados, nos exercícios de ginástica que em geral antecediam a missa dominical em alto-mar. Que planos audaciosos não terá concebido um homem como Quilter, instigado por alguém de mentalidade análoga como o kaiser Wilhelm — planos, digamos, de um paraíso ao ar livre que se estenderia de Felixstowe a Sylt, passando por Norderney e que serviria para manter as nações em forma, ou da fundação de uma nova civilização do Mar do Norte, quando não de uma aliança global anglo-germânica, simbolizada por uma catedral estatal visível de bem longe do outro lado das ondas na ilha de Helgoland. O curso que as coisas tomaram na realidade, é claro, foi bem diverso, pois sempre que alguém imagina um futuro perfeito já é iminente a próxima catástrofe. A guerra foi declarada, os empregados alemães do hotel foram enviados de volta para a pátria, os hóspedes de verão se ausentaram, uma manhã um zepelim surgiu como uma baleia voadora sobre a costa, do outro lado do Canal da Mancha avançavam trens e mais trens com tropas e equipamentos rumo ao front, extensões inteiras de terra foram sulcadas por fogo de granada, na zona de morte entre as frentes de batalha os corpos fosforesciam. O kaiser alemão perdeu seu império, e o de Cuthbert Quilter também decaiu lentamente; seus meios, que antes pareciam inesgotáveis, diminuíram a tal ponto que manter a propriedade não fazia mais nenhum sentido. Raymond Quilter, que herdou Bawdsey, entretinha os hóspedes, que agora eram algo menos distintos, em Felixstowe com sensacionais saltos de paraquedas sobre a praia. Em 1936, ele foi obrigado a vender Bawdsey Manor ao Estado. A receita foi suficiente para saldar sua dívida tributária e para financiar sua paixão por voar, que para ele era mais importante que tudo. Tendo transferido a propriedade familiar, Raymond Quilter mudou-se para o antigo alojamento do chofer, mas mantinha o hábito de se hospedar no Dorchester quando ia a Londres. Como sinal da particular estima em que era tido ali, o estandarte Quilter, um faisão dourado sobre fundo preto, era hasteado ao lado da Union Jack sempre que ele chegava, um raro privilégio que talvez se devesse à reputação de fidalguia que Quilter desfrutava junto ao pessoal extremamente reservado da casa desde que se desvinculara, ao que parece sem nenhum pesar, das terras que seu tio-avô havia adquirido e desde que, à parte uma soma modesta de capital independente, não possuía mais nada que fosse seu, a não ser um avião e uma pista num campo isolado. — Nos anos que sucederam à Primeira Guerra Mundial, inúmeras propriedades foram dissolvidas do mesmo modo que a Bawdsey de Quilter. Os casarões foram abandonados à míngua ou destinados a outros propósitos, como internatos para jovens, reformatórios e asilos para loucos, casas de repouso e campos de acolhimento para refugiados do Terceiro Reich. Bawdsey Manor foi durante muito tempo o domicílio e o laboratório de pesquisa do grupo sob a coordenação de Robert Watson-Watt, que desenvolveu o radar e que hoje estende sua rede invisível sobre todo o espaço aéreo. Aliás, a região entre Woodbridge e o mar permanece até hoje cheia de instalações militares. Ao caminhar pelo vasto platô, é comum passar por portões de casernas e areais cercados onde, semiocultas atrás de ralas plantações de pinheiros, estão armazenadas armas em hangares camuflados e casamatas cobertas de grama — armas com as quais, se necessário, países e continentes inteiros podem ser transformados em pilhas de pedra e cinza num piscar de olhos. Perto de Orford, e já cansado da longa caminhada, essa ideia me ocorreu quando me vi no meio de uma tempestade de areia. Eu me aproximava da margem oriental da floresta de Rendelsham, que se estende por vários quilômetros quadrados e que fora reduzida em boa parte a fragmentos de madeira no terrível furacão da noite de 16 para 17 de outubro de 1987, quando então, no espaço de poucos minutos, o céu que pouco antes ainda brilhava escureceu e sobreveio uma ventania que soprou a poeira pela terra árida em espirais fantasmagóricas. O último resquício de luz solar come-

çou a se extinguir, todos os contornos desapareceram no sufocante crepúsculo cinza-marrom que em breve foi fustigado por rajadas fortes e incessantes. Acocorei-me atrás de um muro de tocos de árvores amontoados e vi que, a partir do horizonte, o nó se apertava lentamente. Tentei em vão distinguir, através do turbilhão que ficava cada vez mais denso, os marcos da paisagem que pouco antes ainda eram visíveis, mas a cada instante o espaço se estreitava. Mesmo em minha vizinhança imediata, logo sumiram todas as linhas e silhuetas. A poeira farinhenta fluía da esquerda para a direita, da direita para a esquerda, de lá para cá vinda de todos os lados, erguia-se nas alturas e das alturas baixava em chuvisco, nada senão um remoinho, um torvelinho que deve ter durado uma hora, enquanto mais para o interior do continente, como fiquei sabendo mais tarde, despencava uma forte tempestade. Quando o vendaval passou, emergiram aos poucos da escuridão as formações onduladas de areia que haviam coberto as madeiras fragmentárias. Sem fôlego, com boca e garganta seca, engatinhei para fora da cavidade que se formara a meu redor como o último sobrevivente de uma caravana que se arruinara no deserto. Um silêncio absoluto reinava à minha volta, não soprava a menor brisa, não se ouvia nenhum pássaro, nenhum farfalho, nada, e embora estivesse novamente claro agora, o Sol, em seu zênite, permanecia oculto atrás das bandeiras de pó fino como pólen que pairavam longamente no ar; isso é o que restará da terra depois que ela triturar lentamente a si própria. — Caminhei o resto do trajeto atordoado. Tudo que lembro é que minha língua estava colada ao palato e que eu imaginava marcar passo. Quando por fim cheguei a Orford, a primeira coisa que fiz foi subir ao topo da fortaleza, do qual há uma vista das casas de tijolo do vilarejo, dos jardins verdes e dos brejos pálidos até chegar ao litoral a norte e a sul, perdido no vapor da distância. O castelo de

Orford foi concluído em 1165 e permaneceu durante séculos o bastião mais importante contra a constante ameaça de invasões. Só quando Napoleão acalentou a ideia de conquistar as ilhas britânicas — seus engenheiros mais ousados planejavam, como se

sabe, um túnel debaixo do Canal da Mancha e sonhavam com uma armada de balões — foram tomadas novas medidas defensivas com a construção de poderosos fortes circulares ao longo da costa, a intervalos de apenas poucos quilômetros. Apenas entre Felixstowe e Orford há sete dessas chamadas torres Martello, cuja eficácia, até onde sei, jamais foi posta à prova. As guarnições foram logo retiradas, e os muros vazios servem desde então sobretudo às corujas, que executam seus silenciosos voos noturnos lançando-se das ameias. No início dos anos 40, os cientistas e técnicos de Bawdsey construíram então as primeiras antenas de radar ao longo da costa oriental, estranhas estruturas de madeira com mais de oitenta metros de altura que às vezes eram ouvidas chiando em noites de silêncio e cujo propósito era tão enigmático quanto os inúmeros outros projetos secretos que eram desenvolvidos nas estações de pesquisa militares ao redor de Orford naquela época. Tudo isso, naturalmente, deu ensejo às mais diversas conjeturas sobre uma rede invisível de raios letais, um novo tipo de gás dos nervos ou algum outro meio de destruição em massa cujos efeitos iam além de toda a imaginação, a ser utilizado em caso de uma invasão por terra dos alemães. De fato, até pouco tempo havia nos arquivos do Ministério da Defesa uma pasta intitulada *Evacuation of the Civil Population from Shingle Street, Suffolk*, que, ao contrário de documentos semelhantes, em geral liberados após trinta anos, permaneceria sigilosa por setenta e cinco anos, porque, segundo boatos aparentemente não abafados, continha detalhes sobre um incidente terrível ocorrido em Shingle Street, pelo qual até hoje não se queria assumir a responsabilidade perante a opinião pública. Eu próprio escutei, por exemplo, que os experimentos realizados em Shingle Street com armas biológicas visavam tornar regiões inteiras inabitáveis. Ouvi falar também de um sistema de tubos que se estendia até o mar, por meio do qual um incêndio de petróleo podia ser desencadeado, no caso de uma invasão, com uma rapidez explosiva de tal intensidade que a superfície da água começaria a fervilhar. No curso dessas experiências, dizem que uma companhia inteira de pioneiros ingleses finou-se inadvertidamente, se podemos dizer assim, da maneira mais aterradora, segundo o relato de testemunhas que dizem ter visto os corpos carbonizados, contorcidos pela dor, estirados na praia ou ainda no mar, acocorados em seus botes. Outros afirmam que quem morreu na parede de fogo foram forças de desembarque alemãs vestidas com uniformes ingleses. Quando o acesso à pasta *Shingle Street*, após uma longa campanha nos jornais locais, foi finalmente viabilizado, revelou-se que, fora algumas referências relativamente inofensivas a experiências com gás, ela não continha nada que tivesse justificado a classificação de ultrassecreto ou que fundamentasse as histórias que circulavam desde o final da guerra. *But it seems likely*, escreve um observador, *that sensitive material was removed before the file was opened and so the mystery of Shingle Street remains.* — Talvez boatos como esses sobre Shingle Street tenham persistido com tanta obstinação pelo fato de, durante a Guerra Fria, o Ministério da Defesa ter mantido em funcionamento no litoral de Suffolk os chamados Secret Weapons Research Establishments, sobre cujo trabalho pesava o mais estrito silêncio. Os habitantes de Orford, por exemplo, podiam apenas especular sobre o que se passava no estabelecimento de pesquisa em Orfordness, que, embora fosse perfeitamente visível do vilarejo, para eles era efetivamente tão inalcançável quanto o deserto de Nevada ou os atóis dos mares do Sul. De minha parte, ainda me lembro bem quando parei junto ao porto em minha primeira visita a Orford em 1972 e dirigi a vista para o que os nativos chamam apenas *The Island*, que parecia uma colônia penal do extremo oriente. Vinha estudando no mapa as curiosas formações da costa perto de Orford e estava interessado na chamada língua de terra extrater-

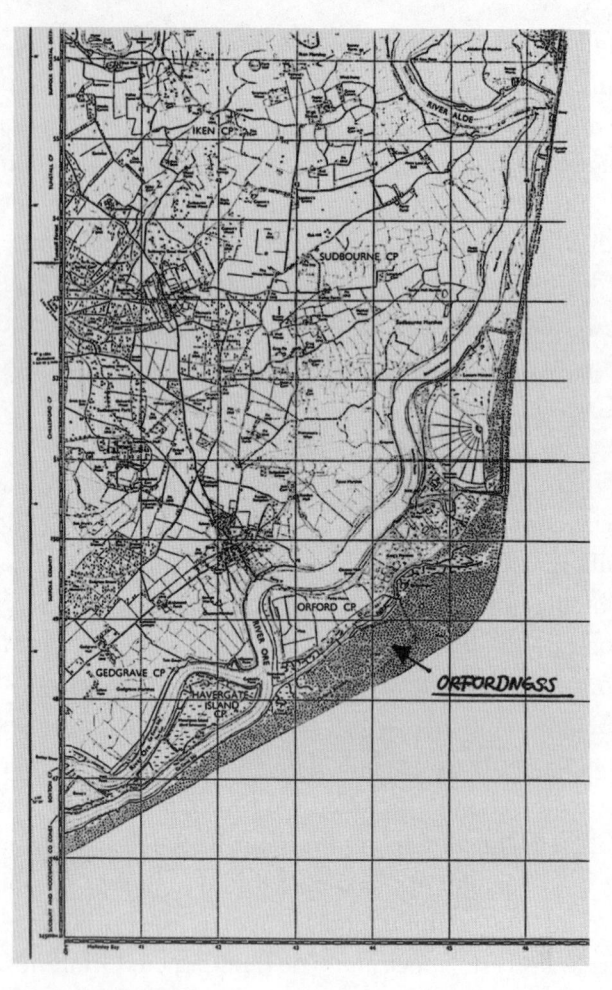

ritorial de Orfordness, que pedra por pedra, num período de milênios, se deslocara do norte rumo à embocadura do rio Alde, de tal modo que na maré baixa, conhecida como Ore, ela corre por cerca de vinte quilômetros logo atrás da atual linha da costa ou diante da linha antiga. Se em minha primeira visita a Orford estava fora de cogitação chegar perto da "ilha", agora não havia mais nenhuma proibição. O Ministério da Defesa abandonara a pesquisa secreta no local havia alguns anos, e um dos homens sentados ociosamente na mureta do porto ofereceu-se de pronto para me levar por algumas libras e me pegar mais tarde quando lhe acenasse do outro lado, depois que desse meu passeio. Enquanto cruzávamos o rio em seu bote azul a diesel, contou-me que a maioria das pessoas ainda evitava Orfordness. Mesmo os pescadores da praia, que não eram nada alheios à solidão, haviam desistido de lançar ali de noite seus anzóis após algumas tentativas, supostamente porque não valia a pena, mas na verdade porque o isolamento daquele posto avançado no meio do nada era insuportável e em alguns casos havia causado, de fato, distúrbios emocionais duradouros. Chegando à outra margem, despedi-me de meu barqueiro e, após escalar a barragem, caminhei pela trilha de asfalto já em parte tomada pelo mato através de um campo descolorido, que se estendia na amplidão. Fazia um tempo nublado e opressivo, e a falta de brisa era tal que nem mesmo as espigas da delicada grama de ponta se mexiam. Depois de poucos minutos já me parecia que caminhava por uma terra desconhecida, e ainda me lembro que me senti ao mesmo tempo perfeitamente liberto e profundamente deprimido. Não tinha um único pensamento na cabeça. A cada passo que dava, o vazio em mim e o vazio à minha volta ficava maior e o silêncio mais profundo. Provavelmente por isso quase morri de susto quando, bem aos meus pés, uma lebre que estava escondida nos tufos de grama junto à trilha deu um pulo e saiu correndo, primeiro pela pista quebradiça, e depois de volta para o campo com uma, duas guinadas. Ela deve ter se encolhido em seu lugar enquanto me aproximava, o coração disparado em expectativa, até quase ser tarde demais para se safar com vida. O exato instante em que a paralisia que tomara conta dela se converteu no movimento de pânico da fuga, foi também o instante em que seu medo me penetrou. Ainda vejo com toda a clareza o que ocorreu naquele momento de pavor, que mal durou uma fração de segundo. Vejo a borda do asfalto cinza e cada lâmina individual de grama, vejo a lebre pular de seu esconderijo, com orelhas viradas para trás e uma expressão estranhamente humana, rígida de terror e algo dividida, e em seus olhos, voltados para trás durante a fuga e quase saltados da órbita de tanto medo, vejo a mim mesmo, que me tornara um só com ela. Somente meia hora mais tarde, quando cheguei ao dique amplo que separa a estepe de grama do gigantesco banco de cascalho que desce até a praia, é que o sangue cessou aos poucos o clamor em minhas veias. Fiquei então um bom tempo de pé na ponte que leva ao antigo estabelecimento de pesquisa. Muito atrás de mim, a oeste, mal se distinguiam as

ligeiras elevações da terra habitada, a norte e a sul brilhava o leito lamacento do braço morto do rio cortado por um regato diminuto, e à frente não havia nada senão destruição. Os edifícios de concreto, entulhados com uma profusão de pedras, nos quais durante a maior parte de minha vida centenas de técnicos haviam trabalhado no desenvolvimento de novos sistemas de armas, pareciam a distância (talvez por causa de seu estranho formato cônico) como túmulos onde em épocas pré-históricas os podero-

sos eram sepultados com todas suas ferramentas e toda sua prata e seu ouro. A impressão que eu tinha de estar numa área cujo propósito transcendia o profano era reforçada por uma série de prédios parecidos com templos ou pagodes, que eu era totalmente incapaz de associar a instalações militares. Mas quanto mais

me aproximava das ruínas, mais se dissipava a ideia de uma misteriosa ilha dos mortos e mais me imaginava entre os resquícios de nossa própria civilização, extinta em alguma catástrofe futura. Para mim também, como para algum estrangeiro de nossos dias, ignorante da natureza de nossa sociedade e caminhando entre pilhas de sucata e ferro-velho que deixamos para trás, os seres que haviam vivido e trabalhado ali um dia eram um enigma, tal como era um enigma a finalidade daquelas engenhocas primitivas dentro das casamatas, dos trilhos de ferro sob os telhados, dos ganchos nas paredes ainda parcialmente azulejadas, das duchas do tamanho de pratos, das rampas e dos drenos. Onde e em que época eu na verdade me encontrava naquele dia em Orfordness, isso sou incapaz de dizer, mesmo agora quando escrevo estas linhas. Tudo que sei é que, por fim, caminhei pela barragem elevada, da Chinese Wall Bridge passando pela antiga casa das bombas na direção do embarcadouro, à minha esquerda, na estepe, um conjunto de barracas pretas, e à direita, do outro lado do rio, a terra firme. Enquanto aguardava sentado no quebra-mar à espera do barqueiro, o sol da tarde emergiu das nuvens e banhou em sua luz o amplo arco do litoral. A maré avançava rio acima, a água brilhava como folha de flandres, dos postes de rádio que se erguiam acima dos pântanos chegava um chiado uniforme mal perceptível. Os telhados e as torres de Orford surgiram entre as copas das árvores, parecendo estar ao alcance das mãos. Lá, pensei, estive um dia em casa, e então, na contraluz cada vez mais ofuscante, pareceu-me ver de repente, em meio às cores que escureciam, as velas dos moinhos que haviam desaparecido fazia muito, girando pesadamente ao vento.

IX

Depois de Orford, segui para o interior num ônibus vermelho da Eastern Counties Omnibus Company, passando por Woodbridge até chegar a Yoxford, de onde rumei a pé para o noroeste por uma antiga estrada romana, avançando por uma região escassamente povoada que se estende ao sul do vilarejo de Harleston. Caminhei por quase quatro horas e não vi outra coisa além dos campos de trigo em boa parte já ceifados que se perdiam no horizonte, o céu coberto de nuvens pesadas e as fazendas que distavam dois ou três quilômetros uma da outra, quase todas rodeadas por pequenas ilhas de árvores. Não cruzei com quase nenhum veículo enquanto trilhava essa reta aparentemente infinita, e na época eu sabia tão pouco quanto agora se meu trajeto solitário era mais um prazer ou um tormento. Às vezes, naquele dia ora pesado como chumbo, ora sem peso algum em minha lembrança, as nuvens se abriam num pequeno rasgo. Então os raios de sol desciam em leque sobre a terra e iluminavam esse ou aquele trecho, tal como era costume em gravuras religiosas que simbolizavam a presença de uma instância superior a nós. Era de tarde quando cheguei à trilha que sai da estrada romana passando por um chamado *cattle grid* e desce por uma campina até Moat Farm, onde Alec Garrard constrói há boas duas décadas um modelo do Templo de Jerusalém. Alec Garrard, que devia ter seus sessenta e poucos anos e fora a vida inteira fazendeiro, entregou-se ao modelismo logo após deixar a escola da aldeia, e como muitos modelistas passou primeiro longas noites de inverno colando pequenos pedacinhos de madeira para construir todo tipo de barcos e veleiros e navios famosos como o *Cutty Sark* e o *Mary Rose*. Esse passatempo que logo se tornou uma paixão e o interesse que, como pregador metodista leigo, ele nutria fazia tempo pelas bases factuais da história bíblica deram-lhe então a ideia, numa tarde do final dos anos 60, quando estava prestes a pôr o gado para dormir, como ele me disse, de recriar o Templo de Jerusalém exatamente como havia sido no início de nossa era. — Moat Farm é um lugar calmo e algo sombrio. Nunca, em minhas várias visitas, ao chegar pela trilha e atravessar a pequena ponte sobre o fosso em direção à casa, cruzei com um único ser vivo. Bater com a pesada aldrava de latão tampouco traz alguém à porta. A araucária chilena na entrada permanece impassível. Mesmo os patos na água do fosso não se mexem. Se lançamos um olhar pela janela para a mobília sonolenta que parece jamais ter sido mudada de lugar, a mesa de jantar clara como um espelho e a poltrona, a cômoda de mogno, as cadeiras de braço estofadas com veludo vermelho-escuro, a lareira, os enfeites e as figuras de porcelana dispostos sobre o consolo, temos a impressão de que os moradores se mudaram ou morreram. Mas bem quando estamos para virar as costas, após aguardar um bom tempo e escutar e nascer a sensação de que talvez chegamos em hora inadequada, notamos que Alec Garrard já nos espera um pouco à parte. Assim foi também naquele dia de final de verão quando cheguei a pé de Yoxford. Como

sempre, Alec Garrard vestia seu macacão de trabalho verde e óculos de relojoeiro. Trocamos algumas palavras sem importância a caminho do celeiro, onde o templo se avizinha de sua conclusão. Devido, porém, ao tamanho do modelo, que cobre uma área de quase dez metros quadrados, e à minúcia e precisão das peças individuais, esse processo de conclusão avança tão lentamente que mal notamos qualquer progresso de um ano para outro, embora Alec Garrard, como me disse, tenha ao longo do tempo restringido cada vez mais a atividade agrícola para poder se dedicar inteiramente à construção do templo. Restaram-lhe apenas alguns animais, disse, e mesmo isso mais por afeição que por desejo de lucro. Como eu devia ter visto, os amplos campos arados ao redor da casa haviam quase todos voltado a ser pasto, e o feno em pé era vendido a um dos vizinhos. Fazia uma eternidade que ele próprio não se sentava num trator. Agora quase não passava um dia em que não trabalhasse uma ou duas horas no templo. Passara o mês anterior quase inteiro somente ocupado em pintar cerca de cem das mais de duas mil figuras, com menos de um centímetro de altura, que povoavam o templo. Sem falar, disse Alec Garrard, das alterações que precisam ser feitas na construção, sempre que minha pesquisa leva a novos resultados. Os arqueólogos se dividem, como se sabe, quanto à exata configuração do templo, e minhas próprias ideias, formadas muitas vezes a duras penas, disse Alec Garrard, não são em todo caso mais confiáveis que as opiniões dos cientistas às turras uns com os outros, embora meu modelo seja considerado hoje a réplica do templo mais precisa que já foi realizada. Chegavam regularmente visitas de todo o mundo, disse Alec Garrard, historiadores de Oxford e estudiosos da Bíblia de Manchester, especialistas em escavações da Terra Santa, judeus ultraortodoxos de Londres e representantes de seitas evangélicas da Califórnia, que lhe haviam apresentado a proposta de reconstruir o templo no deserto de Nevada sob as suas instruções. Várias redes de televisão e editores o importunavam com planos, e mesmo lord Rothschild se oferecera para abrigar o templo concluído no saguão de entrada de seu castelo nos arredores de Aylesbury, franqueando acesso ao público. A única vantagem que lhe adviera pessoalmente em razão do interesse despertado pelo seu trabalho era que seus vizinhos, assim como aqueles membros de sua própria família que haviam expressado de forma mais ou menos aberta suas dúvidas com sua sanidade mental, agora se abstinham um pouco mais de comentários depreciativos. Ele podia compreender perfeitamente, disse Alec Garrard, como era fácil considerar louca uma pessoa que, ano após ano, imergia cada vez mais em sua fantasia e ocupava seu tempo num celeiro sem aquecimento, trabalhando num projeto que fugia aos padrões normais e aparentemente não tinha fim nem propósito, sobretudo quando essa pessoa deixava ao mesmo tempo de cuidar dos campos e embolsar os subsídios a que tinha direito. Ele nunca havia dado importância à opinião dos vizinhos, que ficavam cada vez mais gordos com a absurda política agrícola de Bruxelas, mas o fato de ter parecido às vezes à sua mulher e a seus filhos que ele não batia muito bem da cabeça, isso, disse Alec Garrard, era algo que me oprimia mais do que eu estava disposto a admitir. Assim, o dia em que lord Rothschild chegou de limusine em meu pátio representou, de fato, uma importante guinada em minha vida, pois desde esse dia também minha família me vê como um estudioso devotado a coisas sérias. Por outro lado, é claro, o número crescente de visitas me distrai do trabalho, e o trabalho que ainda resta a fazer continua enorme, aliás se pode dizer que, em razão de meus conhecimentos cada vez mais precisos, ele parece hoje em todos os sentidos mais difícil de realizar do que dez ou quinze anos atrás. Um desses evangelistas americanos me perguntou certa vez se a ideia que eu tinha do templo me havia sido inspirada numa revelação divina. *And when I said to him it's nothing to do with divine revelation, he was very disappointed. If it had been divine revelation, I said to him, why would I have had to make alterations as I went along? No, it's just research really and work, endless hours of work*, disse Alec Garrard. Era preciso estudar a Mishná, prosseguiu, e todas as outras fontes disponíveis, e a arquitetura romana e as particularidades dos edifícios erguidos por Herodes

em Massada e Borodium, pois só assim se chegava às ideias corretas. Em última instância, todo o nosso trabalho se baseia exclusivamente em ideias, ideias que não param de mudar no curso dos anos e que muitas vezes levam a pessoa a demolir aquilo que considerava como já concluído e começar tudo de novo. Talvez eu nem sequer haveria começado a construir o templo se tivesse tido ideia das exigências que o trabalho me impõe à medida que se aprofunda e ganha em complexidade. Afinal de contas, se o templo deve criar a impressão de verossimilhança, é preciso fazer e pintar a mão cada um dos caixotões com um centímetro quadrado no teto das colunatas, cada uma das centenas de colunas e cada um dos milhares de bloquinhos de pedra. Agora que as margens de meu campo de visão começam a escurecer gradualmente, às vezes me pergunto se algum dia vou terminar o templo e se tudo o que fiz até agora não foi pura perda de tempo. Mas em outros dias, quando a luz da tarde entra por essa janela aqui e deixo que a visão de conjunto surta efeito sobre mim, então vejo por um instante o templo com suas antecâmaras e com as celas do sacerdócio, a guarnição romana, as casas de banho, as barracas de feira, os altares de sacrifícios, os passeios cobertos e as cabinas dos agiotas, os grandes portões e as escadarias, os átrios e as províncias externas e as montanhas ao fundo, como se tudo já estivesse pronto e como se eu contemplasse os campos da eternidade. Por fim, Alec Garrard desencavou uma revista debaixo de uma pilha de papéis e me mostrou uma página dupla com uma foto aérea de como é o terreno do templo hoje: pedras brancas, ciprestes escuros e, no centro, radiante, a cúpula dourada do Domo da Rocha, que me lembrou imediatamente da cúpula do novo reator de Sizewell, que em noites de luar é vista brilhando sobre terra e mar como um santuário. O templo, disse Alec Garrard ao deixarmos seu ateliê, durou somente cem anos. *Perhaps this one will last a little longer.* Na pontezinha sobre o fosso, onde nos deixamos ficar por mais uns instantes, Alec Garrard me contou de seu amor por patos, alguns dos quais deslizavam silenciosos de lá para cá na água, pescando a comida que de vez em quando tirava do bolso de seu avental e lançava para eles. Sempre criei patos, disse, mesmo quando criança, e as cores de sua plumagem, sobretudo o verde-escuro e o branco-níveo, sempre me pareceram a única resposta possível às perguntas que me perseguem. Foi assim desde que me conheço por gente. Ao me despedir, quando disse que chegara a pé de Yoxford e agora pretendia seguir para Harleston, Alec se ofereceu para me levar de carro, já que tinha mesmo coisas para fazer na cidade. Assim foi que passamos os quinze minutos até Harleston sentados um ao lado do outro em silêncio na cabine de sua picape, e meu desejo era que a breve viagem pelo interior nunca tivesse fim, *that we could go on and on, all the way to Jerusalem*. Mas em vez disso, tive de descer no Swan Hotel em Harleston, um edifício de vários séculos de idade cujos aposentos, como pude constatar, eram decorados com a mobília mais terrível que se pode imaginar. A cabeceira da cama cor-de-rosa consistia numa peça de fórmica preta marmórea de quase um metro e meio de altura, com diversos compartimentos e gavetas que lembravam um altar, a penteadeira com pernas-palito era fartamente decorada com arabescos dourados, e o espelho embutido na porta do guarda-roupa refletia uma imagem estranhamente distorcida. Como as tábuas do assoalho eram muito irregulares e pendiam fortemente para a janela, todos os móveis se achavam algo inclinados, de modo que a pessoa, mesmo em sono profundo, era perseguida pela sensação de que se achava numa casa prestes a ruir. Foi portanto com certo alívio que deixei o Swan Hotel na manhã seguinte e segui para fora da cidade rumo aos campos na direção leste. A região que eu atravessava agora num arco amplo não era mais densamente povoada do que aquela pela qual eu caminhara no dia anterior. A cada três quilômetros, a pessoa passa por um vilarejo que raramente tem mais que uma dúzia de casas, e esses vilarejos são invariavelmente designados pelo santo padroeiro da respectiva paróquia: St. Mary e St. Michael, St. Peter, St. James, St. Andrew, St. Lawrence, St. John e St. Cross, razão pela qual a região inteira é chamada The Saints pelos seus habitantes. Diz-se por exemplo: *He bought land in the Saints, clouds are coming up over the Saints, that's somewhere out in the Saints* e assim por diante. Eu mesmo pensei comigo, ao caminhar pela planície quase sem árvores, embora bem intricada, *that I might well get lost in The Saints*, de tanto que o labiríntico sistema inglês de trilhas me obrigava a mudar de direção ou a cruzar o campo ao acaso em locais onde o caminho marcado no mapa havia sido lavrado ou engolido pelo mato. Pensei duas ou três vezes que já havia me perdido, quando então por volta do meio-dia a torre redonda da igreja de Ilketshall St. Margaret emergiu no horizonte. Meia hora mais tarde eu me achava sentado com as costas apoiadas contra uma lápide do cemitério, nessa comunidade cujas almas não são mais numerosas agora do que na Idade Média. Os párocos que nos séculos XVIII e XIX exerciam seu cargo em postos tão remotos costumavam morar com suas famílias na cidadezinha mais próxima, seguindo de carroça para o campo apenas uma ou duas vezes por semana, a fim de rezar uma missa ou ver se tudo corria bem. Um desses párocos de Ilketshall St. Margaret foi o reverendo Ives, um matemático e helenista de certa reputação, que residiu com sua mulher e filha em Bungay e que, segundo consta, apreciava uma taça de vinho das Canárias ao final do dia. Estamos no ano de 1795. Nos meses de verão, recebem várias visitas de um jovem nobre francês que fugira para a Inglaterra acossado pelos horrores da revolução. Ives conversa com ele principalmente sobre os épicos homéricos, a teoria aritmética de Newton e as viagens pela América que ambos haviam feito. Que vastidões aquele continente cobria e que florestas imensas eram aquelas, com árvores cujos troncos eram mais altos que os pilares das mais altas catedrais! E o volume de água que despencava do Niagara, o que significava aquele estrondo eterno, se não houvesse também uma pessoa à beira da catarata, consciente de seu desamparo nesse mundo? Charlotte, a filha de quinze anos do prior, escutava essas conversas com fascínio crescente, sobretudo quando o distinto hóspede pintava histórias fantásticas, nas quais apareciam guerreiros ornados com plumas e donzelas índias em cuja pele escura havia um sopro de palidez moral. Certa vez, de tão tocada pela emoção, foi obrigada a sair correndo em disparada para o jardim, ao ouvir a história do bom cão de um eremita que conduziu uma dessas donzelas, no coração já uma cristã, em segurança por selvas perigosas. Quando, mais tarde, quem lhe contara a história perguntou o que a emocionara tanto em sua narrativa, Charlotte respondeu que fora sobretudo a imagem do cão carregando uma lanterna na ponta de uma vara em sua boca, iluminando o caminho durante a noite para a assustada Atala. Eram sempre tais pormenores que a arrebatavam, muito mais do que ideias excelsas. Estava na ordem natural das coisas, portanto, que o visconde, exilado de sua pátria e sem dúvida envolto pela aura de um herói romântico aos olhos de Charlotte, assumisse gradualmente o papel de tutor e confidente no correr das semanas. É óbvio que se exercitavam em francês, faziam ditados e mantinham conversas na língua. Mas Charlotte também pediu a seu amigo que elaborasse planos de estudo mais extensos para ela, sobre a Antiguidade, sobre a topografia da Terra Santa e sobre a literatura italiana. Passavam longas horas vespertinas lendo juntos a *Gerusalemme Liberata* de Tasso e a *Vita Nuova*, e ao fazê-lo não era raro aparecerem manchas rubras no pescoço da jovem e o coração do visconde dar pulos de palpitação logo abaixo da gravata. O dia costumava terminar com uma aula de música. Quando no interior da casa tinha início o crepúsculo, mas nos jardins ainda irradiava a luz do ocidente, Charlotte tocava uma ou outra peça de seu repertório, e o visconde, *appuyé au bout du piano*, ouvia em silêncio. Ele tinha consciência de que o estudo conjunto os aproximava dia a dia, e, convencido de que não era digno de lhe apanhar uma luva, procurava portar-se com extrema circunspeção, mas se sentia no entanto irresistivelmente atraído por ela. Com certa consternação, como escreve mais tarde em suas *Memórias do além-túmulo*, eu podia antever o momento em que seria obrigado a partir. O jantar de despedida foi uma ocasião triste, na qual ninguém sabia direito o que dizer, e quando terminou, para surpresa do visconde, não foi a mãe, mas o pai que se retirou com Charlotte para o *drawing room*. Mas a mãe, que se revelava agora bastante sedutora, como nota o visconde, no papel incomum que tinha de desempenhar ao arrepio de todas as convenções, pediu-lhe sua mão — dele, que estava por assim dizer com as malas prontas para partir — em casamento para a filha, cujo coração, disse, já era completamente dele. Você não tem mais pátria, ela disse, sua propriedade foi vendida, seus pais não estão mais vivos, o que será que lhe faria retornar à França? Fique conosco e se torne nosso filho adotivo e herdeiro. O visconde, que mal podia acreditar na generosidade dessa oferta feita a um emigrante depauperado, viu-se lançado na maior agitação concebível por essa intervenção, que pelo visto tinha a chancela do reverendo Ives. Isso porque de um lado, como escreve, não havia nada que almejasse tanto quanto passar o resto de sua vida incógnito para o mundo no seio dessa família solitária, mas por outro lado chegara o momento melodramático em que teria de dar a conhecer o fato de que já era casado. Embora o casamento pelo qual se unira na França tivesse sido arranjado por suas irmãs quase sem consultá-lo e permanecera uma simples formalidade, isso não alterava em nada a situação insustentável na qual havia se metido por culpa própria. Quando a oferta feita com olhos semibaixados por mme. Ives é por ele recusada com o brado de desespero *Arrêtez! Je suis marié!*, ela cai desfalecida, e não lhe resta outra alternativa senão deixar aquela casa hospitaleira no mesmo instante, com a resolução de nunca mais voltar. Mais tarde, ao redigir as memórias daquele dia fatídico, ele se pergunta como teria sido se tivesse passado pela transformação e levado uma vida de *gentleman chasseur* naquele remoto condado inglês. É provável que eu nunca tivesse escrito uma única palavra, é provável que tivesse até mesmo esquecido minha língua. Quanto a França teria perdido se eu tivesse me dissolvido no ar desse modo? E não teria sido, no fim, uma vida melhor? Não é injusto desperdiçar sua felicidade em favor do exercício do talento? Será que meus escritos sobreviverão a meu túmulo? Será que alguém ainda será capaz de compreender-me num mundo modificado de alto a baixo? — O visconde escreve essas linhas em 1822. É agora o embaixador do rei da França na corte de Jorge IV. Certa manhã, sentado no gabinete de trabalho, seu criado pessoal lhe anuncia que uma Lady Sutton chegara de carruagem e gostaria de lhe falar. Quando a senhora estranha, acompanhada por dois jovens de cerca de dezesseis anos que, tal como ela, estavam de luto, cruzou a soleira, pareceu-lhe que ela mal conseguia se manter de pé de tanta agitação. O visconde toma-lhe pela mão e a conduz até uma poltrona. Os dois jovens se postam a seu lado. Mas a senhora diz em voz baixa e entrecortada, afastando um pouco as faixas de seda preta que pendem do chapéu: *My lord, do you remember me?* E eu, escreve o visconde, a reconheci, após vinte e sete anos eu estava sentado a seu lado novamente, e as lágrimas me vieram aos olhos, e vi, através do véu daquelas lágrimas, exatamente como ela fora naquele verão que há tanto imergira nas sombras. *Et vous, Madame, me reconnaissez-vous?*, perguntei. Ela, porém, não respondeu nada, mas se limitou a me fitar com um sorriso tão triste que percebi que havíamos nos amado muito mais do que eu admitira na época. — Estou de luto por minha mãe, ela disse, meu pai já morreu faz anos. Dizendo isso, retirou sua mão da minha e cobriu o rosto. Meus filhos, prosseguiu após alguns instantes, são filhos do almirante Sutton, com quem casei três anos depois que você nos deixou. Peço que me desculpe. Hoje não sou capaz de dizer mais nada. — Ofereci-lhe meu braço, lê-se nas memórias do visconde, e ao conduzi-la pela casa, escada abaixo e de volta para a carruagem, segurei sua mão contra meu coração e a senti tremer da cabeça aos pés. Quando partiu, os dois filhos de cabelo escuro estavam sentados de frente para ela, como dois serviçais mudos. *Quel bouleversement des destinées!* Nos dias seguintes, escreve o visconde, visitei ainda quatro vezes lady Sutton no endereço em Kensington que ela me dera. Em nenhuma dessas ocasiões os filhos estavam em casa. E falávamos e calávamos, e a cada "Lembra-se?" nossa vida passada emergia com maior nitidez do cruel abismo do tempo. Em minha quarta visita, Charlotte me pediu para intervir junto a George Canning, que acabara de ser nomeado governador-geral da Índia, em favor de seu filho mais velho, que pretendia seguir para Bombaim. Foi somente por causa desse pedido, disse, que viera a Londres, e agora precisava voltar para Bungay. *Farewell! I shall never see you again! Farewell!* — Após essa dolorosa despedida, tranquei-me durante várias horas em meu gabinete na embaixada e, interrompido diversas vezes por vãs reflexões e devaneios, deitei por escrito nossa história infeliz. Ao fazê-lo, impunha-se dentro de mim a pergunta se, escrevendo, não perderia Charlotte Ives novamente, e dessa vez para sempre. Mas a verdade é que a escrita é o único modo de me haver com minhas lembranças, que tantas vezes me tomam de assalto tão inopinadamente. Se permanecessem trancadas em minha memória, ficariam cada vez mais onerosa no curso do tempo, de modo que no fim eu sucumbiria a seu peso crescente. As lembranças dormitam dentro de nós durante meses e anos a fio, proliferando em silêncio, até que são despertas por alguma ninharia e nos cegam para a vida de uma maneira estranha. Quantas vezes isso me fez sentir que minhas lembranças e a tradução delas em escrita faziam parte do mesmo negócio humilhante e, no fundo, digno de reprovação! E, no entanto, o que seríamos sem a memória? Não seríamos capazes de ordenar os pensamentos mais simples, o coração mais sensível perderia a capacidade de se afeiçoar a outro, nossa existência consistiria apenas numa sequência infinita de momentos despidos de sentido, e não haveria mais traço de um passado. Que tristeza não é nossa vida! Tão repleta de falsas presunções, tão fútil que pouco mais é do que a sombra das quimeras liberadas por nossa memória. A alienação que sinto me infunde cada vez mais terror. Ao passear ontem pelo Hyde Park, senti-me indizivelmente abjeto e proscrito em meio à multidão colorida. Como, de longe, eu observava as belas e jovens inglesas com aquele ardente arrebatamento que costumava sentir num abraço. E hoje mal levanto os olhos de meu trabalho. Tornei-me quase invisível, em certa medida como um morto. Talvez seja por isso que, do meu ponto de vista, o mundo que por pouco já não deixei está envolto em particular mistério.

A história dos encontros com Charlotte Ives é apenas um minúsculo fragmento das memórias do visconde de Chateaubriand, que se espalham por vários milhares de páginas. Em Roma, 1806, surge nele pela primeira vez o desejo de sondar as profundezas de sua alma. Em 1811, Chateaubriand dá início seriamente a seu projeto, e a partir desse momento dedica-se, sempre que permitem as circunstâncias de sua vida tão insigne quanto dolorosa, à redação da obra que se ramifica sem parar. Seus próprios sentimentos e pensamentos desdobram-se diante do pano de fundo das grandes convulsões daqueles anos: a revolução, o reino do Terror, o exílio, a ascensão e queda de Napoleão, a Restauração e a Monarquia de Julho alternam-se nessa peça interminável encenada no palco do teatro mundial, uma peça que afeta o observador privilegiado não menos que a multidão anônima. Os cenários se sucedem continuamente. Avistamos a costa da Virgínia a bordo de um navio, visitamos o arsenal da marinha em Greenwich, admiramos a pintura grandiosa do incêndio de Moscou, caminhamos pelos parques dos balneários da Boêmia e testemunhamos o bombardeio de Thionville. Tochas iluminam as ameias da cidade ocupada por milhares de soldados, as incandescentes órbitas parabólicas das balas de canhão se entrecruzam no ar escuro, e antes de cada detonação das armas eleva-se um clarão ofuscante que atravessa as nuvens altaneiras até chegar ao zênite azul. Às vezes o ruído da batalha extingue-se por uns segundos. Então se ouvem o repenique dos tambores, a fanfarra dos metais e os esganiçados berros de comando, a pique de se partir, que nos gelam a espinha. *Sentinelles, prenez garde à vous!* No contexto geral do trabalho de rememoração, tais descrições coloridas dos espetáculos militares e das operações de estado formam, digamos assim, os pontos culminantes da história que cambaleia cegamente de uma catástrofe para a outra. O cronista que esteve presente e relembra o que viu inscreve suas experiências, num ato de automutilação, em seu próprio corpo. Ao escrever, ele se torna o mártir exemplar do destino que a providência nos reserva, e, ainda em vida, já se acha no túmulo que suas memórias representam. A recapitulação do passado está voltada desde o princípio ao dia da redenção, no caso de Chateaubriand o 4 de junho de 1848, dia em que a morte lhe tirou a pena das mão num *rez-de-chaussée* na rue du Bac. Combourg, Rennes, Brest, St. Malo, Filadélfia, Nova York, Boston, Bruxelas, a ilha de Jersey, Londres, Beccles e Bungay, Milão, Verona, Veneza, Roma, Nápoles, Viena, Berlim, Potsdam, Constantinopla, Jerusalém, Neuchâtel, Lausanne, Basileia, Ulm, Waldmünchen, Teplitz, Karlsbad, Praga e Pilsen, Bamberg, Würzburg e Kaiserslautern, e no meio tempo sempre Versalhes, Chantilly, Fontainebleau, Rambouillet, Vichy e Paris — essas são apenas algumas das estações da viagem que agora chega ao fim. No início da carreira está a infância em Combourg, cuja descrição se tornou inesquecível para mim já desde a primeira leitura. François-René é o caçula de dez irmãos, dos quais os quatro primeiros não viveram mais do que alguns meses. Os demais foram batizados Jean-Baptiste, Marie-Anne, Bénigne, Julie e Lucile. As quatro moças são de uma beleza rara, sobretudo Julie e Lucile, ambas assassinadas nos tumultos da revolução. A família Chateaubriand vive em perfeita reclusão com alguns criados na mansão de Combourg, em cujos amplos recintos e corredores meio exército de cruzados poderia perder o rumo. Fora alguns vizinhos nobres como o marquês de Monlouet ou o conde Goyon-Beaufort, ninguém nunca visitava o palácio. Sobretudo na época de inverno, escreve Chateaubriand, passavam-se meses sem que nenhum viajante ou estranho batesse no portão de nossa fortaleza. Bem maior que a tristeza que pairava sobre a charneca era a tristeza no interior dessa casa solitária. Quem caminhava sob suas abóbadas tinha veleidades como as de alguém que entrasse numa cartuxa. O sino para o jantar soava sempre às oito horas. Após o jantar, sentávamos durante algumas horas junto ao fogo. O vento gemia na chaminé, minha mãe suspirava no canapé, e meu pai, que jamais vi sentado exceto à mesa, andava sem parar de lá para cá no gigantesco salão até a hora de dormir. Ele vestia sempre um roupão felpudo de lã branca e um gorro do mesmo material. Nessas caminhadas, assim que estivesse a certa distância do centro do recinto, iluminado apenas pelo fogo tremeluzente da lareira e por uma única vela, ele começava a desaparecer, e uma vez totalmente imerso na escuridão, ouviam-se apenas seus passos, até que ele regressava como um fantasma, em seu traje peculiar. Nos meses de verão costumávamos nos sentar fora, nos degraus da escada em frente da casa ao cair da noite. Meu pai atirava com a espingarda nas corujas que alçavam voo, e nós crianças observávamos com nossa mãe as copas pretas da floresta e, acima, as estrelas no céu, que surgiam uma após a outra. Aos dezessete anos, escreve Chateaubriand, deixei Combourg. Meu pai um dia me anunciou que, dali em diante, teria de trilhar meu próprio caminho, que eu ingressaria no Régiment de Navarre e partiria no dia seguinte para Cambrai via Rennes. Tome, disse, aqui estão cem Louis d'or. Não os esbanje e nunca desonre nosso nome. Na época de minha partida, já sofria da paralisia progressiva que finalmente o levaria ao túmulo. Seu braço esquerdo contraía-se constantemente, e era obrigado a segurá-lo com a mão direita. E assim ele se encontrava, após ter me dado seu velho florete, comigo diante do cabriolé que já aguardava no pátio verde. Subimos pela trilha à margem dos lagos de peixes, e mais uma vez vi brilhar o riacho do moinho e as andorinhas cruzarem sobre os juncos. Então olhei para frente, para o campo amplo que se abria diante de mim.

Levou mais uma hora para andar de Ilketshall St. Margaret até Bungay, e outra hora de Bungay passando pelos pântanos do vale de Waveney até o outro lado de Ditchingham. Visível a distância, no pé do serro que desce do norte de forma bastante íngreme, estava Ditchingham Lodge, a casa isolada na borda da planície para a qual Charlotte Ives se mudou após se casar com o almirante Sutton e onde viveu por vários anos. Ao me aproximar, as vidraças cintilaram à luz do sol. Uma mulher com avental branco — que imagem fora do comum, pensei — assomou debaixo do alpendre sustentado por dois pilares e chamou o cão preto que pulava de lá para cá no jardim. Fora ela, não se via mais ninguém. Subi a ladeira até a estrada principal e segui então pelos campos de restolho até o cemitério de Ditchingham, um tanto afastado da vila, no qual o filho mais velho de Charlotte, aquele que fora tentar sua sorte em Bombaim, está enterrado. Diz a inscrição no sarcófago de pedra: *At Rest Beneath, 3ʳᵈ Febʳʸ 1850, Samuel Ives Sutton, Eldest Son of Rear Admiral Sutton, Late Captain 1ˢᵗ Battalion 60ᵗʰ Rifles, Major by Brevét and Staff Officer of Pentioners*. Ao lado do túmulo de Samuel Sutton ergue-se outro monumento ainda mais imponente, também construído de lajes de pedra pesada e coroado por uma urna, no qual me chamaram a atenção principalmente os buracos redondos na borda superior dos quatro lados. Lembraram-me de algum modo os buracos de ar que fazíamos na tampa das caixas nas quais púnhamos os besouros que apanhávamos, com algumas folhas para servir de alimento. Talvez, pensei, alguém sensibilizado mandou abrir esses furos na pedra no caso justamente de a pessoa que partiu querer de novo tomar fôlego em seu sepulcro.

O nome da senhora tratada dessa forma era Sarah Camell, fale-cida em 26 de outubro de 1799. Como mulher do médico de Ditchingham, devia ser conhecida da família Ives, e é provável que Charlotte estivesse presente ao enterro junto com os pais e, mais tarde, nas exéquias, talvez até tenha tocado uma pavana ao pianoforte. Os sentimentos elevados que eram cultivados na época nos círculos a que Sarah e Charlotte pertenciam, estão preservados nas letras elegantes do epitáfio que dr. Camell, ten-do sobrevivido à sua mulher por quase quarenta anos, mandou cinzelar na face sul da pedra tumular cinza-clara:

Firm in the principles and constant
in the practice of religion
Her life displayed the peace of virtue
Her modest sense, Her unobtrusive elegance
of mind and manners,
Her sincerity and benevolence of heart
Secured esteem, conciliated affection,
Inspired confidence and diffused happiness.

O cemitério de Ditchingham era quase a última estação de minhas andanças pelo condado de Suffolk. A tarde já começava a decair, e decidi portanto subir novamente à estrada principal e seguir então um pequeno trecho na direção de Norwich até o Mermaid em Hedenham, onde o bar abriria em breve. De lá eu poderia ligar para casa e pedir que me pegassem. O caminho que tinha de percorrer passava por Ditchingham Hall, uma casa construída por volta de 1700 com belos tijolos cor de malva, do-tada de persianas verde-escuras e situada em grande recuo acima de um lago serpentino, num parque que se estende para todos os lados. Mais tarde, enquanto esperava por Clara no Mermaid, ocorreu-me que o parque de Ditchingham só deve ter sido concluído na época que Chateaubriand esteve na região. Parques como o de Ditchingham, por meio dos quais a elite dominante podia se cercar de terras ilimitadas e aprazíveis aos olhos, só viraram moda na segunda metade do século XVIII, e o planejamento e a execução dos trabalhos necessários para um *emparkment* costumavam se estender por duas ou três décadas. Para dar remate a tais projetos, em geral era preciso comprar ou trocar diversos lotes de terra, e estradas, trilhas, fazendas privadas e às vezes até mesmo vilarejos inteiros tinham de ser removidos, já que o propósito era desfrutar de casa uma vista ininterrupta de uma natureza livre de todo traço de presença humana. Também por esse motivo as cercas tiveram de ser substituídas por valados largos e cobertos de grama, os chamados *ha-has*, que eram cavados a custa de milhares de horas de trabalho. Um tal empreendimento, é claro, com seu profundo impacto não só na paisagem, mas também na vida das comunidades locais, nem sempre era levado a efeito sem controvérsias. Relata-se, por exemplo, que no período em questão, um ancestral do conde Ferrers, o atual proprietário de Ditchingham Hall, envolveu-se numa confrontação bastante ríspida com um de seus administradores, no curso da qual despachou-o a tiros, pelo que foi então no devido tempo condenado à morte pelos seus pares na Câmara Alta e enforcado publicamente em Londres com uma corda de seda. — O aspecto menos custoso de se montar um parque era plantar árvores em pequenos grupos ou em exemplares individuais, ainda que isso costumasse ser precedido da derrubada de faixas de florestas que não se adequassem à concepção geral e da queimada de moitas e vegetação rasteira. Hoje, como na maioria dos parques somente um terço das árvores plantadas na época ainda estão de pé e muitas outras morrem todos os anos de velhice e por várias outras causas, em breve poderemos imaginar novamente o vazio torricelliano em que as grandes casas de campo se achavam no final do século XVIII. Chateaubriand também tentou mais tarde — numa proporção relativamente mais modesta — realizar o ideal da natureza inscrita nesse vazio. Ao retornar em 1807 de sua longa viagem a Constantinopla e Jerusalém, comprou uma casa de campo escondida nas colinas florestadas em La Vallé aux Loups, perto do vilarejo de Aulnay. É ali que começa a redigir suas memórias, e escreve, bem no início, das árvores que plantou e das quais cuida com as próprias mãos. Agora, escreve, ainda estão tão pequenas que lhes faço sombra quando fico entre elas e o Sol. Mas um dia, quando crescerem, me devolverão a sombra e irão proteger minha velhice, assim como protegi a juventude delas. Sinto-me unido às árvores, escrevo-lhes sonetos e elegias e odes; são como crianças, conheço-as pelo nome e meu único desejo é poder morrer debaixo delas. — Esta foto foi tirada há cerca de dez anos em Ditchingham, numa tarde de sábado em que a mansão se achava aberta ao público para fins beneficentes. O cedro do Líbano em que estou apoiado, ainda alheio aos tristes

eventos que estavam por vir, é uma das árvores que foram plantadas quando da criação do parque, tantas das quais, como disse, já desapareceram. Desde meados dos anos 70, acentuou-se a olhos vistos o declínio do número de árvores, e sobretudo entre as espécies mais comuns na Inglaterra houve pesadas perdas, sendo que num caso uma delas chegou perto da extinção. Por volta de 1975, a doença holandesa do olmo alastrou-se do litoral sul para Norfolk, e no espaço de apenas dois ou três verões não havia mais olmo vivo nos arredores. Os seis olmos que sombreavam o lago em nosso jardim definharam em junho de 1978, apenas algumas semanas depois de desabrocharem sua maravilhosa folhagem verde-clara. O vírus se espalhou pelo conjunto de raízes de alamedas inteiras com incrível rapidez e provocou o estreitamento dos vasos capilares, fazendo com que as árvores morressem de sede em brevíssimo intervalo de tempo. Mesmo exemplares isolados foram localizados com precisão infalível pelos besouros voadores que disseminaram a doença. Uma das árvores mais perfeitas que já vi era um olmo de quase duzentos anos de idade que ficava num campo aberto, próximo de nossa casa. Ocupava um espaço aéreo verdadeiramente enorme. Lembro-me que, após a maioria dos olmos da região já ter sucumbido à doença, suas inúmeras folhas ligeiramente assimétricas e delicadamente serrilhadas balançavam na brisa, como se o flagelo que abatera toda a sua espécie fosse passar sem deixar traços, e me lembro também que, mal transcorridas duas semanas, todas essas folhas aparentemente invulneráveis estavam marrons e retorcidas e que se dissolveram em pó antes de chegar o outono. Por volta dessa época, comecei a notar que as copas dos freixos estavam ficando cada vez mais ralas e que a folhagem dos carvalhos rareava e exibia estranhas mutações. Ao mesmo tempo, as próprias árvores começaram a produzir folhas diretamente da madeira dura das ramagens, e no verão já deixavam cair volumosas glandes deformadas, duras como pedra, recobertas de uma substância pegajosa. As faias, que até então continuavam em bom estado, foram afetadas por uma sucessão de anos extremamente secos. As folhas tinham apenas a metade do tamanho normal, e a maioria dos frutos estavam vazios. Os choupos morreram um após o outro nos pastos.

Alguns dos troncos mortos ainda estão de pé, enquanto outros jazem quebrados sobre a grama, empalidecidos pelo tempo. Por fim, no outono de 1987, uma tempestade tal como nunca antes fora vista varreu o país e, segundo as estimativas oficiais, mais de catorze milhões de árvores adultas foram vitimadas, para não falar das espécies de pequeno porte. Foi na noite de 16 para 17 de outubro. A tempestade chegou sem aviso da Baía de Biscaia, avançou pela costa ocidental francesa, atravessou o Canal da Mancha e seguiu pela parte sudeste da ilha em direção ao Mar do Norte. Acordei por volta das três da manhã, menos por causa do ruído progressivo do que pelo curioso calor e pela crescente pressão atmosférica em meu quarto. Ao contrário de outras tempestades equinociais que presenciei aqui, esta não chegou em rajadas sucessivas, mas num arranco constante, que parecia cada vez mais forte. Fui até a janela e olhei pelo vidro, que estava a ponto de estourar de tão tenso, para o fundo do jardim lá embaixo, onde as copas das árvores altas no parque episcopal vizinho estavam vergadas e ondeavam como plantas aquáticas numa corrente escura. Nuvens brancas se precipitavam na escuridão, e o céu era iluminado sem parar por um fulgor terrível que, como descobri mais tarde, era causado por linhas de alta tensão que se tocavam. A certa altura, devo ter me virado por um instante. De todo modo, ainda me lembro que não acreditei em meus olhos quando dirigi a vista novamente para fora e vi que onde antes os vagalhões de ar fluíam pela massa negra das árvores agora havia apenas o horizonte pálido e vazio. Parecia que alguém havia puxado uma cortina para o lado para revelar uma cena amorfa, que confinava com o mundo inferior. No mesmo momento em que percebi a insólita claridade noturna sobre o parque, soube que lá embaixo tudo fora destruído. E no entanto eu esperava que o pavoroso vazio pudesse ser explicado por outro motivo, pois no fragor da tempestade eu não escutara o menor indício daquele estalo característico que acompanha a queda de madeira. Só mais tarde percebi que as árvores, seguras até o último instante pelas raízes, tombaram somente aos poucos e que, impelidas para baixo tão lentamente, as copas entrelaçadas não despedaçaram, mas permaneceram praticamente incólumes. Porções inteiras de floresta foram assim arrasadas como campos de trigo. Foi na primeira luz da aurora, quando a tempestade amainara um pouco, que me aventurei no jardim. Fiquei um bom tempo com um nó na garganta em meio à destruição. A impressão que se tinha era a de estar numa espécie de túnel aerodinâmico, tão forte ainda era a sucção do ar, quente demais para aquela época do ano. As árvores centenárias que margeavam a trilha do perímetro norte do parque estavam todas prostradas no chão, como se desmaiadas, e embaixo dos gigantescos carvalhos turcos e ingleses, dos freixos e plátanos, das faias e tílias, estavam os arbustos mutilados e destroçados que haviam crescido em sua sombra, tuias e teixos, aveleiras e loureiros, azevinhos e rododendros. O Sol despontou radiante. Ventou por mais uns instantes, então tudo ficou quieto de repente. Nada mais se mexia fora os pássaros que antes tinham sua moradia em arbustos e árvores, várias dúzias dos quais agora esvoaçavam transtornados entre a ramagem, que naquele ano permanecera verde mesmo com a chegada do outono. Não sei como sobrevivi ao primeiro dia após a tempestade, mas me lembro que, no meio da noite, sem acreditar no que vira com os próprios olhos, caminhei novamente pelo parque. Como a energia havia sido interrompida em toda a área, tudo estava em profunda escuridão. Nem o mais fraco reflexo de nossos lares e postes de luz embaçava o céu. Porém as estrelas haviam surgido, tão suntuosas como só as vira em minha infância acima dos Alpes ou em sonho acima do deserto. Do extremo norte até o horizonte sul, onde antes a vista fora barrada pelas árvores, espalhavam-se os sinais cintilantes, a Ursa Maior, a Cauda do Dragão, o Triângulo do Touro, as Plêiades, Pégaso, o Cisne, o Golfinho. Inalteradas ou mesmo mais belas, pareceu-me, do que antes, elas revolviam acima de mim. — O silêncio daquela noite resplandecente após a tempestade foi sucedido pelo guincho penetrante das serras nos meses de inverno. Quatro ou cinco operários trabalharam sem parar até março, cortando os galhos, queimando os restos e arrastando e carregando os troncos. Por fim, uma escavadeira cavou grandes buracos onde tocos e raízes, algumas delas do tamanho de uma pequena casa, foram enterrados. Com isso, no verdadeiro sentido da expressão, tudo estava de cabeça para baixo. O solo da floresta, que na primavera do ano anterior ainda estivera forrado de campânulas, violetas e anêmonas entre samambaias e almofadas de musgo, agora estava coberto por uma camada de argila estéril. Tudo o que crescia na terra em breve totalmente crestada eram tufos de grama do pântano, cujas sementes haviam dormitado nas profundezas sabe-se lá por quanto tempo.

Os raios do sol, sem nada para impedi-los, logo destruíram todas as plantas de sombra dos jardins, e a sensação que se tinha cada vez mais era a de viver na orla de uma estepe. Onde pouco antes, ao raiar do dia, os pássaros eram tão numerosos e cantavam tão alto que às vezes era preciso fechar as janelas do quarto, onde as cotovias se alçavam de manhã sobre o campo e onde, ao entardecer, se ouvia de vez em quando até mesmo um rouxinol nas moitas, agora não se distinguia nem um único som vivo.

X

Numa pasta de escritos póstumos de Thomas Browne sobre diversos temas como a horticultura prática e ornamental, as urnas encontradas em Brampton, a criação de colinas e montanhas artificiais, as plantas mencionadas pelos profetas e pelos evangelistas, a ilha da Islândia, a língua dos saxões, as respostas do oráculo de Delfos, os peixes comidos por nosso Redentor, os hábitos dos insetos, a falcoaria, um caso de bulimia centenária e vários outros assuntos, acha-se também um catálogo intitulado

MUSÆUM CLAUSUM

or

Bibliotheca Abscondita

de livros, figuras, antiguidades e outros itens singulares, dos quais este ou aquele deve ter feito parte efetiva de uma coleção das raridades colecionadas por Browne, mas a maioria era decerto produto de sua imaginação, o inventário de um tesouro existente apenas no interior de sua cabeça e ao qual só se tinha acesso por meio das letras na página. Esse *Musaeum Clausum* — que Browne compara, num breve prefácio a um leitor desconhecido, ao Musaeum Aldrovandi, ao Musaeum Calceolarianum, à Casa Abbellita e aos repositórios do imperador Rudolf em Viena e em Praga, todos eles coleções de larga fama — inclui livros e documentos raros, entre outros um tratado do rei Salomão sobre as sombras do pensamento, uma correspondência em hebraico entre Molinea de Sedan e Maria Schurman de Utrecht, as duas mulheres mais cultas do século XVII, e um compêndio de botânica submarina no qual se descreve em exaustivo detalhe tudo o que cresce nos penhascos e nos vales do fundo do mar, todos os tipos de algas, corais e samambaias-d'água nunca antes vistos pelos homens, sargaços levados por correntes tropicais e ilhas de plantas que vogam ao sabor das monções de continente para continente. A biblioteca imaginária de Browne inclui ainda um fragmento do viajante global Pytheas de Marselha, citado por Estrabão, no qual se diz que o ar no extremo norte, para além de Thule, é de uma densidade gelatinosa e sufocante à respiração, semelhante às águas-vivas e medusas, bem como um poema perdido de Ovídio Nasão, *written in the Getick language during his exile in Tomos*, descoberto embrulhado num pano de cera em Sabaria, nas fronteiras da Hungria, justamente onde Ovídio, segundo a tradição, faleceu ao retornar do Mar Negro, seja após a concessão do indulto ou após a morte de Augusto. Além das mais diversas curiosidades, o museu de Browne exibe um desenho a giz da grande feira de Almáchar na Arábia, que é realizada à noite para evitar o calor do sol; uma pintura da batalha travada entre os romanos e os jázigos sobre o Danúbio congelado; uma imagem onírica da pradaria submarina junto à costa da Provença; Solimão, o Magnífico, a cavalo, no cerco de Viena, diante de uma cidade inteira de tendas brancas como a neve que se estende até o horizonte; uma paisagem marinha com icebergs flutuantes sobre os quais se acham morsas, ursos, raposas e pássaros selvagens; e uma série de esboços que registram os métodos de tortura mais espantosos em prol do observador: o escafismo dos persas, a progressiva mutilação do corpo, comum nas execuções da pena de morte entre os turcos, a festa das forcas dos trácios e a prática de esfolar viva uma pessoa a começar por um talho entre os ombros, descrita em minúcias por Thomas Minadoi. A meio caminho entre a ordem natural e inatural, encontra-se *the portrait of a fair English Lady, drawn Al Negro or in the Aethiopian hue*, de beleza muitíssimo superior, diz Browne, ao que seria em sua palidez original, e com a legenda inesquecível: *sed quandam volo nocte Nigriorem*. Além dessas obras de arte e desses escritos impressionantes, o *Musaeum Clausum* preserva medalhas e moedas, uma pedra preciosa da cabeça de um abutre, uma cruz talhada do crânio de um sapo, ovos de avestruz e colibri, plumas coloridas de papagaio, um pó contra o escorbuto produzido a partir do sargaço seco, *a highly magnified extract of Cachundè employed in the East Indies against melancholy* bem como um copo hermeticamente fechado com um espírito obtido do sal etéreo, que se volatiza tão facilmente à luz do dia que só se pode estudá-lo nos meses de inverno ou à penumbra de um carbúnculo bononiano. Tudo isso está compilado no registro rico em maravilhas do naturalista e médico Thomas Browne, tudo isso e muito mais, do qual porém agora não mencionarei o resto, exceto talvez aquela cana de bambu que servia de bordão e dentro da qual, na época do imperador bizantino Justiniano, dois monges persas que se achavam fazia tempo na China para descobrir os segredos da sericultura trouxeram os primeiros ovos do bicho-da-seda para o mundo ocidental, atravessando com êxito as fronteiras do império.

A chamada mariposa do bicho-da-seda, *Bombyx mori*, que vive nas amoreiras brancas, é um membro das *Bombycidae* ou tecelãs, uma subespécie das *Lepidoptera*, que exibem algumas das mais belas de todas as mariposas — a grande arminho, *Harpyia vinula*, a grande pavão, *Bombyx atlas*, a freira, *Liparis monacha*, e a mariposa imperador, *Saturnia carpini*. A mariposa do bicho-da-seda adulta (quadro 29, figura 23), porém, é uma criatura modesta, que não tem mais que quatro centímetros de envergadura e dois centímetros e meio de comprimento. As asas são cinza-branco com estrias marrom-claras e uma mancha em formato de crescente, muitas vezes mal perceptível. O único propósito dessa borboleta é procriar. O macho morre logo após acasalar. A fêmea deposita de trezentos a quinhentos ovos no espaço de vários dias e depois também morre. Os bichos-da-seda que

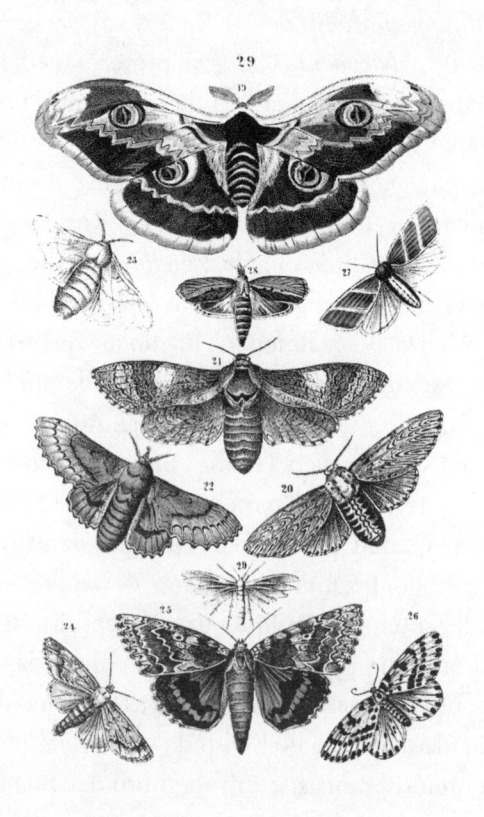

eclodem dos ovos, como se lê numa enciclopédia que data de 1844, são envoltos em uma aveludada pelagem preta ao ingressarem nesse mundo. Durante suas vidas efêmeras, que duram apenas seis ou sete semanas, pegam no sono quatro vezes e, depois de trocar de pele, emergem de cada um deles refeitos, sempre mais brancos, mais macios e maiores, e também mais belos, até que por fim ficam quase totalmente transparentes. Alguns dias após trocar a última pele, percebe-se uma vermelhidão no pescoço, sinal de que a hora da metamorfose está próxima. A lagarta agora deixa de comer, corre sem parar de lá para cá e busca as alturas do céu, como se fizesse pouco caso do mundo inferior, até encontrar o local adequado e poder começar a tecer a partir dos sucos resinosos produzidos em suas entranhas. Quando se disseca em sentido longitudinal uma lagarta morta com espírito de vinho, vê-se um feixe de pequenos tubos entrelaçados que parecem intestinos. Eles terminam junto à boca, em dois orifícios bem finos pelos quais verte o referido suco. No primeiro dia de trabalho, a lagarta tece uma teia comprida, desordenada e fragmentária, que serve para reforçar o casulo. E então, movendo sem parar a cabeça de lá para cá e desdobrando assim um fio ininterrupto de quase trezentos metros, ela constrói o verdadeiro invólucro em forma de ovo ao redor de si. Nesse casulo, que é impermeável a ar e umidade, a lagarta se transforma em ninfa trocando de pele uma última vez. O estado de ninfa dura ao todo de duas a três semanas, até que a borboleta descrita acima emerge. — O hábitat nativo do bicho-da-seda parece incluir todos aqueles países asiáticos onde as amoreiras-brancas, que lhe servem de alimento, crescem na natureza. Aqui ele habita o ar livre, por sua conta e risco. Mas por causa de sua utilidade, o homem o tomou a seus cuidados. A história da China nota que, dois mil e setecentos anos antes do início do calendário cristão, Huang Ti, o Imperador da Terra que reinou por mais de um século e ensinou seus súditos a construir carruagens, navios e moinhos, persuadiu sua primeira mulher, Xi-ling-shi, a dedicar sua atenção aos bichos-da-seda, a realizar experiências para seu emprego e assim, por meio do trabalho dela, imperatriz, ajudar a multiplicar a felicidade do povo. Foi assim que Xi-ling-shi retirou as larvas das árvores do jardim palaciano e as tomou sob os próprios cuidados, nos aposentos imperiais, onde elas, protegidas de seus inimigos naturais e do clima muitas vezes altamente imprevisível da primavera, medraram de tal modo que isso marcou o início do que mais tarde desenvolveu-se numa cultura doméstica do bicho-da-seda, algo que depois se tornaria, junto com o desenredo dos casulos e a tecelagem e bordadura dos materiais, a principal ocupação de todas imperatrizes, passando de suas mãos para as mãos de todo o sexo feminino. Promovida de toda forma concebível pelos detentores do poder, a criação de bicho-da-seda e a manufatura de seda prosperou de tal modo no curso de poucas gerações, que o nome da China passou enfim a equivaler ao país da seda e a uma riqueza inesgotável na matéria. Comerciantes em seda atravessavam toda a extensão da Ásia com caravanas carregadas do produto, as quais levavam cerca de duzentos e quarenta dias para ir do Mar da China até a costa do Mediterrâneo. Apesar dessa enorme distância, ou talvez justamente por causa dela, e em razão também dos castigos terríveis que aguardavam aqueles que disseminavam o conhecimento da sericultura e os meios para sua produção além das fronteiras do império, a manufatura da seda circunscreveu-se à China durante milênios, até que os monges mencionados acima chegaram a Bizâncio com seus cajados ocos. Depois que o cultivo de bichos-da-seda se estabelecera na corte grega e nas ilhas do Egeu, levou mais outro milênio para essa forma artificial de criação passar via Sicília e Nápoles ao norte da Itália, ao Piemonte, à Savoia e à Lombardia, onde Gênova e Milão logo floresceram como os centros europeus de cultura da seda. Dentro de meio século, a arte da sericultura chegou à França vinda do norte da Itália, graças sobretudo a Olivier de Serres, ainda hoje considerado o pai da agricultura francesa. Seu manual para agricultores, publicado em 1600 sob o título *Théâtre d'agriculture et mesnage de Champs*, que esgotou treze edições em brevíssimo espaço de tempo, causou uma impressão tão profunda em Henrique IV que ele o convidou a Paris, oferecendo-lhe uma profusão de homenagens e dádivas, para ser seu primeiro conselheiro, ao lado de Sully, o primeiro-ministro e ministro das finanças. De Serres, que relutava em transmitir a outro a administração de sua propriedade, pediu um único favor como condição para aceitar o cargo oferecido: que o cultivo da seda fosse introduzido na França e que, para esse fim, todas as árvores nativas dos palácios reais em todo o país fossem arrancadas e em seu lugar fossem plantadas amoreiras. O rei se empolgou com o plano de De Serres, mas antes de pô-lo em prática teve de dobrar a resistência de Sully, a quem costumava ter em alta estima e que se opunha ao projeto da sericultura, seja porque o considerava de fato o cúmulo do absurdo ou porque via em De Serres um rival ascendente.

Os argumentos que Maximilien de Béthune, Duc de Sully, apresentou a seu soberano encontram-se resumidos no livro décimo sexto de suas memórias, as quais — desde que adquiri vários

anos atrás por alguns xelins, num leilão no vilarejo de Aylsham, ao norte de Norwich, uma bela edição dessa obra impressa em 1788 por F. J. Desoer em Liège, à la Croix d'or — são uma de minhas leituras preferidas. O clima na França, assim começa Sully seu raciocínio, não se prestava à sericultura. A primavera chegava tarde demais, e mesmo quando se firmava, em geral prevalecia uma umidade muito alta, que em parte se elevava dos campos, em parte descia sobre eles. Apenas essa circunstância desfavorável, que nada podia contrabalançar, era extremamente prejudicial tanto aos bichos-da-seda, que somente a muito custo eram levados a chocar, quanto às amoreiras, cuja principal condição para prosperar era o ar ameno, sobretudo na época do ano em que lançavam novos rebentos e floresciam. Mas à parte essa consideração básica, prossegue Sully, era necessário levar em conta que a vida rural na França não permitia a ninguém diversões supérfluas, exceto talvez ao mandrião convicto, e que portanto, se o cultivo de seda fosse de fato introduzido em larga escala, seria preciso desviar os trabalhadores rurais de suas tarefas diárias, e assim de ganhos seguros e rentáveis, para empregá-los numa empreitada em todos os sentidos duvidosa. A gente do campo, concede Sully, seria ao que tudo indica facilmente persuadida a adotar essa mudança, pois quem não abriria mão de um trabalho duro e cansativo por outro como a sericultura, que mal exigia esforço? Mas precisamente nisso residia a razão mais urgente contra a adoção da sericultura na França, afirma Sully num torneio de frase que considerava sem dúvida bastante hábil perante um rei soldado: o perigo de que a população rural, da qual os melhores mosqueteiros e cavaleiros sempre haviam sido recrutados, perderia sua constituição vigorosa, considerada por Sua própria Majestade, escreve Sully, como indispensável para o bem público, em favor de um trabalho que na verdade prestava apenas para mãos femininas e infantis e, como resultado, em breve não seria mais possível contar com novas gerações, necessárias para a prática das artes marciais. Essa degeneração da população rural por meio da sericultura corresponderia, aliás, continua Sully, à progressiva corrupção das classes urbanas por obra do luxo e de tudo que o acompanhava — preguiça, efeminação, libidinagem e desperdício. Já se gastava demais em toda a França com jardins suntuosos e palácios pomposos, com acessórios extravagantes, ornatos de ouro e porcelana, com carruagens e cabriolés, gala e festividades, licor e perfume, e até mesmo, nota Sully, com cargos públicos vendidos a preços exorbitantes, e senhoras núbeis das classes altas, que eram leiloadas a quem oferecesse o lance mais elevado. Fornecer novo impulso ao declínio geral dos costumes através da introdução da sericultura em todo o reino era algo contra o qual, escreve Sully, tinha a obrigação de prevenir seu rei, com a referência de que agora talvez coubesse recordar as virtudes daqueles cujos meios bastavam para a sobrevivência. Apesar das objeções do premiê, a cultura da seda estabeleceu-se na França dentro de uma década, em boa parte porque o Edito de Nantes, promulgado em 1598, garantia (ao menos dentro de certos limites) a tolerância da população huguenote, que até então sofrera as mais duras perseguições, possibilitando assim a permanência em solo pátrio francês daqueles justamente que haviam desempenhado um papel relevante na criação de todo o cultivo da seda. — Inspirado pelo exemplo francês, a adoção da sericultura através do patrocínio real ocorreu quase ao mesmo tempo na Inglaterra. No local onde hoje se acha o Buckingham Palace, Jaime I mandou criar um jardim de amoreiras com vários acres de extensão, e em Theobald's, sua quinta favorita em Essex, mantinha sua própria casa de seda para a criação de larvas. Jaime estava tão interessado nessas criaturas industriosas que passava horas e horas estudando seus hábitos e suas necessidades, e sempre que fazia viagens por seu reino não deixava de carregar consigo um caixote cheio de bichos-da-seda reais, que ficava sob a custódia de um camareiro especialmente designado. Jaime mandou plantar bem mais que cem mil amoreiras nos condados mais secos do leste inglês, e através dessas e de outras medidas assentou os fundamentos de um importante ramo da indústria, que ingressou em seu auge no início do século XVIII, quando, após o Edito de Nantes ser revogado por Luís XIV, mais de cinco mil huguenotes se refugiaram na Inglaterra, muitos dos quais, peritos na criação de bichos-da-seda e na fabricação de tecidos de seda — famílias de artesãos e empresários como os Lefèvre e os Tillette, os De Hague, os Martineau e os Columbine —, estabeleceram-se em Norwich, depois de Londres a segunda maior cidade da Inglaterra na época, onde desde o início do século XVI havia uma colônia de cerca de cinco mil imigrantes flamengos e valões. Em 1750, mal transcorridas duas gerações, os mestres tecelões huguenotes de Norwich haviam ascendido à classe dos empresários mais abastados, influentes e cultivados de todo o reino. Em suas fábricas e naquela de seus fornecedores, havia a maior efervescência possível, dia após dia, e quando na época, assim li recentemente numa história da manufatura de seda na Inglaterra, um viajante se aproximava de Norwich sob o céu retinto da noite de inverno que caía, ficava admirado com o clarão sobre a cidade, vindo das janelas das oficinas ainda iluminadas àquela hora do dia. O aumento da luz e o aumento do trabalho são linhas de desenvolvimento que sempre correram paralelas. Se hoje, quando nosso olhar não é mais capaz de penetrar o reflexo pálido que paira sobre a cidade e seus arredores, pensamos no século XVIII, é de espantar a quantidade de pessoas, ao menos em certos lugares, que mesmo na época anterior à industrialização passavam suas vidas com os pobres corpos amarrados a teares feitos de armações e trilhos de madeira, com pesos pendentes, reminiscentes de instrumentos de tortura ou gaiolas, nu-

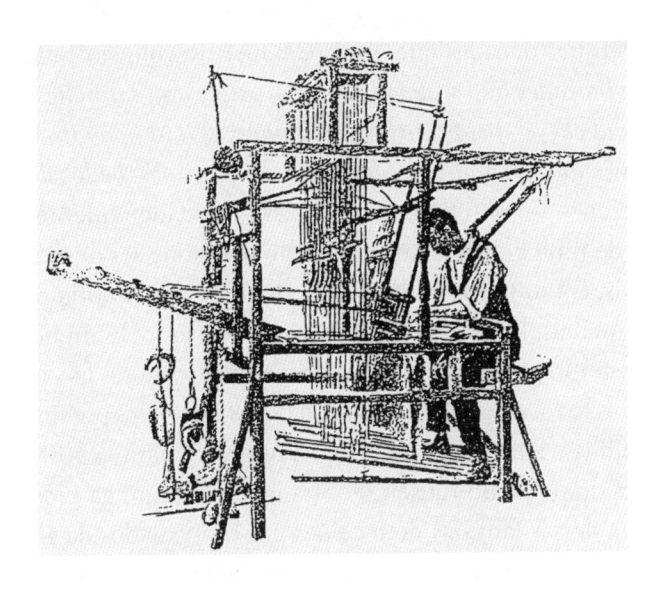

ma peculiar simbiose que, talvez por causa justamente de seu relativo primitivismo, torna mais evidente do que qualquer outra forma posterior de nossa indústria que podemos nos manter nessa terra somente atrelados às máquinas que inventamos. É natural, assim, que sobretudo os tecelões, junto com os letrados e demais escritores com quem têm muito em comum, como se pode ler por exemplo na *Magazin für Erfahrungsseelenkunde* publicada na Alemanha da época, tendessem a sofrer de melancolia e de todos os outros males associados a ela, em razão de um trabalho que os obrigava a sentar-se curvados, dia após dia, na tentativa de manter a reflexão permanentemente aguda e calcular sem descanso os complexos modelos artificiais que criam. Não é fácil imaginar, suponho, as profundezas do desespero a que pode ser impelido aquele que, mesmo após um dia de trabalho, se vê absorvido em suas ideias e é perseguido, até mesmo em sonhos, pela sensação de ter apanhado o fio errado. Mas o reverso da psicopatia dos tecelões, e isso também merece ser registrado aqui, é que muitos dos materiais produzidos nas fábricas de

Norwich nas décadas que antecederam a Revolução Industrial — *silk brocades and watered tabinets, satins and satinettes, camblets and cheveretts, prunelles, callimancoes and florentines, diamantines and grenadines, blondines, bombazines, belle-isles and martiniques* — eram de uma variedade verdadeiramente fabulosa e de uma beleza cambiante, que mal pode ser descrita em palavras, como se tivessem sido produzidos pela própria natureza tal qual a plumagem dos pássaros. — Isso, pelo menos, é o que costumo pensar quando observo as maravilhosas faixas coloridas nos livros de amostras, as bordas e os intervalos preenchidos com cifras e símbolos misteriosos, que se acham expostos nas vitrines do pequeno museu de Strangers Hall, antiga prefeitura de uma dessas famílias de tecelões de seda exilados da França. Até o declínio das manufaturas de Norwich por volta do final do século XVIII, esses catálogos de amostras, cujas páginas sempre me parecem as folhas do único livro verdadeiro do qual nenhuma de nossas obras textuais e pictóricas chega sequer aos pés, eram encontrados nos escritórios de importadores por toda a Europa, de Riga a Rotterdam, de São Petersburgo a Sevilha. E os próprios materiais eram enviados de Norwich para as feiras comerciais em Copenhague, Leipzig e Zurique, e de lá para os armazéns de atacadistas e varejistas, e um ou outro xale de casamento de meia-seda talvez chegasse até Isny, Weingarten ou Wangen dentro da alcofa de um mascate judeu.

Naturalmente, foram feitos os maiores esforços para promover a sericultura também na Alemanha de então, um país atrasado onde os porcos ainda eram tocados pela praça central em muitas cidades importantes. Na Prússia, Frederico, o Grande, tentara fundar uma indústria estatal da seda com a ajuda de imigrantes franceses, ordenando a criação de plantações de amoreiras, distribuindo bichos-da-seda grátis e oferecendo prêmios consideráveis para quem se ocupasse da sericultura com fins lucrativos. Em 1774, apenas nas províncias de Magdenburg, Halberstadt, Brandemburgo e Pomerânia foram produzidos cerca de três mil quilos de seda pura. O mesmo aconteceu na Saxônia, no condado de Hanau, em Württemberg, Ansbach e Baireuth, nas terras do príncipe de Liechtenstein na Áustria e na Renânia-Palatinado sob os auspícios de Karl Theodor, que, ao chegar à Baviera em 1777, logo fundou um escritório-central da seda em Munique. Não tardou para que fossem criados importantes jardins de amoreiras em Freising, Egelkofen, Landshut, Burghausen, Straubing e na própria capital do estado. As árvores foram plantadas ao longo dos passeios, dos taludes e das ruas, foram construídos filatórios e casas de seda, fábricas foram erguidas e um exército de funcionários foi empregado. Mas por estranho que pareça, a sericultura promovida com tanto vigor na Baviera e noutros principados alemães gorou antes mesmo de ter propriamente começado. Os jardins de amoreiras desapareceram, as árvores abatidas foram usadas como lenha, os funcionários se aposentaram, as caldeiras a vapor, as máquinas de dobagem e as treliças de criação foram quebradas, vendidas ou levadas embora. Em 1º de abril de 1822, a intendência dos Jardins Reais informa ao comitê geral da Associação Agrícola que o velho mestre-tintureiro Seybolt, que, segundo uma pasta encontrada ainda hoje na biblioteca estatal de Munique, foi empregado por nove anos com um salário de trezentos e cinquenta florins na fábrica de seda dirigida pelo governo anterior como guarda dos bichos-da-seda e superintendente de cardagem e fiadura, dera notícia a ela, intendência, que em sua época vários milhares de amoreiras haviam sido plantadas e numeradas em toda a cidade por ordens superiores e que essas árvores haviam crescido rapidamente até atingirem uma altura espantosa, produzindo excelente folhagem. Delas, disse Seybolt, restavam agora somente duas, uma no jardim da fábrica têxtil de Von Utzschneider junto ao Portão Einlass, e

	68	bro up
		Spencer 2
236	4	Crop Smith 2
237	4	Knight Dan 2
		Smith Sam 2
238	4	Knight Nat 2
		Berry Thos 2
239	4	Elgegood Wm 2
		Johnson Wm 2
240	4	Waller Rob 2
		Carver Jno 2
241	2	Doughty Wm 2
243	2	Duffield Jas
244	2	Love Tho
245	2	Jenkenson
246	4	Harvey Jos 2
		Moulton Wm 2
247	4	Snelling Wm 2
		Duffield Jas 2
248	2	Knights Dan
249	2	Brown Chas
250	2	Hutchin Jno

Lappits hanging
out.

110 S Camblets   21 .. 30

20.4

This Supplement   2.5.3
of Camblets to go   38 --
to Cooke   12.12
                    13.7

Lemon & Green Edges
with a Scarlet End

29 June 1797

L

1   2   Smith Sam

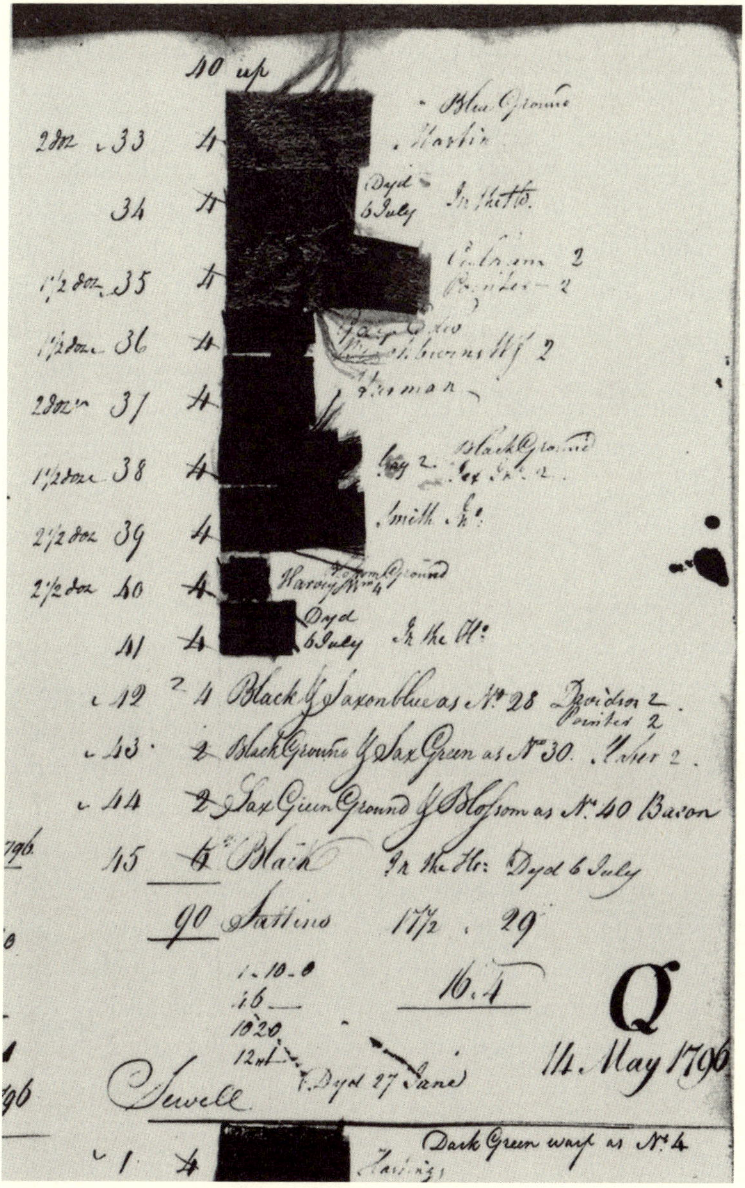

[This page is a photographic reproduction of a handwritten 18th-century dye/textile ledger, heavily obscured by ink blots and overwriting. The legible fragments are transcribed below.]

40 up

			Blue Ground
2 doz 33	4		Martin
34	4	Dyd 6 July	In the Ho
1½ doz 35	4		Colram 2 / Pointer — 2
1½ doz 36	4		Sax. do Washburn Hf 2
2 doz 37	4		Freeman
1½ doz 38	4		Kay 2 · Black Ground / Fox Jr. 2
2½ doz 39	4		Smith Jr.
2½ doz 40	4	Harris No 4 Green Ground	
41	4	Dyd 6 July	In the Ho
42	4	Black & Saxon blue as No 28	Thoridon 2 / Pointer 2
43	4	Black Ground & Sax Green as No 30	Usher 2
44	4	Sax Green Ground & Blossom as No 40	Bason
45	4 Black	In the Ho: Dyd 6 July	

90 Sattins 17½ · 29

1.10.0
.16 —   16.4
10.20
12 nt   7 Dyd 27 June

Q

14 May 1796

Sewell

1	4	Dark Green warp as No 4	Harris

a outra, até onde sabia, no jardim do antigo monastério agostiniano, onde os monges também fizeram alguns ensaios modestos de sericultura. O principal motivo para o fracasso da sericultura logo depois de ser introduzida não foi apenas que os cálculos mercantis não batiam, mas sobretudo a maneira despótica com que os soberanos alemães tentaram levá-la adiante a todo custo. De um memorando do conde de Reigersberg, embaixador bávaro em Karlsruhe, no qual se mencionam relatos de um certo Kall, o único inspetor de plantação ainda empregado na sericultura em Schwetzingen, conclui-se que na Renânia-Palatinado, onde o cultivo de seda fora praticado na mais larga escala, todo súdito, funcionário, cidadão ou chefe de família que possuísse mais de um acre de terra estava obrigado, dentro de certo período, a cultivar seis árvores por acre, não importa qual fosse sua situação nem o uso a que dedicava seus campos. Todo cidadão recentemente aceito devia plantar duas árvores, todo chefe de família devia plantar uma, todo súdito agraciado com poderes para portar armas, fazer cerveja e assar pão devia plantar uma, todo parque, toda praça, toda rua, todo cais, todo fosso demarcatório, até mesmo cemitérios, deviam ser plantados, de modo que os súditos eram compelidos a comprar a cada ano cem mil árvores dos viveiros da companhia de seda estatal. Plantar e cuidar das amoreiras foi imposto como dever pessoal aos doze cidadãos mais novos em cada comunidade. Além disso, havia os custos envolvidos em empregar vinte e nove oficiais incumbidos do cultivo da seda, bem como supervisores especiais em cada localidade, que estavam isentos de corveia, gozavam de certas liberdades e recebiam quarenta e cinco coroas por dia. Parte dos custos advindos desse decreto tiveram de ser cobertos diretamente com fundos comunais, e parte foi arrecadada com impostos. Tal encargo, que em nada se justificava pelo verdadeiro valor econômico da seda, além das drásticas penalidades físicas e pecuniárias pela transgressão das leis da seda, tornou profundamente odioso algo que fora visto com bons olhos pelo povo, resultando em eternas petições, pedidos de concessão, queixas e processos que durante anos inundaram de papéis as esferas jurídicas e administrativas superiores, até que, após a morte de Karl Theodor, o príncipe-eleitor Max Joseph deu um basta nesse absurdo que fugia ao controle revogando para sempre, supunha-se, todas as medidas coercivas. — Os relatórios feitos ao Conselheiro de Guerra Real-Imperial em Viena em 1811, portanto por volta da mesma época em que a sericultura na Alemanha fracassou, pelos chamados regimentos de fronteira, aos quais fora encomendada a pesquisa do cultivo da seda ao ar livre, também eram tudo menos animadores. Memorandos de teor quase idêntico chegaram, redigidos pelos coronéis Michalevics e Hordinsky do regimento valaco-ilírio em Caransebes e do 12º regimento banato-alemão em Pancsova, dando conta de que, após esperanças iniciais de ser possível cultivar as larvas, estas haviam sido prejudicadas por vendavais e aguaceiros, e em alguns casos, como em Glogau, Perlasvarosch e Isbitie, onde haviam trocado de pele pela primeira vez, e em Homolitz e Oppowa, onde já a haviam trocado pela segunda vez, a chuva de granizo as lançara por terra e as dizimara. Ademais, lê-se adiante, as lagartas estavam à mercê dos inúmeros inimigos, como pardais e estorninhos, que as devoravam com grande avidez assim que eram postas nas árvores. O coronel Minitinovich do regimento de Gradiska queixa-se da falta de apetite das larvas, do clima instável, dos mosquitos, das vespas e das moscas, e o coronel Milletich do 7º regimento de Brod relata que, em 12 de julho, as poucas lagartas e borboletas ainda existentes nas árvores haviam sido crestadas pelo calor intenso, ou ainda, incapazes de se alimentar das folhas já muito grossas e duras, haviam simplesmente expirado. A despeito desses contratempos, o conselheiro de estado bávaro Joseph von Hazzi propôs-se advogar de maneira enfática a sericultura em seu *Lehrbuch des Seidenbaus für Deutschland*, publicado em 1826, evitando, sempre que possível, os erros e equívocos que haviam sido cometidos no passado e sublinhando sua importância para a formação da economia nacional. A obra de Hazzi, concebida como um programa educacional completo, segue-se à obra *Dell arte di governare i bachi da Setta*, publicada em Milão em 1810 pelo conde Dandolo, de Varese, ao *De l'éducation des vers à soie* de Bonafou, ao *Wegweiser zum Seidenbau* de Bolzano e ao *Anleitung zur Behandlung des Maulbeerbaums und Erziehung der Seidenraupe* de Kettenbeil. Para ressuscitar a indústria da seda na Alemanha, escreve Hazzi, caberia antes de tudo reconhecer os erros cometidos, que, a seu ver, seriam resultado do governo autoritário, dos esforços para criar monopólios estatais e de um sistema administrativo que sufocava todo espírito empresarial sob uma quantidade quase ridícula de regras. Na visão de Hazzi, o cultivo da seda não precisava de prédios ou institutos especiais, que seriam sempre caros e teriam o aspecto de casernas ou hospitais, mas antes, como havia acontecido na Grécia e na Itália, deveria nascer do nada, por assim dizer, e ser gerido como um negócio secundário em quartos e aposentos domésticos por mulheres e crianças, pelos criados, pelos pobres e idosos, em suma, por todos aqueles que agora ainda estavam excluídos de toda possibilidade de ganho. Trazer a sericultura para o plano popular, tal como preconizava Hazzi, não apenas conduziria a vantagens econômicas incontestáveis na concorrência com outras nações, mas resultaria ainda na melhoria social do sexo frágil e da parcela restante da população que não estava habituada a trabalhos regulares. Além disso, a observação desse inseto discreto, de como ele se desenvolve em estágios sob o cuidado humano e produz o mais delicado e proveitoso dos tecidos, seria um meio inestimável de educar a juventude. Era sua convicção, escreve Hazzi, que não havia forma mais conveniente de inculcar entre as classes baixas as virtudes da ordem e do asseio, que eram indispensáveis a toda comunidade, do que a difusão generalizada da sericultura; sua expectativa, com efeito, escreve Hazzi, era que a criação de bichos-da-seda nos lares da maioria das famílias alemãs produziria uma verdadeira transformação moral da nação. Hazzi passa então a tratar de vários equívocos e preconceitos referentes ao cultivo da seda, como por exemplo que o melhor local para incubar as larvas era em viveiros de plantas ou no busto das jovens, ou que, uma vez eclodidos os ovos, era necessário esquentar o forno em dias frios, fechar as janelas durante as tempestades e pendurar maços de absinto nas janelas para dispersar miasmas deletérios. Muito mais razoável, segundo Hazzi, seria manter a mais estrita disciplina e higiene, arejar os quartos diariamente e, se preciso, fumegá-los a baixo custo com gás clorídrico obtido da mistura de sal marinho, manganês em pó e um pouco de água. Escorbuto, consumpção e outras doenças a que os bichos-da-seda eram suscetíveis poderiam assim ser evitados sem maior dificuldade, e uma indústria popular perfeitamente útil e rentável seria algo garantido pela propagação desse novo conhecimento a círculos cada vez mais amplos. A visão do conselheiro de estado Hazzi de uma nação unida pela sericultura e que se instruía para fins mais elevados não encontrou eco em sua época, sem dúvida porque os fracassos prévios ainda eram muito recentes, mas após o intervalo de um século foi reavivada pelos fascistas alemães com aquela meticulosidade peculiar a tudo de que tratavam, como descobri para minha surpresa quando no verão passado, vasculhando no arquivo público do lugarejo onde cresci em busca de um breve documentário sobre a pesca de arenque no Mar do Norte, o qual se relacionava a meu trabalho e me tornara à lembrança, topei com um filme sobre a sericultura alemã feito evidentemente para a mesma série. Ao contrário da tonalidade noturna, escura como breu, do filme sobre o arenque, o filme sobre a sericultura era repleto de uma claridade verdadeiramente ofuscante. Homens e mulheres com casacos brancos, em recintos recém-caiados e banhados em luz, ocupavam-se com molduras de fiar brancas como a neve, folhas de papel brancas como a neve, gazes de proteção brancas como a neve, casulos brancos como a neve e sacos de remessa feitos de linho branco como a neve. O filme inteiro prometia o melhor e o mais limpo de todos os mundos, uma impressão que foi confirmada pela leitura do livreto, dirigido sobretudo aos professores. Citando o plano anunciado pelo Führer em seu pronunciamento na convenção do partido, em 1936, de que a Alemanha precisava se tornar autossuficiente no espaço de quatro anos em todos os materiais que estava dentro da capacidade alemã produzir, o livreto diz que isso se aplicava também, é claro, à sericultura e que, portanto, o ministro da Alimentação e Agricultura do Reich, o ministro do Trabalho, o ministro das Florestas e o ministro da Aviação haviam lançado o programa de incentivo à sericultura, inaugurando uma nova era de cultivo da seda na Alemanha. A Associação Alemã de Criadores de Bichos-da-Seda, com sede em Berlim, uma sociedade que fazia parte da Federação Alemã de Criadores de Animais de Pequeno Porte, que por sua vez era afiliada à Comissão de Agricultura do Reich, considerava como sua tarefa incrementar a produção em todo estabelecimento existente, anunciar a sericultura por intermédio de imprensa, cinema ou rádio, criar viveiros-modelo para fins educacionais, organizar conselhos em nível local, distrital e regional para dar suporte a todos os criadores de seda, fornecendo mudas de amoreiras, e plantá-las aos milhões em solo até então baldio, em áreas residenciais e cemitérios, na calçada das vias, em plataformas de trem e nas autoestradas do Reich. De acordo com o professor Lange, o autor do panfleto educacional F 213/1939, o significado da seri-

Beihefte der Reichsstelle für den Unterrichtsfilm F 213/1939

Deutscher Seidenbau II

Aufzucht der Raupen
Verarbeitung der Trockenkokons

Von

Prof. Dr. Friedrich Lange

Kreisbildstelle
Sonthofen in Immenstadt

W. Kohlhammer / Verlag / Stuttgart und Berlin

cultura para a Alemanha não residia somente em obviar a necessidade de importação, aliviando assim o ônus às reservas de moeda estrangeira, mas também na importância que a seda teria nos horizontes da progressiva formação de uma economia de defesa nacional independente. Por esse motivo, cumpria despertar o interesse da juventude alemã pela sericultura também nas escolas, porém não à força, como na época de Frederico, o Grande. Antes, cabia conquistar o corpo docente e os alunos para a sericultura por livre e espontânea vontade. Discorrendo sobre a possibilidade de as escolas desenvolverem um trabalho pioneiro na área da sericultura, o professor Lange escreve que os pátios das escolas poderiam ter amoreiras plantadas em seu perímetro e os bichos-da-seda poderiam ser criados nos recintos escolares. Afinal de contas, acrescenta ainda o professor Lange, afora sua inegável utilidade, os bichos-da-seda eram um objeto de estudo quase ideal para a sala de aula. Mantidos praticamente sem custos em qualquer quantidade e, "animais domésticos" perfeitamente dóceis que eram, criados sem gaiolas nem cercas, os bichos-da-seda podiam ser utilizados para os mais diversos experimentos (pesar, medir etc.) em cada um dos estágios de sua evolução. Podiam ser usados para ilustrar a estrutura e as especificidades da anatomia do inseto, da domesticação do inseto, das mutações retrógradas e das medidas básicas tomadas pelos criadores para controlar a produtividade e a seleção, inclusive o extermínio para evitar a degeneração da raça. — No filme, vemos um criador receber os ovos enviados pelo Instituto Central de Sericultura do Reich em Celle e depositá-los em bandejas esterilizadas, vemos os ovos eclodir e as larvas famintas sendo alimentadas, o traslado para limpeza das treliças, o trabalho de fiação nas sebes e finalmente a morte, que nesse caso não ocorre ao expor os casulos ao sol ou introduzi-los no forno quente, como era praxe no passado, mas ao suspendê-los sobre um caldeirão com água fervente. Os casulos, espalhados em cestos rasos, têm de ser mantidos por três horas no vapor que sobe do vaso, e quando uma fornada está pronta, logo é a vez da outra, e assim por diante, até que toda a matança esteja completa.

Hoje, ao concluir estas notas, o calendário marca 13 de abril de 1995. É Quinta-Feira Santa, dia em que Cristo lavou os pés dos discípulos e também dia dos santos Agatão, Carpus, Papilo e Hermenegildo. Neste mesmo dia, trezentos e noventa e sete anos atrás, Henrique IV promulgou o Edito de Nantes; o *Messias* de Handel foi apresentado pela primeira vez duzentos e cinquenta e três anos atrás, em Dublin; Warren Hastings, duzentos e vinte e três anos atrás, foi nomeado governador de Bengala; na Prússia, cento e treze anos atrás, a Liga Antissemítica foi criada; e, setenta e quatro anos atrás, aconteceu o massacre de Amritsar, quando o general Dyer, para dar exemplo, ordenou abrir fogo contra uma multidão rebelde de quinze mil pessoas que se reunira na praça Jallianwala Bagh. É possível que não poucas vítimas estivessem empregadas na sericultura, que então se desenvolvia, em bases muito simples, na região de Amritsar como em toda a Índia. Há exatos cinquenta anos, os jornais ingleses noti-

ciaram que a cidade de Celle fora tomada e que as tropas alemãs batiam em franca retirada ante o Exército Vermelho, que avançava pelo vale do Danúbio. E, por fim, como ainda não sabíamos de manhã cedo, a Quinta-Feira Santa, 13 de abril de 1995, foi também o dia em que o pai de Clara, logo após dar entrada no hospital de Coburg, partiu desta vida. Ao refletir agora, enquanto escrevo, em nossa história feita quase toda de calamidades, ocorre-me que, outrora, a única expressão aceitável de luto fechado para as senhoras das classes altas era vestir pesados mantos pretos de tafetá ou crepe da China preto. Assim, por exemplo, no funeral da rainha Vitória, dizem que a duquesa de Teck apareceu com um vestido de tirar o fôlego, como se lê nas revistas de moda da época, ornado com densos véus ondulantes feitos de seda de Mântua, da qual os tecelões Willett & Nephew, de Norwich, logo antes de fechar as portas para sempre, produziram um pano com sessenta passos de comprimento unicamente para esse fim e para demonstrar que, no ramo dos trajes de luto, suas habilidades continuavam insuperáveis. E Thomas Browne, que como filho de um comerciante de seda terá tido um olho para essas coisas, observa numa passagem que não consigo mais encontrar de sua *Pseudodoxia Epidemica* que, na Holanda de sua época, era hábito cobrir com véus de seda todos os espelhos e todos os quadros que exibissem paisagens, pessoas ou frutos da terra na casa do falecido, para que a alma, ao deixar o corpo, não se distraísse em sua última viagem, quer pelo próprio reflexo, quer por sua pátria, que logo perderia para sempre.

1ª EDIÇÃO [2010] 1 reimpressão

ESTA OBRA FOI COMPOSTA EM ELECTRA PELO ACQUA ESTÚDIO
E IMPRESSA PELA GRÁFICA BARTIRA EM OFSETE SOBRE PAPEL PÓLEN SOFT
DA SUZANO S.A. PARA A EDITORA SCHWARCZ EM MARÇO DE 2022

A marca FSC® é a garantia de que a madeira utilizada na fabricação do papel deste livro provém de florestas que foram gerenciadas de maneira ambientalmente correta, socialmente justa e economicamente viável, além de outras fontes de origem controlada.